U0076012

清朝的皇帝

高陽 著

三 盛衰之際

目錄

七、高宗——乾隆皇帝

終乾隆之世，大規模的內亂，只有一次，事在三十九年，幫中文獻「清水教舉義事錄」云：

清水教者，白蓮教之一支派也。首創者，山東義民王倫，人極精明果敢，祖居兗州壽張縣，石佛口地方。其祖王好賢，世傳白蓮教，傳至王倫，以符法替人治病，秘授神武異術，往來漕河；見糧米幫勢力雄厚，而一般人義氣又重，乃生羨慕之心，遂與幫中結識，旋立清門教，聯誼合作，潛行廣收弟子留為己用。

其所謂清水教者，其意義取佛經云「清淨莊嚴」清字，及「十功德水」水字，定為教名（見彌陀經）從此幫與教相混。潛伏勢力，更易伸張。

王倫素抱傾覆清廷之志，因之潛謀舉義更急，乃於乾隆三十九年間，乘清廷征伐金川之際，大倡有四十九天水火兵災，凡願入教信佛者，得免慘死；不信者，難逃浩劫，因此一般愚夫愚婦，從者日眾。事被壽張縣沈齊義所聞，派差往捕。王倫遂於八月二十八日拒捕；當日率眾襲城，殺死知縣，連陷堂邑、陽穀。

如上所述，為王倫利用清幫；幫中有少數人附從王倫，純為個人行為，整個清幫在當時是置身事外的。

孟心史「清史稿」記「嘉慶間兵事」云：

三省教匪之役，為清代第一次長期之內亂；旗軍之不得力，亦顯露於此，其亂象與明季流寇相仿，眾股迭發，不相統率；殘破各處，不據城池；出沒三省，大股人數動輒數萬。事亦起於乾隆中葉以後，而大發其毒於內禪告成，太上訓政之日。蓋吏治至乾隆朝而壞，內亂之源，無不出於吏虐。康熙朝崇獎清廉，大吏中有若湯斌、于成龍、張伯行、陳?諸人為憂者，風氣所樹，為大吏者大率端謹。雍正時亦勤於察吏；至高宗則總督多用旗人，風氣大壞。時方自謂極盛，亂機已遍伏矣。

乾隆三十九年，山東壽張清水教民王倫，以治病練拳號召徒黨，於八月間起事，襲城戕吏，連陷旁邑，方據臨清舊城奪新城，援軍大集，倫擒於城中（高陽按：王倫未成擒，據論被圍樓焚而死，實無佐證），凡一月而平。明年白蓮教事發，河南鹿邑，遂為川楚鉅匪之嚆矢。

此亦只言教匪，不言與清幫有關。王倫作亂，為清朝盛極而衰的一個鮮明徵象；在此以前，自乾隆十六年第一次南巡至三十四年傅恆平緬甸，清朝極盛時期，文治、武功，都達到了顛峰狀態。

此大約二十年的期間，適當傅恆自大用至病歿，傅恆一家，從他的伯父馬齊，到他的兒子福康安，於雍乾兩朝的政治，有異常密切的關係，對高宗的影響，尤為深刻。因此談乾隆前期的政事，不能不談傅恆，而談後期的軍事，尤不能不談福康安。關於傅恆是一個很值得稱道；但也很值得同情的好人，他有個人的隱痛，其妻為高宗所通，生子即為福康安。茲先敘傅恆初期的經歷，「清史稿」本傳：

傅恆字春和，富察氏，滿州鑲黃旗人，孝賢純皇后弟也。……傅恆自泮侍衛，擢戶部侍郎，乾隆十年六月，命在軍機處行走；十二年擢戶部尚書。十三年三月，孝賢純皇后從上南巡，還至德州崩；傅恆扈行典喪儀。四月敘獎其勤恪，加太子太保，時訥親師金川，解尚書阿克敦協辦大學士，以授傅恆，並兼領吏部。訥親既無功，九月，命傅恆暫管川陜總督，經略軍務。

重用傅恆而殺訥親，為高宗一生權術的大運用，脅之以威，臨之以恩，使臣子懷德畏威，惟命是從，這套凡是英主都善於運用的手法，高宗在這件事上的表現，真可說是到了極致。

原來孝賢皇后之崩，是在德州赴水自盡，原因甚多，而以高宗與傅恆之妻的曖昧關係為主。孝賢皇后之憤而自絕，吃醋的成分少，覺得太欺侮她娘家人的成分來得多。富察氏為滿州

八大貴族之一,米思翰一支,至此三世為顯宦重臣,族眾勢大,而高宗又尚有潛在的「政敵」,所以孝賢皇后之崩,在高宗看作非常嚴重的事,倘非善為應付,流言四起,即令還不致威脅到他的皇位,但在統御的威信方面,一定大受打擊。因此,他分兩方面去運用他的權力,亦就是所謂「恩威並用」,而兩者都用得出了格。

先談用威,是以殺大臣立威。為了孝賢皇后之喪,文武官員在百日內剃頭,因而革職抄家者數起;湖廣總督塞楞額竟因此賜令自盡;江南河道總督周學健,亦因百日內剃頭,本擬斬監候,已邀寬免,其後又因任內納賄徇私諸罪賜死。接下來便是殺訥親,殺張廣泗。其時大金川土司莎羅奔犯邊,先命川陝總督張廣泗進攻無功;十三年四月以訥親為經略大臣,率禁旅討伐;「清史稿」本傳::

六月,訥親至軍,下令期三日克噶拉依。噶拉依者,莎羅奔結寨地也⋯⋯署總兵任舉勇敢善戰,為諸軍先,歿於陣,訥親為氣奪。乃議諸軍築碉,與敵共險,為持久。

訥親本不知兵,亦從未打過仗;而張廣泗有養敵自重之意,及至訥親一到前方,表面遵命,暗中觀望,是作了坐觀其敗的打算。攻噶拉依為訥親遙為指揮,失大將任舉,就此氣餒;仍舊請

張廣泗主持，自己拱手聽命。

而張廣泗凡所舉措，動稱奉經略之命；高宗以師老糜餉，復欲與敵共險，則牽延日久，大傷國力，因而下詔逮問。

十三年十二月初上論：

> 訥親辦理金川軍務，乖張退縮，老師糜餉，經諸王滿漢大臣等參奏，朕諭令侍衛富成，將伊於奉到諭旨處，拿問拘禁，其舉動言語，並令富成逐一據實陳奏。今據富成奏稱，訥親云：「番蠻之事，如此難辦，後來切不可輕舉妄動，這句話我如何敢上紙筆入奏？」此語實為巧詐之尤。

以下歷數訥親負恩，並推測訥親的用心是：

> 伊之意，自知身名決裂，且無子嗣。萬分難免，輒思以不願用兵之言，博天下讀書迂愚無識者之稱譽；而以窮兵黷武之名，歸之於朕。此其心懷狡詐，實出意想之外。朕實不料十三年來，隆恩渥澤，而訥親之忍心害理，意至於此！

高宗自辯並無窮兵黷武，揚威喜功之意，按諸實際則不然。「清史稿」「高宗本紀」，乾隆十

三年十月癸未：「諭張廣泗勿受莎羅奔降。」又，十二月乙亥：「張廣泗奏：『莎羅奔請降，告

以此次用兵，不滅不已。』上以用卿得人勉之。」可知大金川之事，早可了結；高宗不受降，非

滅之不可。此非窮兵黷武而何？

今細推當時史實，高宗本有耀武揚威之意，至孝賢皇后崩，為彌補失德，更望在武功上有所

成就。因而特命訥親以經略督師；訥親剛愎自用，張廣泗疑心莎羅奔欲降而不許，為訥親所進

言，於是一方面由於負氣；一方面打算讓訥親知難，密奏高宗，受降而終結戰局。

殊不知訥親已知高宗的本意，且正當高宗大振乾綱之時，如何敢以輕舉妄動之言入奏？這是

旗人口語所謂「撐了！」高宗之意，莎羅奔既然請降，則已勢窮力竭，以張廣泗的經驗，何不可

一舉而滅之？其中必有曲折難明的緣故，固而特召張廣泗入京，於年底在瀛台親審；並頒上論：

金川用兵以來，張廣泗貽誤於前，訥親貽誤於後，兩人之罪狀雖一，而其處心積慮，各有不

同。至於自逞其私，罔恤國事，則實皆小人之尤矣，朕昨御瀛台，親鞫張廣泗，其狡詐欺飾，緊

要情節，俱經一一供認不諱，而其茹刑強辯，毫無畏苦之狀，左右大臣，皆以為目所未見，即此

一節，與市井無賴何異！

所謂「茹刑」即熬刑。張廣泗亦知只要一認錯，必死無疑；因而數審受刑仍極口稱冤。但「三木之下，何求不得」？張廣泗「茹刑」，未必就是市井；明朝東林黨人，受刑不屈者甚多；但高宗則已與酷吏無異了。

以下痛斥訥親：

及今日接到富成所奏，訥親明白回奏一摺，其乖張舛謬之處，凡朕所指出者，悉無可置辯，惟思求見朕面，不知伊尚有何顏見朕？且求赴軍營效力，伊曾為大學士，將欲如士卒奔走，猶覷升驍騎校耶？其頑鈍無恥實甚。觀此則張廣泗乃剛愎之小人，訥親乃陰柔之小人。

以十三年親信重臣，不管多大的罪名，欲面見一陳衷曲，在情理上應無不許之理，而竟如此峻拒痛斥者，可知高宗必有不能與天下共見的私意在。以高宗的精明，說不知訥親未經戰陣，不諳軍旅，是決不會有的事。

明知軍事非其所長，而委以督師之任，則錯在高宗；倘謂不知其不諳軍旅，則十三年近侍，並此不明，其為昏暗，可想而知。不論是前者，還是後者，高宗皆不得辭其咎。

以情況判斷，自是明知訥親不長於軍事，而要以督師之任；其中緣故，就大可玩味了。拿訥親所言輕舉妄動之語不敢形之章奏；以及不准面見的情形來說，則高宗當有經不起訥親一見陳詞之處。

照我的推想，訥親受命之前，必曾疏辭，而高宗必有安慰之語，亦為保證之語；欲面見即一陳當時的密論，冀獲一條生路，並自請赴軍營以為贖罪。是則，高宗之不願見訥親，即為不願承認當時有何安慰保證之語的表示。

由此論斷高宗的用心，實為明知訥親必敗，便可藉此誅除權臣。倘或訥親成功，藉以增加威望，是為意外收穫；而同時亦可以其長於韜物為藉口，派為另一場大征伐的專閫之將，隔離在外，功成還朝，則已換成另一幅局面，訥親的羽翼不存，亦就無能為力了。

其次，如准訥親回京，則有張廣泗在對質之下，會反映出領導的錯誤，即敵人既已投降，緣何不納而須趕盡殺絕？所以不准訥親回京，張廣泗便已死定；但照高宗所論其罪狀，亦自有取死之道：

當張廣泗初抵軍營，以為金川賊酋，亦如黔苗之易辨，屢次妄為大言，可以克日奏功，既已久無成效，時復失機，則又諉過屬弁，藉口兵單，及聞訥親前往，伊復持兩端，懷觀望，訥親能

辦此事，伊固可依附而邀次等之功；事不成咎在訥親，伊乃一切推諉，使陷於敗，仍可復據其任。

是以於訥親種種乖方，並無一語入告，其後見訥親之必敗乃向屬員訕笑誹議，備極險忮情態，蓋恐此時據實奏聞，猶或致譴責，不若含混詭隨，坐觀其決裂之為得計也。此其心展轉數變，狡獪叵測，經朕詳悉推勘，洞見肺肝，始將實情吐露，訥親且在其術中而不覺矣。

既誅張廣泗復有上諭：

十三年來，受恩深重者，孰如訥親，伊在皇考時已在軍機處行走數年，辦事原屬勤幹；惟時大學士傅恆，適遇孝賢皇后大事，未便釋服即戎，且亦老練不及訥親，此遣訥親前往之由也。訥親其福淺孽深，臨事乖戾，迥異平日。一至西安，將軍巡撫迎見，訥親傲慢睥睨，仰面不顧，於地方情形，全不置問。

秦蜀接壤，軍營動靜，亦概弗諮詢，而其沿途肩輿自適，騶卒動遭鞭朴，流血淡背；或至顛踣，為人馬踐踏，轉在轎中視而笑之，此豈復有人心耶？及至軍營，安坐帳中，從不親身督戰。

每日至巳午間方起，屬員概不接見，遂致諸務歧誤！

而張廣泗當訥親初到，曲意逢迎，欲得其懽心，及見伊大局將敗，則復轉輕慢為傾害，布散流言，搖惑士眾，欲擠之死而攘其職，而於種種貽誤，並無一語參奏。此小人之尤，經朕於瀛台親鞫，具得實情，是以立實重典。

此諭為命軍機大臣兵部尚書舒赫德，馳赴四川，會同接訥親之任的傅恆，審問訥親時所發。後數日接到傅恆奏報，方知征金川「道路之險阻，兵民之疲憊」，「一切艱難困瘁之狀」，「頗為追悔」此一番用兵，「但辦理已成，無中止之勢」，惟有借訥親的人頭，振將頹的士氣。

因命侍衛鄂實，授訥親之祖過必隆之刀，斬訥親於軍前；並頒上諭：

訥親、張廣泗二人，乃軍前之勞人憊卒，所共切齒，張廣泗雖經伏法，而士眾尚未親睹；訥親若在成都審明待報，未免往返稽遲。著舒赫德將訥親帶往軍前，會同經略大學士傅恆，一面訊明，一面將伊祖過必隆之刀，於營門正法，命軍前將弁士卒共見之。

此與武侯斬馬謖相提並論，則高宗的作為，顯然出於私意。因可和而不和，徒傷士卒，而又有訥親與張廣泗，有意無意表示，嚴旨所迫，必須勉為其難，則軍中必有歸怨於上之心，故高宗

須如此以遏必隆爲道具，做一個殺元戎的「秀」，讓他的「觀眾」稱快洩憤。事實上高宗應下罪己之詔。

如行軍輸糧、道路險阻、兵民疲憊，一切艱難困瘁之狀，維責訥親，張廣泗早不奏聞，說是「即此而論，訥親、張廣泗，誤國之罪，可勝誅耶？」

此明明爲諉過於人之語。按：大小金川在今四川西部與西康接界之處，兩處平定後設懋功直隸廳爲治，懋功之名，至今猶在。大小金川所匯，今稱大渡河，而在當時稱爲瀘水。「讀史方輿紀要」謂雲南大川金沙江，「東達四川之會川衛西南而合瀘水，於是金沙江亦兼瀘水之名。由會川衛而南過金沙江，即武侯五月渡瀘處，即武侯五月渡瀘處。」

「出師表」：「五月渡瀘，深入不毛」，雖一南一北，相距尚遙；但大小金川在邛崍、大雪兩山脈間，既未設治、形同化外，則其地之險阻，可想而知。退一步言，勞師遠征、派重臣經略，自是一次大征伐，豈有不先研究地形，而貿然從事之理？

事實上，高宗對大小金川用兵不易是知道的；當前一年莎羅奔作亂決定討伐時，曾有如下的上諭：

朕思此等苗蠻，雖屬化外，而叛服靡常，端由辦理不善，但如謂「得其人不足臣，得其地不

足守」，比之禽獸虺蛇，亦何妨聽其涵孕卵育，並生宇宙之間，而此等蜂屯蟻聚之眾，果可度外置之乎？

即如贍對大金川之地，亦豈好大喜功？實因伊等聲勢日張，不得不勞師動眾。然前此進兵，既不能遽得要領，臨事又惟草率了局，官兵甫撤，旋復煽動，傷威損眾，勞費實多。若但來則應之，去則弗追，十至而十應，可如以十應之勞，用之於一舉毀穴焚巢，芟除蕩滌之為愈也。

稽之前事，如漢之馬援、諸葛亮，至今懷其遺烈，即前明韓雍、王守仁輩，亦能震以兵威，群蠻膽落，坐收一勞永逸之利。近日滇黔古州等境，悉成樂土，具有明效；川省諸番，亦當加意經畫，況我朝大威，無遠弗屆，即蒙古四十八旗，自古所不臣，何嘗不在五服要荒之外而奉令守藩，輸誠內嚮，宙輯至今，可見含齒戴髮之倫，斷無不可化誨；惟在德足綏懷，威足臨制，得柔遠之道耳！

可傳諭慶復、張廣泗等，悉心區畫，因此番用兵，將全蜀情形，通盤計度，如何可令蠻眾弭耳貼服，永為不侵不叛之臣，使叢箐密菁，息警消烽，共安至治，熟籌長策，詳悉奏聞辦理；如果有不能辦理，或不可辦理情節，亦蓋將實在情形，緣何不便之處，密行陳奏。

觀此一諭，高宗決心討伐之意，極為明白，且目標在令蠻眾「永為不侵不叛之臣」，則應師

武侯之七擒孟獲，不以一次克敵爲已足；意中不求速效，願以「十應之勞用之於一舉」，則「叢

篡密菁」，用兵艱苦之狀，自然籌思已熟，何能諉過於訥親、張廣泗？

總之，這一次戰役失敗，基本上是廟算失策，亦就是戰略上先發生了錯誤；即令訥親、張廣

泗作戰不力，勞師無功，亦應君臣分任其咎，而竟以最嚴酷的刑罰，加之於一向寵信的訥親。

平苗有功的張廣泗，其不測之威，固可懾服臣下，但亦使人寒心。平郡王福彭，即是受了這

種憂懼震慄的刺激，中風而死。這一段我留到後面再談，先交代上引上諭中所謂「瞻對大金川」

之事。

瞻對爲大金川附近苗人的部落，分上下瞻對，共二十餘寨，其地在鴉礱江上游，去打箭爐

（今西康康定）七日途程。乾隆十年夏天，上下瞻對兩土司發生衝突，演變爲叛亂，川陝總督慶

復奉命進兵平亂，作一勞永逸之計；至十二年六月事定，但首要之敵下瞻對土司班滾在逃；慶復

徇庇四川提督李質粹，誑招班滾已經燒死。及至張廣泗征金川，奏聞其事，慶復、李質粹皆革職

下獄。

十四年九月，慶復佟國維第六子，爲隆科多胞弟；隆科多獲罪，而慶復見用，

襲封公爵，此爲世宗一貫的手法。

高宗即位，以慶復代平郡王福彭爲定邊大將軍；與噶爾丹策零息兵後，召還京；乾隆二年督

兩江，移雲貴、移兩廣、移川陜，爲政雖無赫赫之功，亦尙平穩；至是竟因未獲渠魁而罹極刑；實爲高宗抑制外戚，收權自用的手腕，但施威實不免過濫。

至於平郡王福彭，在乾隆初年，權力與莊親王、張廷玉、鄂爾泰相當，而清朝公私文書中，對於他在軍國大計中所能發生的作用，殊少記載；此因雍正十一年，福彭雖一度在軍機大臣上行走，但自軍前召回後，先任總理事務大臣；至乾隆二年十一月，軍機處裁而復設，諸王皆不入軍機處，平郡王福彭似已投閒；而實不然。乾隆三年預於「議政」之列，始終爲高宗親信的顧問。

軍機處之裁而復設，爲高宗收權之漸。

「實錄」卷五：

乾隆二年十一月庚辰，總理事務莊親王允祿等請解總理事務。諭曰：莊親王等奏辭總理事務，朕思皇考御極之初，命王大臣等總理事務至二十七月釋服之後准其辭者，蓋皇考春秋已逾四旬，且至聖至明，於天下政務一切情事無不周知洞悉。在朕今日豈敢與皇考比擬，正賴王大臣等輔弼贊襄，其臻上理，何得援例懇辭！但覽王大臣所奏，情辭懇切，請各歸本職辦公，仍是靖共佐理之忱悃，朕祗得勉從其請。

按：總理事務處雖有鄂爾泰、張廷玉及協辦之訥親、班第，但與諸王共事，體制所關，不能盡意；而高宗指揮，亦難如意。以故運用手腕，促使莊親王胤（允）祿等辭總理事務。前一日辭，後一日即有覆軍機處的上諭：

昨莊親王等奏辭總理事務，情辭懇切，朕勉從所請。但目前兩路軍務，尚未完竣，且朕日理萬機，亦間有特旨交出之事，仍須就近承辦。皇考當日原派有辦理軍機大臣，今仍著大學士鄂爾泰、張廷玉、公訥親、尚書海望、侍郎訥延泰、班第辦理。

海望與訥延泰亦為軍機處舊臣。至是，每日由鄂爾泰領班晉見，一切大政，部由高宗親裁。原任總理事務的諸王，失去法定的實權；高宗即可有選擇地加以任用。

撤銷總理事務處，恢復軍機處，並由臨時組織變為正式機構，成為行使「相權」的最高權力機關，為清朝政治制度上，一項具有重大深遠影響的改革。

高宗之能擴張「君權」，獲致全盛，以及後來朝廷之能應付若干重大的危機，均得力於這一次的改革，因此有作一番比較詳細的說明之必要。

按：照清太祖最初所規定的政體，為合議制度；但他的遺命可說根本未曾實現。雄才大略的

太宗皇太極，在禮親王父子的擁護之下，定於一尊。但權力卻非獨享，表現在上者，為議政制度，親貴重臣，均有一定程度的發言地位；表現在下者，下五旗的旗主對本旗有極大的支配權。是故世祖崩逝，在孝莊太后與湯若望，以及四輔政定策，改變傳位於安親王岳樂的遺命，由皇三子以沖齡接位，仍須諸王貝勒設誓於正大光明；四輔政始得放手辦事。

康熙一朝，基本上仍與親貴共享統治權，但由於聖祖天縱英明，故諸王貝勒不致越權而形成掣肘。

世宗得位既然不正，則諸王貝勒各行其是，將嚴重地妨害了「君權」，此所以一方面誅除異己；一方面千方百計想將下五旗的旗主制度打破。這個工作雖有成效，卻未完全成功。至雍正十三年八月世宗賓天為止，上溯聖祖殺鰲拜，真正親政，約六十五年間，政治制度一變再變，脣視皇帝個人的遭遇，以及統治權的強弱為轉移，其變遷之跡，大致如下：

一、康熙初期，以王大臣議政為主；親信參議，以憑親裁為輔。如議政王大臣所議，與親信建言相合，當然行之無疑。如兩者不合，而欲推翻議政王大臣的結論，採行親信之議，常有窒礙。

但聖祖受祖母之教、及湯若望等之啟沃，自幼便知世無坦途，而清朝開國及其得位的經驗；宗教上殉道的故事；中國傳統經典中擇善固執的教訓，在在使得聖祖深信，理想必須自奮鬥中實

現，所計議政與親裁之間的分量，逐漸轉移，最後，議政制度，能真正成為一種可收實效的統治工具。

二、康熙中期，大政皆由親裁，其方式有二，一為「御門」聽政，即為議政制度的擴大；有時，亦是真正的「御前會議」，與日本大正、昭和時代的「御前會議」徒具形式者，絕不相同。二為專摺奏事，親目裁定了原則，再經由正式的程序，用「題本」達部，經內閣票據裁定。

三、聖祖早期親裁庶政的助理人員有二：一為南書房翰林；二為御前侍衛，出納王命，口喞天憲，同時亦為天子耳目。此所以高士奇之流，得以攬權納賄。

四、雍正即位之初，創始「總理事務」制度，最初以皇八子封廉親王的胤禩；皇十三子怡親王胤祥，「舅舅」隆科多及大學士馬齊四人處理政務，合稱為「總理事務王大臣」；在此階段，此四人的權力與明朝的內閣完全相同。

但此為世宗得位不正，迫不得已與胤禩、隆科多分享統治權，及至胤禩、隆科多成為他誅除的目標以後，「總理事務」制度，無形解體，約自雍正三年起，議政制度又逐漸發生作用，但實為世宗操縱的工員。同時內閣的地位亦已提高；鄂爾泰與張廷玉可能為清朝罕有的兩個名實相的大學士。

但為山九仞，功虧一簣，勢不可止，如剋日蕩平，固所深願，倘有遷延，則以全蜀物力，婦

藏脂膏，塡於蠻荒邊徼一隅之地，亦覺可惜，故籌餉至十四年二、三月敷用爲止。易言之，屆時尚未收功，惟有息兵。十二月底曾特頒一諭云：

金川用兵，定不可過四月初旬之期，朕已屢經傳諭。今晨恭請皇太后聖母萬安，蒙詢及此事，以經略大學士傅恆，如不成功，無顏以見眾人之語陳奏；皇太后懿旨：「經略大學士傅恆此見，實爲太過！經略大學士此行原爲國家出力，非爲一己成名，如爲名起見，豈有國家費如許帑項，如許生命，以專供一己成名之理？況退縮貽誤者，朝廷既治其罪，而經略大學士傅恆，忠勇奮發，勤勞任事如此，何不可見眾人之有？且人事既盡，成功與否，則當聽命於天；若天意不欲珍滅醜類，人力何可強違？

經略大學士傅恆之出力，期於國事有益也；必謂不能成功，即不可見眾人，試思果如所見，於國事有益否乎？自宜遵奉朝廷前旨爲是。」

拿這些上諭，跟殺訥親、審張廣泗以後所頒布的諭旨對照來看，形成過無不及的兩極端；而出以奉「懿旨」方式，更爲別具深心。

高宗對太監用事及外戚干政，非常敏感，何以上諭中公然有太后過問國事的宣示？原來這是

一種撫慰后家的手法；以家務的觀點來看，孝賢皇后由於高宗所加予的種種刺激，憤而投水，這在姻親之間，已構成非常嚴重的糾紛；尤其是傅恆，縱有紅頂之榮，未掩綠帽之羞，更須有適當的疏導，才不致激出變故。

高宗派傅恆為經略，本意就是借此機會，要給他一個大大的好處，作為補償，同時在親鞫張廣泗時，已盡悉大小金川的底蘊，勞民傷財之誤，在不納莎羅奔之降，務求掃穴犁庭，逼得苗蠻憑藉地利用困獸之鬥。

所以一面密諭岳鍾琪格外盡力，為經略之輔；一面定下限期，暗示傅恆此去，只要保住面子即可，亦即是不妨接納莎羅奔投降。

但傅恆不知是負氣，還是不明暗示，抑或故意表示忠勇，上奏自道：「此番必期成功，若不能殄滅醜類，臣實無顏以見眾人。」果然如此，必成不了之局，不特傅恆將蹈訥張的覆轍；而且戰事必不能在短期內結束。

鄂爾泰於乾隆十年加太傅；張廷玉於乾隆四年加太傅，論位望亦屬相當；惟有傅恆年不過三十，出師尚未立功，驟拔之於三公之位，實在出人意表。又一月後，為乾隆十四年，正月初三降諭云：

今日新正令辰，恭迎皇太后聖母鑾輿，內廷春讌，仰蒙慈諭；經略大學士傅恆，忠誠任事，為國家實力宣猷，皇帝宜加恩錫封。俾以公爵，以旌勤勞，欽承恩訓，深愜朕心；但封公之旨，應俟奏捷到日頒發，著先行傳諭，俾知聖母厚恩。

在經略大學士，素志謙沖，必將具摺懇辭，此斷可不必，經略大學士此番出力，實為國家生色，朝廷錫命襃庸，何嘗有汗馬勞耶！若經略大學士因有此恩旨，感激思奮，不顧艱險，必期圖所難成；抑或避居功之名，必欲盡掃蠻氛，生擒渠首，方馳露布，而凡有克捷，概不具報。皆非朕所望於經略大學士者，經略大學士即不具奏，舒赫德亦應一一據實奏報。總之馳報軍情宜於頻速，必朝夕相聞，瞭如目睹，方足慰朕懸切。

以下又諭：

朕前諭四月初旬為期，乃再三審度，更無游移。用兵原非易事，何可逞人意以達天意耶！經略大學士試思在京辦事之時，識見才力，視朕何如。今朕意已定，自當遵旨而行，況經略大學士即能成功，亦皆眾人之功。

朕降此旨，所以擴充經略大學士之識量，使盡化一己功名之見耳！一切機宜，連日所降諭

旨，俱已備悉。惟望經略大學士仰體慈懷，欽承渥澤，諸凡從長妥辦，俾國家軍民，均有裨益，朕實幸焉。

所謂以「四月初旬為期」，則是高宗已預見到，必須速戰速決，倘十四年三月間尚未奏功，即當撤兵。在傅恆初到四川時，細陳缺馬缺糧的情形，奏請優遇「軍糧飛班」，戶部收捐（捐官）停止六個月，俱令於四川報捐，本折兼收（本為本色即米，折為折實即銀），其運米至軍前者，准以「飛班」即用；戶部停選六個月，僅四川捐班人員先用。

於此可見四川用兵，軍需供應情況之嚴重；因而高宗批答，復又歸罪訥親、張廣泗，對四川「民力拮据，空虛疲憊，一至於此」，竟未「剴切敷陳」。

賈母王太夫人遵旨進宮，見元妃痰塞口涎，不能言語。見了賈母，只有悲泣之狀，卻沒眼淚⋯⋯

此即寫福彭病歿經過。鳳藻與龍翰並稱，楊燮「送張相公出征」詩：「援毫飛鳳藻，發匣吼龍泉」，可知宰相文筆稱為「鳳藻」；故可與天子揮毫的「龍翰」為對。賈元春封為「鳳藻宮尚

書」，即指福彭於雍正十一年四月入軍機。

高宗的不測之威，足以令人憂懼致死；然則他的逾格之恩又如何？現成的例子，即是代訥親而為經略大臣的傅恆；在乾隆十三年出師時，賜宴重華宮，於東長安門御幄前上馬，命皇子等送至良鄉；十二月初降諭云：

　諭經略大學士傅恆：自奉命經略以來，公忠體國，殫竭悃忱，紀律嚴明，軍行甚速。途次衝冒風雪，晨夕馳驅；兼辦一切，咨詢機務，晷刻鮮暇，常至徹夜無眠。今日披覽來奏，甫入川境，馬匹遲誤，減從星發，竟至步行。自非一秉丹誠，心堅金石，安能若是。將來迅奏膚功，當優議酬庸之典；而目前之勞瘁，實屬超倫。朕於臣工，有善必彰，即如那蘇圖所辦軍行供億，預備妥協，乃軍旅中之一節，尚加恩議敘；況經略大學士，如此忠勤，豈可不加優獎。在經略大學士沖把為懷，以次及將來大捷議敘，定必力辭，而在朕賞罰權衡，大公至正之道，因不得以意為輕重也。經略大學士傅恆，著交部從優議敘。

　既而吏部議奏：「請晉銜太子太保，仍加軍功三級。」此已優渥非常，而高宗以為不足，得旨：

經略大學士傅恆，公忠體國，懋著勤勞，殫力宣猷，誠精妥協，著晉銜太保，仍加軍功三級。

按：三公三孤，大多為贈銜，生前加銜，必有特殊原因，鰲拜為太師，則擅權時竊號自娛；范文程、洪承疇、金之俊，年邁齡加太傅，則范、洪確有殊勳，金之俊以撰「端敬皇后（董小宛）傳」而獲異常之「潤筆」；年邁齡加太傅，則以年羹堯已加太保，其父自當更晉一等。

在禮節上雖已糾正，但議政時並不能使王公免於盛氣凌人、呵斥責備的驕倨之態。因此，親貴干政，縱有真知灼見，往往被過，不得上達，此所以高宗必須排斥這一層羈絆，方能充分行使君權。

軍機處恢復後，首任軍機大臣共六人，照「清史稿」軍機大臣年表所載，為鄂爾泰、張廷玉、訥親、海望、納延泰、班第。依次序似以鄂爾泰為領班，其實不然；領班應為訥親。軍機班行，先論品秩；品秩相同，始論資格，訥親襲其祖過必隆的爵位為果毅公。異姓封公，稱為民公；五等爵中，公、侯、伯的品級，皆超過一品；子爵視武一品；男爵視武二品。因此，訥親位尊於大學士。

趙雲崧「簷曝雜記」曾記訥親「獨對」事，此亦訥親為軍機領班的證明；軍機故事，雖同班進見，而發言者則只領班。訥親為高宗一手所識拔，獨對「承旨」，而由汪由敦「述旨」，大政親裁；鄂爾泰與張廷玉雖為元老，事實上亦幾同於「伙食宰相」了。

但對議政制度，高宗尚不敢公然廢除；則轉而加以利用，必要時可作為制約親貴以及軍機大臣的工具。當時議政部分，高宗係交由莊親王主持；乾隆三年以福彭預議政，乃準備取代莊親王。自乾隆四年流產的宮廷政變發生後，莊王亦且涉嫌，故審鞫定罪，皆由福彭主持，彌見親信。

至十三年孝賢皇后大事出，高宗為立威起見，對一向寵信的訥親、平苗有功的張廣泗，翻臉無情，使得福彭大感刺激。

及至張廣泗被逮入京，高宗將親自鞫問，頗有牽連而成大獄之勢，福彭更不能不憂心忡忡；因張廣泗為鑲紅旗漢軍，福彭為鑲紅旗旗主，平時對張廣泗多予支持，自不免有徇庇之處，倘高宗追究到底，即不免株連牽累，因而血壓陡升，遂致中風；「紅樓夢」第九十五回，寫元春之死云：

且說元春自選了鳳藻宮後，聖眷隆重，身體發福，未免舉動費力。每日起居勞之，時發痰

疾。因前日侍宴回宮，偶沾寒氣，勾起舊病。不料此回甚屬厲害，竟致痰氣壅塞，四肢厥冷。一面奏明，即召太醫調治。豈知湯藥不進，連用通關之劑，並不見效。內宮憂慮，奏請預辦後事，所以傳旨命賈氏椒房進見。

「懷舊詩」云：

皇考選朝臣，授業我兄弟，四人胥宿儒，徐朱及張嵇。設席懋勤殿，命行拜師禮。其三時去來，可亭則恆矣；時已熟經文，每為闡經旨，漢則稱賈董；宋惟宗五子，恆云不在言，惟在行而已。如坐春風中，十三年迅耳！先生抱病深，命輿親往視；未肯竟拖紳，迎謁仍鞠卺，始終弗踰敬，啟手何殊爾。嗚呼於先生，吾得學之體。

朱軾諡文端，清操絕俗，而儀容甚偉，河目海口，宏聲廣顙，步闊二尺，殊不似規行矩步的理學家。生平軼事甚多，錄其可信者一則如下：

年羹堯既以大逆誅，父遐齡年八十餘，法當從坐，九卿俱畫諾矣，高安朱文端公獨不署名，

憲皇帝責問，公奏以子刑父，非法也。臣簿錄年氏家書，遐齡訓羹堯甚嚴，羹堯不能從，以陷於罪，罪在子，不在父。上領之，遐齡竟免。

按：朱軾其時為吏部尚書，處分職官，本為吏部專責；惟以年案係交廷議，故奏時，奏章須全體署名。廷議本許兩議上聞，以憑欽定；或個別有異議，不願隨眾者，亦得在公奏中聲明，另行具疏。

惟關乎刑罰而所擬為大群時，原則上仿三法司會鞫之例，須眾議僉同，方能成立。按：「三法司」者，刑部、都察院、大理寺；凡交三法司會審的職官，如處死刑，須三法司堂官完全同意，稱為「全堂畫諾」，方能出奏。

議年案時，朱軾以吏部尚書不以為年遐齡應坐子之罪，其意見當然應該重視。事實上，世宗以敦肅皇貴妃之故，不特決不願罪年遐齡，甚至年羹堯仍得重用；群臣不明世宗只為抑制年羹堯的本意，一意逢迎，而朱軾獨持大體，能補君之過，此是真道學，非熊賜履、趙申喬等假道學之比。

但在廷議時，欲為一士之諤諤，亦殊不易；議政時王公在上，體制攸關，成一極端的以大壓小之勢，殊難盡言。

「清朝野史大觀」中，記議政情況云：

康熙二十六年正月二十六日，諸王大臣議禮永康左門。諸王以次環坐，內閣九卿科道議畢，閣臣白其議，向諸王長跪移時，武定李相國之芳，年老踣地，華亭高太常層雲，時官給諫，抗章彈奏云：天潢貴冑，禮當致敬，獨集議國政，無不列坐；況永康左門，乃天子禁門，非大臣致敬諸王之地，大學士輔弼大臣，當自重，諸王宜加以禮接。疏入，交宗人府吏禮二部議，凡會議時大臣見諸王，不得引身長跪，著為令。

所以然者，鄂爾泰以平苗起家，今苗亂復作，自不得辭其咎；但世宗又不欲顯斥鄂爾泰，但亦不能信任其處理復起的苗亂，能不受他自己過去的咎愆所影響；特命三王辦理者，非謂三王能當此任，而實為監督鄂爾泰能秉公處理；同時亦防止張廷玉借此打擊鄂爾泰，以私怨而誤國事。

苗疆事務處的裁撤，剝奪了皇五子和親王的職權；軍機處裁撤以後，原任軍機大臣訥親、班第、索柱、豐盛額、海望、莽鵠立、納延泰、徐本等八人，出處不同。

① 訥親、海望、徐本為「協辦總理事務。」

② 班第、索柱、納延泰「在總理事務處差委辦事」。

③莽鵠立、豐盛額各回本任。

這一來，大概歸於四總理事務王大臣；訥親、徐本雖為高宗親信，在「協辦」上可以照應到高宗的「君權」，但資望不足，無法以對等地位與四王大臣抗衡。高宗是早已看到了這一點，因而在即位之日，即特召文華殿大學士派往浙江視察海塘的朱軾回京。派為「協辦總理事務」。

此人籍隸江西高安，康熙三十三年甲戌科的翰林，與張大有、高其倬同年。自甲戌至雍正十一年癸丑，共開十六科；翰林故事：十三科以前尊為「老前輩」，此時科名，再無比朱軾更高者。

張廷玉與年羹堯同時，為康熙三十九年翰林；翰林晚一科，因「散館」入館前後接踵，猶可稱為同年；晚兩科則必為後輩，甚至可能是師生——翰林「散館」而「留館」，二甲授編修；三甲授檢討，亦可派為「教習庶吉士」的差使，通稱「小教習」，此即成為名符其實的師生。朱軾一到，可以節制張廷玉；鄂爾泰是舉人，以科名而論，更當尊禮；至於對莊、果兩王，則朱軾為世宗特拔的儒臣，曾在南書房行走，且曾為怡親王的主要助手，兩王亦不能以一般的漢大臣視之。而且必要時，他可以援用世宗的遺訓，以為制衡。所以，高宗這著棋是很厲害。

那末朱軾與高宗的關係呢？前面曾經談過，他是高宗的師傅，清操宿學，是高宗所欽服之師，稱為「可亭朱先生」。

由以上的變化可以明顯地看出，清初的政治制度，彈性極大；權力的分配轉移，在君而言，常由被動而轉爲主動，亦即從被支配之中掙扎而獲得自我支配。高宗的情況，亦復如此；他的取得皇位，基礎之薄弱，並不下於乃父，所以在即位之初，亦不能不採取總理事務的制度，以莊親王胤祿、果親王胤禮、鄂爾泰、張廷玉輔政；接著下上諭，以果親王、莊親王、鄂爾泰分別總理刑部、工部、兵部，成爲「太上尙書」。此時的政府，出現了「三頭馬車」的局面：

（一）總理事務處。

（二）軍機處。

（三）總理苗疆事務處。

不過這種局面只維持了兩個月。雍正十三年十月十八日上諭：

從前西北二路軍務，交辦理軍機事務之大臣等定議。其苗疆事務，又另委大臣等定議。今西北二路既已無事，而苗疆之事亦少，大小事件亦交總理事務王大臣等辦理，其軍機事務與苗疆事務，亦著交總理事務王大臣等兼理。其原辦理軍機事務之訥親、海望、徐本著協辦總理事務，納延泰著照班第、索柱例行走，豐盛額、蔣鵷立著不必辦理軍機事務，各在本任行走。

雍正七年以後，設置軍機房，稱軍機處，當時主要的目的，是爲了軍事保密，故稱「軍機」。實際上辦事者，仍爲世宗所親信的怡親王及張廷玉、蔣廷錫等三人；八年加入馬爾賽；十年加入貴州提督哈元生，則以征苗之事諮詢。馬、哈二人，甫進旋出；十一年平郡王福彭入軍機。

按：有清一代，道光以前以親貴入軍機者，計三人：怡親王胤祥、平郡王福彭及嘉慶四年成親王永瑆，旋以非祖制置直。平郡王入軍機在雍正十一年四月；我作「紅樓夢中『元妃』係影射平郡王福彭考」，金陵十二釵圖，詠元妃之所謂「榴花開處照宮闈」，即指平郡王入軍機；因軍機直廬在隆宗門內，已入於「內廷」的範圍，故可謂之爲「宮闈」。

雍正十三年五月，以苗亂復作，特設「辦理苗疆事務處」，命果親王、皇四子寶親王、皇五子和親王及鄂爾泰、張廷玉經理其事。

因而迫不得已表明：

金川之事，朕若知征途險阻如此；川省疲憊如此，早於今秋降旨，以萬人交岳鍾琪料理；更不必調派滿兵，特遣重臣，費如許物力矣。

這是明白告訴傳恆，只信任岳鍾琪，自能了事。而傳恆似未喻其意，仍有親自冒險犯難的奏報，因而高宗搬出太后來勸諭，目的是要傳恆相信，煌煌上諭中，實有至親的關切在內，他不必耽心萬一無功，將爲訥親、張廣泗之續。

此役結果，一如高宗的籌畫，由岳鍾琪了事，「清朝野史大觀」載：

公（指傳恆）既至軍，任冶軍門大雄統軍，變易張訥弊法，壁壘一新。又偵知良爾吉之奸，召至幕中，責其貳心之罪，立置於法。又於雪夜攻克堅硐數處，察其道路險峻，非人力所易施，據實奏聞。

高宗知群鼠穴鬥，無須勞我兵力。會孝聖憲皇后中降懿旨，以休兵息民爲念。賊亦懼，乞岳威信代請降。傳文忠命岳公往諭賊。岳公率從者十三人直入噶喇依賊巢，莎羅奔等衣甲持弓矢以迎，公目莎羅奔故緩其彎，笑曰：「汝等猶識我否？」眾驚曰：「果我岳公也。」皆伏地請降，導入帳中，手茶湯以進，公飲盡，即宣佈天子威德，群番歡呼，頂佛經立誓，椎牛行炙，留公宿帳中，公解衣酣寢如常。

此因深知莎羅奔投降出於誠意，故能放心如此：

次日莎羅奔率了郎卡入傅文忠營降，傅公擁蓮幕，諸將士佩刀環侍。岳公引二酋入跪啟事，傅坐受岳公拜，始呼二酋入撫以威德。二酋戰慄無人色，匍匐而出，謂其下曰：吾儕平日視岳公為天神，傅公乃安受其拜，天朝固未可量也。金川遂平，傅岳二公凱旋，高宗郊勞於黃新莊，行抱見禮，封傅文忠為忠勇公，賜雙眼花翎，四團龍褂，寶石頂，紫韁鑾，復岳公舊爵，加威信二字寵異之，立碑太學，大赦天下。

有關傅恆的種種，後文談福康安時，還有附帶提到；此處論高宗弄權忒甚，以傅恆為例，其他例子還多，不必贅述。

總之，乾隆十三、十四年間，為高宗生平的第一變，由寅畏小心，一切務從寬大而一變為生殺予奪，逞情而為；但天生英主，書也讀得不少，故而工於詭辯。至於在此以前之寅畏小心，一半由於他本身有弱點；一半亦由於他在幼年受過一次極大的教訓，見過一次極大的榜樣——這個榜樣，就是他的胞兄弘時。

澳洲墨爾缽大學教授金承藝兄，寄我一篇論文「關於清世宗皇三子弘時——看一代帝王的家庭悲劇」，為故宮季刊第十五卷第二期的抽印本；承藝兄為清太祖長子廣略貝勒褚英之後，研究

雍正一朝的倫常骨肉之禍，堪稱權威。談弘時一文，考證詳明，足補拙作之不足，應該介紹給讀者。

金文中說，弘時本來行四，惟次子弘盼，三歲即殤，雖經命名，未予齒序，因此弘時變爲行三。世宗居藩時先生三子弘暉、弘盼、弘昀皆不育；至康熙五十年初，僅有弘時一子，他生於康熙四十三年，其時八歲；而就在這一年，弘曆（高宗）出生，小於弘時七歲。

弘時於雍正五年八月初六申刻，以「年少放縱、行事不謹、削宗籍死」一節，前已談過，但金文考證弘時生前死後的情況，在我頗有啓發；茲先引敘要點，再談其他。金文中記載：

一、「世宗實錄」中，從頭到尾，未出現過「弘時」一名；只「高宗實錄」中載有雍正十三年十月二十四上諭一道：

「從前三阿哥年少無知，性情放縱，行事不謹，皇考特加嚴懲，以教導朕兄弟等，使知儆戒。今三阿哥已故多年，朕念兄弟之誼，似應仍收入譜牒之內。著總理事務王大臣，酌議具奏。」

按：「世宗實錄」爲高宗所修；而「高宗實錄」爲仁宗所修。是故金文中所說弘時之死，

「只因在政治上有難以言宣的苦衷，衡量輕重，最後才採用這種方式以出之」。（指「世宗實錄」中，並弘時之名亦無有。）則此「苦衷」，當為高宗的苦衷。

二、弘時在雍正五年，已經二十四歲，早已成婚有子。承藝兄根據「雍親王致年羹堯函（按：此函收入「文獻叢編」，且影印原文）以及「滿洲國」所印的「愛新覺羅宗譜」，考證出他處所不得見的有關弘時的資料如下：

① 弘時成婚於康熙五十八年，時年十六歲。

② 嫡妻棟鄂氏，尚書席爾達之女；妾鍾氏、田氏。

③ 康熙六十年七月，鍾氏生一子，名永珅；雍正二年正月殤，年四歲。

三、承藝兄自「清宮述聞」中查出：「雍正元年，調安慶教授王懋竑來京，乾清門引見，奉旨，授翰林院編修，著在三阿哥處行走。」有一條是王懋竑在上書房行走，即充上書房師傅。並介紹王懋竑為康熙四十二年狀元，江蘇寶應王式丹之侄，著有《朱子年譜》，為儒林公認研究朱熹的權威之作。但王於元年到京，第二年堅以病體難支，乞假返里，從此閉門著書，直到乾隆六年才去世。

對於這一點，承藝兄的看法是：

「他（王懋竑）一到北京，在皇三子弘時府走之後，立刻發覺弘時與世宗父子間的衝突日趨尖銳，自己已經陷身在危機四伏的環境中了，若不速求逃脫事外，日後將有殺身之禍。」

這是非常正確的見解。但關於「父子間的衝突」，承藝兄認為弘時當時血氣方剛，照現代心理學來解釋，屬於「反抗性最強的年代」；也是「嫉惡如仇，不計較後果去追求正義的年代」。

承藝兄說：

「像弘時這種年歲的人，悟又適逢其會，他把祖父生前死後，政局上發生的突然變化，父親與隆科多的勾結，叔父胤禎的冤屈，連名字也被變更了（父親的原名大概也同時不見了），祖母之死，大部分的叔伯與宗室王公的幽禁……這一切都看在眼中了，是非曲直，對於不解真相的人才會有迷惑感，但在他心中是一清二楚得有若黑白似的那麼分明；身處「反抗性最強的年代」的弘時，他能夠隱忍住內心中的反感和憤怒嗎？在那種情形下，弘時對父皇有犯顏相抗的舉動，應該一點都不是稀奇的事。」

這番肯定了心史先生的看法的理由，說得非常圓滿。但我以為世宗與弘時父子間的衝突，還

有一個更敏感的問題，即是將來皇位繼承的問題。

關於乾隆身世之謎，自莊練兄首先提出，而在我不斷探索之下，旁證、反證接二連三地發現；但迄今並無正面的證據，唯一的希望是等一部「朝鮮李朝實錄」印出來以後，細細檢查，有無記載。

但實渺茫；因為高宗對於在這方面泯沒真相的工作，做得非常徹底。因為沒有正面的證據，因此我所提出的論斷，雖迄今為止，未見到任何足以否定的評論；但亦並未獲得任何認同。

是故就學術的立場而言，承藝兄推論世宗、弘時父子間衝突的原因，亦只能到此為止。但在我不同，根據承藝兄對有關弘時的史實之客觀正確的分析，恰好成為我的論斷的一個有力的旁證。

我認為世宗、弘時父子間的衝突，弘時富於正義感，對他父親殺兄屠弟有所不滿，曾形於詞色，甚至犯顏相抗，是極可能的事；但爆發雍正五年八月初六，世宗處死弘時這一幕倫常慘劇的導火線，則是弘時對皇位繼承權之爭，有了「放縱不謹」至足以危害其父的舉動。以致世宗不能不下毒手。

按：王氏「東華錄」，於乾隆一朝，開首即書：

雍正元年次辛祈穀禮成，為世宗登極初次大祀之典，召上入養心殿，賜食一臠，意已為他日付託之本，仰告昊蒼，故俾承福受胙。秋八月御乾清宮，密書上名緘固，召諭諸王大臣，敬藏世祖所書「正大光明」匾額上。冬至月屆，聖祖周忌大祭，命代謁景陵。

命皇四子弘曆代謁景陵，亦見「世宗實錄」；雍正元年十一月庚辰（初四）：

總理事務王大臣等遵旨議奏，謁陵之禮，始於東漢，歷唐宋明清間歲一行；至於周年親謁陵寢，未見記載。我皇上至仁大孝，一歲之中，兩謁山陵，孝思備摯，現今冬至將近，聖祖仁皇帝配天大典，指日親行；伏望皇上以禮制情，停止親謁，於諸王命一人恭代。得旨：諸王大臣，援據典禮，勸止朕行，姑暫停往謁。今歲兩次躬送梓宮，地方百姓，亦甚勞苦，俟明歲清明，親往東謁。

及至十一月十三日，聖祖賓天周年之期，世宗親謁奉先殿行禮，並「命皇四子弘曆祭景陵」。弘曆時方十三歲；謁陵大典，派未成年的皇子行禮，看起來像是兒戲；其實這正是世宗別具深心的妙用，可予人一個很深刻的印象，皇四子弘曆確為聖祖所鍾愛，派他去謁陵，是慰在天

之靈。

但這一來，年已三十、成婚生子的弘時，豈不大爲難堪？相信他一定會在懋竑面前大發牢騷，並抖露出弘曆「出身微賤」的秘密。

王懋竑見此光景，任何一個人都會預料到，弘時與弘曆兄弟，將來必有衝突；爲爭皇位，可以骨肉相殘，是不解之仇，父母都無法化解，師傅又何能爲力？自康熙三十八年以來，現實的例子，一個接一個出現；而每一次發生糾紛，首先倒楣的便是雙方的師保近侍；這樣，王懋竑即不嚴譴，亦必堅決求去。

於此，又要提出一個高宗生母的問題；「永憲錄」卷二下，記正元年十二月事：

丁卯（廿二日），午刻上御太和殿，遣使冊立中宮那拉氏爲皇后，詔告天下，恩赦有差。封年氏爲貴妃、李氏爲齊妃、錢氏爲熹妃、宋氏爲裕嬪、耿氏爲懋嬪。

今按「東華錄」所載是日冊封后妃的姓氏封號爲：

皇后那拉氏；

貴妃年氏；

齊妃李氏；

熹妃鈕祜祿氏；

懋嬪宋氏；

裕嬪耿氏。

懋、裕二嬪的姓氏互易，暫且不論；最可怪的是熹妃為錢氏，而非鈕祜祿氏。再查「世宗實錄」所載封妃的冊文，貴妃稱「咨爾妃年氏」；齊妃稱「咨爾妃李氏」；而熹妃與懋嬪宋氏、裕嬪耿氏，皆稱「咨爾格格」某氏；同為「格格」，何以不見於「永憲錄」的鈕祜祿氏封妃，而宋氏、耿氏封嬪，此亦疑問之一。

疑問還有，而且可能是最大的疑問，即在乾隆十七年，高宗已奉太后南巡以後，民間還不知道真正的皇太后是誰！此話怎講？要再一次略提「永憲錄」。

「永憲錄」作者，揚州蕭奭自序所記年月為「乾隆十七年」；而此書之為信史，乃史學界所公認。記載亦力求其詳。如「丁卯」立后封妃一節，下記恩詔及立后封妃的儀節以後，忽然有這樣一句話：

齊妃或云即今之崇慶皇太后。俟考。（以下又記：「今皇太后加上慈宣二字……十六年，聖壽六旬，又加上裕壽二字。」）

世宗元后崩於雍正九年；在乾隆年間，只有一位太后；即是所謂的高宗生母的「熹妃鈕祜祿氏」。蕭奭作「永憲錄」，既以求真著稱；則即令不知后妃姓氏，豈能不知當時的皇太后，即為先朝的熹妃，而誤之為齊妃。

尤堪玩味的是綴上「俟考」二字。此非年深久遠，史料湮沒的難考之事，況為天下第一尊貴之人的姓氏，知者必多。如果說蕭奭連這一點都不知道，豈復有作史的資格？是故，這「俟考」二字，是一暗示；是一隱筆兼曲筆的巧妙暗示：齊妃非高宗生母，而故意這樣寫，是曲筆；齊妃李氏，暗示高宗生母姓李，此為曲筆。

這曲筆與隱筆兼曲用的雙重設計，所要暗示的是 甚麼是兩個字：李氏——皇太后為熱河行宮的宮女，內務府包衣女子的李氏。

然則錢氏何在？鈕祜祿氏又是怎麼回事？衡以鄂碩以董小宛為女稱董鄂氏之例，則高宗生母李氏，即為四品典儀凌柱之女，稱鈕祜祿氏。而熹妃錢氏，當是受封未久即歿，正好張冠李戴，

以故「實錄」與私人記載有此歧異。於此，我附帶另舉一證，以見官版隱沒宮闈真相之甚。

明末山東諸城丘石常，副貢生，入清選利津訓導，升高要知縣，不赴；其人與詩文皆有奇氣，歿於順治十八年，著有「楚村詩文集」各六卷，「有感」七律云：

銀河只隔水盈盈，詔下文姬不許行！才貌如卿值一死，風流無主奈多情；嫌籠嬌鳥開何日？抱柱迂生哭有聲。聞道南宮皆賜配，夢中囈語望成名。

辛酉新年中，我曾據李天馥的「容齋千首詩」，考出順治七年下半年，冒辟疆曾悄然赴京，謀諸方孝標，方在湯若望的「小教堂」中，曾與董小宛相見。茲獲見上引楚村一詩，堪稱確證。楚村所寫，情事

但會面以後，非小宛不願南歸，而是已蒙孝莊太后准予領回，而臨時發生變化；

如見，箋釋如下：

銀河只隔水盈盈

銀河指宮牆。冒辟疆必是候於神武門（當時猶沿明稱「玄武門」；乾隆朝以避聖祖御名之諱

改神武門）外，等宮中發出董小宛。

詔下文姬不許行。

臨時有詔，不放小宛；「文姬」遂不能歸漢。按：「詔」實懿旨；當是小皇子博果爾已不能

須臾離小宛，故太后變卦。

才貌如卿值一死；風流無主奈多情。

上句指小宛。既「值一死」，何不殉情？故知下爲譏冒辟疆；辟疆爲有名的美男子，貴婦而願爲夫子妾者，不一而足，此即「風流」；但用情不專，是爲「無主」。既然如此，曷勿隨遇而安？奈又「多情」，故有煩惱。

嫌籠嬌鳥開何日？

此言小宛苦於宮中規矩的束縛；鄧文如所引容齋「古宮詞百首」中句：「日高睡足猶慵起，薄命曾嫌富貴家」，知「嫌」字確為寫實。

抱柱迂生哭有聲。

「迂生」用微生高之典，言冒辟疆期小宛不至，痛哭失聲。然則何不效微生之信，雖死不去？與「一死」句參看，可知亦為譏刺之詞。

聞道南宮皆賜配；夢中囈語望成名。

明英宗被幽之南宮，遺址在南池子大街東，在明為普度寺，清初名瑪哈噶喇廟，即睿親王多爾袞府第。上句言多爾袞身後抄家，奴婢雖沒入辛者庫，而後皆賜配。冒辟疆果有求破鏡之意，不妨公然上書乞恩；不此之圖，而作「梅影庵憶語」，即下句之所謂「夢中囈語」。「望成名」三字，下得過重，未免有傷忠厚。

此中曲折，決無法求之於官書的明白記載，惟有從斷爛朝報的字裡行間，細心探索，庶幾得

實。如上考證弘曆生母果爲「出身微賤」的包衣女子李氏，則弘時以居長而爲齊妃所出，當然欲與弘曆爭位。

但平心而論，世宗的選擇並不錯。弘時之不成材，早有明證；「永憲錄」記：

（康熙六十一年正月）甲午：封皇三子和碩誠親王胤祉子弘晟，皇五子和碩恆親王胤祺子弘昇爲世子。

按：弘時其年十九，已有子；如果成材，豈不亦在受恩之列。此自是世宗此時已認定弘時爲不可造之材，故不以請封。

如上之例，可知多爾袞於順治七年年底薨於關外後，不過一個多月，由追尊成宗義皇帝而一變爲追論僭逆罪，奪爵抄家，廢爲庶民，這個大變化所引起的連鎖反應，影響至爲廣泛，但官文書上無跡可尋。

再往上看，自太祖以「七大恨告天」開始，爲掩飾受明之封而反明的叛跡，其「實錄」即不甚實在，但在康熙以前，隱沒真相，不過有所諱而已，作用是消極的；而自雍正父子開始，隱沒真相還有種種積極的作用，即是用烘雲托月的手法，顯示其優越的地位。

如在熱河行宮，倘只看嘉慶「一統志」之類的官修之書，似乎只有世宗居藩時，方有「獅子園」賜園，獨承恩眷。事實上據「永憲錄」記載，諸王悉躍皆有園，並引聖祖二十一子愼郡王胤禧詩：

過恆王故園云：「紫霞朱帳噴香貎，歌舞頻看落月低，廢井水乾黃葉滿；危樓人去白雲棲；風流一歇成長往，花萼何堪見舊題？繫馬空庭清淚洒，殘煙衰草兩淒其。」過誠隱郡王故園云：「碧泉丹障白雲隈，竹閣松樓取次開，燈月光中看妙伎，風花香裡送春杯；千山獵騎貔貅陣，五夜歌鐘錦繡堆。翡翠不來鸚鵡去，橫塘煙雨長蒿萊。」

此爲兩園在乾隆時皆已荒廢之證。觀「燈月妙伎、五夜歌鐘」之句，可見誠親王悉躍時，還將府中的戲班子都帶了去的；門下清客如陳夢雷等自必相隨，亦可想而知，但雍親王即無此氣派，則在康熙末年，皇三子的地位實高於皇四子，於此細節上便可判定。

高宗幼時，謂特蒙祖父鍾愛，其實亦只是點綴形跡而已。據「永憲錄」記，康熙十一年正月封誠、恆兩府世子後，是年三月廿三，亦即萬壽後的第五天，雍親王奏請臨幸，奉觴演劇，此爲循例舉行的慶祝；但這年因爲有未封雍府世子一事，聖祖可能要看看弘時兩弟，亦有成材者否，

未幾即將弘曆帶往熱河。

我過去曾說，此因弘曆「出身微賤」，為其兄弟所欺凌，聖祖憐憫這個小孫子而攜入宮中，交密、勤兩妃撫養。現在根據承藝兄的論文，參以「永憲錄」及「清詩紀事」等書，我的基本看法未變，但瞭解了更多事實。

高宗於乾隆三十八年，作「避暑山莊紀恩堂記」，其中頗有可玩味處，亦有可指摘處，先引原文如下：

圓明園之紀恩堂，紀受恩之自；避暑山莊之紀恩堂，紀受恩之蹟，名同而實異，文異而事同，一而二，二而一者也。蓋皇祖養育予於宮中之旨，原降於圓明園之紀恩堂，茲不復贅，然其時實仍居皇考藩邸中。及從皇祖來避暑山莊，乃賜居斯堂之側，堂即三十六景中所謂「萬壑松風」者。

鳳興夜寐，日觀天顏，綈几繙書，或示章句；玉筵傳膳，每賜芳飴。批閱章奏，屏息侍旁；引見官吏，承顏立側。或命步射，以示眾臣；持滿連中，皇祖必為之色動。至於釣魚而得，則令持去，以給皇考。若隔旬餘半月，則遣往獅子園，以謁聖母。

而其年秋隨皇祖幸木蘭，又有紀者，入木蘭初，圍場曰：「永安莽喀圍中有一熊。」皇祖御

火槍中之，熊伏不動；久之，皇祖謂其已斃，命御前侍衛引予去射之。意欲使予於圍得獲熊之名也。其時予甫欲上馬，而熊突起奔前，皇祖御虎槍殪之。事畢入武帳，皇祖顧溫惠皇貴太妃指子曰：「伊命貴重。」乃以射熊事告之曰：「使伊至熊所而熊起馬驚，成何事體？」

又一日，虞者告有虎，皇祖命二十一叔父後封慎郡王者往；予跽奏願去。皇祖曰：「汝不可去，俟朕往之日，汝去耳。」似此深恩，彼時不知；至今，每一念及，即欲墮淚。夫五十餘年之事，歷歷如昨，而予六旬有三，亦視曾孫矣，子若孫其何由知之？此予所以追憶而涉筆也。子若孫其尚念我皇祖何以眷顧我之深；及我之乾乾矻矻，何以不敢負皇祖之恩，將億萬斯年永丕基，而承天眷，胥在是矣。詎惟一堂之記云乎哉？

按：溫惠皇貴太妃，即聖祖和妃，世宗尊為皇考貴妃；高宗尊為皇祖溫惠皇貴太妃。雍乾兩朝，凡聖祖妃嬪晉封者，皆有作用，或酬報、或籠絡，如追尊敏妃為敦敏皇貴妃，則以其為胤祥之母；孝懿皇后妹，亦尊為皇貴妃，則以其亦為隆科多之妹；和妃由雍正朝的「皇考貴妃」進而為乾隆朝的「溫惠皇貴太妃」，可知於高宗有恩，「溫惠」的尊號，可以說明一切；甚至亦曾照顧高宗的生母李氏。

細繹高宗御製上記，可分析出下列三點事實：

第一、聖祖晚年，凡生年長諸皇子的妃嬪，年齡大致亦都在五十以上；類皆安居深宮，不從巡幸。和妃薨於乾隆三十三年，壽八十有六，則在康熙六十一年爲四十歲，在朝夕侍從聖祖的妃嬪中，位分最高，年齡最長；對聖祖的影響力亦最大。撫高宗於宮中，疑爲和妃所建言。和妃無子，一女早殤；撫一孫輩，以爲感情寄託，亦情理中當有之事。

第二、「隔旬餘半月，則遣往獅子園，以謁聖母。」此「聖母」即高宗指其生母李氏。不言謁父，不言謁嫡母，而獨標聖母，爲無意中流露的眞相。又，此數語接於「釣魚而得」，則令持去，以給皇考」之下，情事更爲明白。

見「皇考」則必見「母后」，父母常有相聚機會，故不必「隔旬餘半月」特往謁見。惟「聖母」爲山莊宮女，且如民間大家的所謂「粗做丫頭」，別居窵遠之處，非專程而往，不得相見。

第三、關於愼郡王一段，疑所記非實。鄧文如在「清詩紀事」中記：

胤禧，聖祖第二十一子，封愼郡王。高宗列其詩國朝詩別裁之首，以代錢謙益者。號紫瓊道人，又號春浮居士，卒於乾隆二十三年，年四十八。著有花間堂詩鈔一卷，紫瓊巖詩鈔三卷，續鈔一卷。外家江南陳氏，故喜從南士遊。工書畫，作字神似鄭燮，居朱邸而有江湖之思，人情之相反也。

胤禛之母封熙嬪。聖祖晚年，後宮有三陳氏，一為勤嬪，皇十七子胤禮之母，世宗尊封為勤妃；一為熙嬪；一為貴人，生皇二十四子胤秘，歿後追封為穆嬪。此三陳氏及胤祿之母初封密嬪的王氏，當皆為聖祖南巡時，蘇州織造李熙所物色進獻者。

今按慎郡王胤禧歿於乾隆二十三年，年四十八歲，則與弘曆同年生，彼時皆十二歲。「虞者告有虎」，聖祖命十二歲的幼子當打虎之任，此非情理中應有之事。又乾隆「東華錄」開首即書：

在宮中時，「命學射於貝勒胤禧；學火器於莊親王胤祿」；胤祿的天算火器，為聖祖所親授，轉以授弘曆與胤禧，此則信而有徵；但胤禧既與弘曆同歲，即或能射，技亦不精，聖祖「命學射於貝勒胤禧」之語，亦覺難解。

但不論如何，弘曆曾從祖父一起生活過半年；同時其他各種條件，亦都優於弘時，所以世宗在得位之日，可能即已決定將來傳位於弘曆。這在弘時積怨積憤已久，而爆發於弘曆新婚未滿月之時，不獨因為弘曆成婚而未分府；而且，我相信世宗另有明確的表示。

關於弘時之早已失愛，另有一個顯明的證據是，弘時始終未曾封爵。「世宗實錄」雍正十一年正月十五上諭：

> 朕幼弟胤秘、秉心忠厚、賦性和平，素為皇考之所鍾愛，數年以來，在宮中讀書，學識亦漸增長，朕心嘉悅，著封親王。皇四子弘曆、皇五子弘晝，年歲俱已二十外，亦著封為親王。所以一切典禮，著照例舉行。

準此以論，可以看出世宗的一個原則，即皇子至成年即二十歲以外，方得封爵，然則雍正五年，弘時已二十四歲，仍無任何封號，衡諸太祖、太宗、世祖、聖祖四朝皇子分封的情況，為一特例。若非對弘時厭惡特甚，何能如此？

因此，我推斷在弘時被誅以前，世宗可能有一明確的表示，即皇位怎樣也輪不到弘時。須知皇位之傳，有各種考慮的因素，其中最主要的一點是，皇嗣的問題；弘時十六歲成婚，十八歲生子，其子四歲而殤，便即無子。

民間一夫一妻無子，則爲雙方的責任；而皇子無子，則絕對爲男方的責任；因爲妻妾以外，尚有侍婢，只要皇子生理正常，決不可能無子。弘時至二十四歲，尚不能再得一子，則年齡愈

長，精力愈衰，終將無子，即或有子，亦必不多，皇位一傳之後，不但不能擇賢而立，且恐帝系有轉移之虞。稽諸史實，一朝之衰，往往至皇嗣不廣而始。弘時即或賢能，考慮到他無子，世宗亦未必傳位；何況素所厭惡。

至於弘時既有一子，證明他生理本來正常；而只有一子，則原因非常清楚，自幼貪色，斲喪過度。只看他十六歲成婚後，即有兩妾——所生一子永珅，爲妾鍾氏所出——由此可知其好色；而此亦正是失愛於其父的主要原因。至於弘時爲了爭位，而作出「放縱不謹」之事，則可能有兩種情況，一是公然悖逆；二是謀殺弘曆。

自訥親被誅，傅恆班師後，即代而爲軍機領班，那時的銜頭是「保和殿大學士太保一等忠通公」；一直到乾隆三十四年，派往雲南經略緬甸軍務；三十五年六月班師，七月病歿，掌樞二十年之久。傅恆秉性謹慎寬厚，雍容謙和，是太平宰相的模樣；而高宗駕馭他的這個內弟，恩威並下。恩已如上所談；威則用殺雞駭猴的手段。

「清史稿」中記：高貴妃之兄高恆因貪污罪被誅，傅恆爲之求情，乞推高貴妃之恩，貸其一死。高宗答說：「貴妃兄弟犯法可以不死，皇后兄弟犯法，又當如何？」傅恆爲之戰慄。

「清朝野史大觀」記傅恆家之貴盛云：

傅文忠公（恆）以椒房勳戚當朝軸三十年，惟以尊奉前輩拔擢後進為務，一時英俊之士，多集於朝。如孫文定（嘉淦）、岳威信（鍾琪）、盧巡撫（焯）等起自廢棄；畢制府（沅）、孫文靖（士毅）、阿相（爾泰）、阿文成（桂）皆公所賞。子文襄王，復以英年擁節鉞，屢鎮邊隅，累世三公，門多故吏，聞公款待下屬，多謙沖與共几榻，毫無驕狀。汪文端公死，公為之請廕，錄子承霈為部曹；舒文襄公籍沒遣戍，公代贖其宅，俟其歸而贈之。

所謂「文襄王」即福康安；後面會談到。此處先談高宗的一個內兄，即孝賢皇后之兄傅清，「清朝野史大觀」，記其與拉布敦殉難事云：

拉忠襄公（布敦）姓董鄂氏，以世廕起家，仕至古北口提督。乾隆戊辰，奉命與傅襄烈公（清）同為駐藏大臣。傅為孝賢純皇后兄，性忠鯁；其弟文忠公貴，尚於人前呵叱之。藏王頗羅鼐新故之子朱爾特扎布性凶悍，與準夷勾通謀逆，計日舉事。

二公密劾，命襄勤公（鍾琪）率兵討之，未至而賊逆謀日熾。二公計曰：語云：千里裹糧，士有饑色，況萬里乎！今賊謀日甚，若不矯詔誅之，使羽翼已成，吾二人亦必為屠害。而岳公不獲進討，非惟徒死無益，是棄二藏地也；不若先發制人，雖死猶生，繼之者亦易為力。

因矯詔召朱至樓上，宣詔豫去其梯，朱跪拜，傅公自後斷其首；賊圍樓數重，傅襄烈遂自刎死。拉忠襄揮淚挾刃跳樓下，殺數十人，自剖腸死。事聞震悼，封二公一等伯，建雙忠祠於石大人衖衖祀之。

按：拉布敦之父名錫勒達，亦作席爾達，正是弘時的岳父；而拉布敦則為弘時的內兄，特建雙忠祠以祀，則錫勒達亦能世享蒸嘗，此為高宗照應弘時岳家的一種作用。

傅清之子名明仁，病歿於金川前線，子寶繪世襲一等子爵，後裔不昌。比起傅恆一家來，高宗待內兄轉不如待內弟之厚。除了福康安以外，傅恆另有三子，長子福靈安；次子福隆安；福康安行三；幼子福長安。爵秩如下：

福靈安：多羅額駙，有戰功，予雲騎尉世職；早死，否則必將大用。

福隆安：尚高宗第四女和嘉公主、軍機大臣，兼領兵、工兩部，襲一等公。金川平，畫像紫光閣。四十九年卒，諡勤恪。高宗擴充圓明園，他的這個女婿，必然出了很多力。

福長安：軍機大臣、戶部尚書、內務府大臣，畫像紫光閣。嘉慶三年封侯。此人在仁宗接位後，還有一番大波折；留到後面再談。

這裡先談福康安；「清人筆記」中謂福康安「身被異數十三」，細數如下：

以領隊之臣隨征金川，攻克得楞山，賞嘉勇巴圖魯，後即以「嘉勇」二字疊為封爵佳號，異數一也。

索諾木就縛，金川平，封三等嘉勇男，班師，上幸良鄉行郊勞禮，賜御用鞍轡一，旋御紫光閣飲至，詔圖形閣中，上親製贊，異數二也。

甘肅逆回田五等滋事，授參贊大臣，擒賊首張文慶等，晉封嘉勇侯，異數三也。

台灣逆賊林爽文圍嘉義，詔以為將軍，馳驛往剿，立解圍。捷聞，封一等嘉勇公，賜寶石頂，四團龍服，異數四也。

生擒林爽文，檻送京師。台灣平，賜金黃帶、紫繮、金黃辮、珊瑚朝珠；又命於台灣郡城及嘉義縣各建生祠；再圖形紫光閣，上製贊如初，異數五也。

廓爾喀賊匪竄後藏，詔以為將軍，疊賊寨。奏入，御製誌喜詩，書節以賜，佐以御用佩囊，異數六也。

甲爾古拉集寨之捷，酋懼乞降，詔許班師，晉大學士，加射忠銳嘉勇公。會十五功臣圖像成，上復親為製贊。時大學士阿文成以未臨行陣，奏讓首功，異數七也。

尋賞一等輕車都尉，命照王公親軍校例，給六品藍翎三缺，賞其僕從異數八也。

由川督移雲貴，會黔苗石柳鄧圍大營嗅腦營松桃龐三城，楚苗石三保圍永綏聽，逆渠吳半生附之，有旨命督師進剿，未匝月立解三圍，賞戴三眼花翎，異數九也。

屢毀賊營，奪賊卡，降七十餘寨，詔晉封貝子銜，仍帶四字佳號，照宗室貝子例，給護衛，異數十也。

匪首吳半生降，賞公子德麟副都統銜，授御前侍衛，異數十一也。

積功無可加賞，晉公父文忠公員子爵，異數十二也。

逮公薨，特旨賞郡王銜，賞庫銀萬兩治喪；並於家廟旁特建專祠，以時致祭，其父傅恆追贈郡王銜，子德麟襲貝勒。喪入城，親往賜奠，御製詩哭之，配饗太廟，並入祀賢良、昭忠二祠；復奉諭德麟承襲貝勒後，其子襲貝子，孫鎮國公罔替，異數十三也。

按：福康安生於乾隆七年壬戌，當領隊大臣時為三十一歲；三十四歲授嘉勇巴圖魯封號；三十五歲封男爵；四十三歲晉侯爵；四十六歲封公；五十四歲封貝子。嘉慶元年病歿軍前，享年五十四。

有清三百年，福康安的際遇之隆，無與倫比；但兩兄皆為額駙（福靈安為姪女婿）；而福康安雖蒙異數十三，獨不得尚主，其故安在，是非常值得探索的一個問題。

茲就現有史料，略誌數端，即可證明高宗與福康安有非常特殊的關係。乾隆五十三年正月福康安平林爽文之亂，福州將軍恆瑞帶兵赴援，遷延觀望；福康安多方祖護，為高宗所申飭，上諭中有云：

福康安由垂髫豢養，經朕多年訓誨，至於成人。

清朝當創業之初，太祖與太宗撫養功臣遺孤，視同子侄則有之：順治朝僅孝莊太后曾以孔有德之女四貞為義女，養於宮中。此後即未聞有類似舉動。福康安「垂髫豢養」，「多年訓誨」則是常在高宗左右。

其實，此亦無足深怪之事；但如有此事，必視為殊榮，福康安傳中，必大書特書，而皆無跡，倘非上諭中無意流露，孰知福康安有此恩遇？然則史傳不書，必是故意隱諱，其中原故，反足深思。

自殺訥親、張廣泗，且以太廟配享一事，將張廷玉攏佈得動彈不得以後，內無權臣，外無悍將，高宗的才能暢行其志；而好大喜功，迷信權力的本性，亦逐漸流露。此種本性，流露在六次南巡方面最為明顯。

南巡之議始於乾隆十四年春天，至十月間定議，定於十六年太后六十萬壽時舉行。瞿宣穎

「人物風俗制度叢談」記康、乾兩朝南巡事云：

康熙乾隆兩朝南巡之文獻，今惟存官樣文章，至實狀實鮮記載，恐得虛榮者，為官紳士子，而被實禍者則閭巷細民而已。余嘗有句云：「江山台殿冠林霏，雙燕依然下翠微，御愛樹空樟葉散，聖因封老柳綿飛；一家滿漢承恩並，七群蘇杭望幸稀，惟有道旁獻賦者，上方賜帛最光輝。」偶閱無錫黃邛所撰「酌泉錄」，中有南巡紀略數條，似皆實錄。

按：乾隆十四年十月初上諭：「嚮導人員酌量先期簡派前往清蹕，所至簡約，儀衛一切出自內府，無煩有司供億。至行營宿頓，不過偶一經臨，即暫停亦不踰旬日，前歲山左，過求華麗，多耗物力，朕甚弗取，曾經降旨申飭。」此即瞿宣穎之所謂「官樣文章」，徵諸私人記載，殊不其然，如「酌泉錄」中記云：

聖祖六幸江浙，駐蹕惠山。聞初南巡時，湯斌為巡撫，務儉省，無紛華。御舟入邑境，縣令猶坐堂斷事，後漸加增飾；至丁亥乙酉號稱極盛，故老猶及見之，亦惟結綵為樓，懸燈映水，

點染山色湖光而已。

今天子於乾隆十六年復修舊典，巡幸江南，鑾輿所至，萬姓聚觀，錫予便蕃，互古未有。然自十四年之冬，至十六年之春，官民竭蹶將事。工作繁興，百事俱廢，下邑猶然，況於省會乎！今記所見聞，尚多遺漏，後有微邑中故實者，可以資考焉。

乾隆十四年秋，兩江總督黃廷桂首疏請南巡，巡撫鹽政以下繼之，又命各知府取鄉紳耆老呈詞，詳院奏請，以明同心望幸之意。時邑紳皆列名，其親至府具呈者，蓋四人而已。

按：「丁亥乙酉」應作乙酉、丁亥，為康熙四十四年、四十六年。丁亥以後，即不再南巡，亦由過於糜費，心所不忍之故。

所以須由地方大吏耆紳呈請者，因為駕出無名。聖祖第一次南巡在康熙二十三年九月，目的是到高家堰看河工；治河都在已報安瀾之後，秋深水淺，並俟漕船回空後，始能動工。渡淮、渡江後，僅至蘇州、江寧兩地；在江寧曾祭明孝陵。到蘇州進，騎馬入閶門，縣官還在升堂審官司。

第二次南巡亦是駕到之日，蘇州方開始張燈結綵；時當春日，菜花結實成子，聖祖不識此物，大聲告誡老百姓：「你們不要踹壞了田中麥子。」左右回奏，此為菜子。命取一枝來細看，

問巡撫宋犖：「何用？」回奏：「打油。」聖祖恍然，表示「凡事必親看」。

又，聖祖很欣賞無錫惠山寄樟園中，一株數抱的千年樟樹，回鑾後猶曾憶及；查初白賦詩云：「合抱凌雲勢不孤，名材得並豫章無？平安上報天顏喜，此樹江南只一株。」瞿宣穎詩中所謂「御愛樹空樟葉散」，即指此樹。

凡此固不妨成為佳話；而高宗南巡之民怨沸騰，觀「酌泉錄」可知：

聖祖南巡時，未有營盤之設。今皇上每出巡，必具營帳，故按站為之。邑有二，一在石塘灣之北，曰北營盤。一在望亭，為南營盤。合兩處約費民田六百餘畝，高約三尺，挑築俱用民伕，四圍用大木椿無數，約入地五尺，俱用大鐵條鈎連以固之；椿內用木板障之，土用山泥黃沙；每填上一層，用巨石繫索，築令堅實。其面用細土合油灰築之，光潤可鑒。至十六年正月大雨雪奇寒，及凍解，地皆潯泥，復雨不止，為期既迫，上官切責，縣令幾不欲生；後少霽，役民無算，曉夜填築，始幸無事。

營盤對河為照牆，長幾二里，木邊竹心，加蘆席數重，繪龍鳳雜綵。民田之當營盤役者，每畝費至一兩有餘，縣官上報費止五百。

高宗南巡，隨帶勁軍一千，以資保護，而實為炫耀，因而不得不在御舟所泊之處，構築營盤。石塘灣在無錫之北；望亭在無錫之南，皆運河所經之處，復南即為許野關。無錫如此，他處亦然；痛不欲生者，不只無錫縣官。

至於營盤對河，須加綵繪照牆者，是因為高宗或許還須在此閱武；對河一望田疇，景觀不足，而力田的百姓，亦須隔絕天顏之故。

營盤、照牆之外，還有一樣費錢的工程：

邑自五牧至望亭，運河官塘為正路，石塘之圯者修之，土塘之壞者築之，聖祖南巡時僅此耳。今於修築外，更闊而廣之。又於官塘對岸亦築為塘，遇河港即架木為橋。有材村莊竹木者，俱斬伐毀之以通綵，自五牧至望亭皆然；南北塘近城濱河，有屋者沿河釘木樁，架板為複道，朱木為欄，曲折可觀，皆綵路也。

副路北自轉水河後，折過白蕩圩口，上接陽湖縣，南自帶鉤橋經談孤瀆橋，南行接長洲縣，舊本無路，俱以民田填土築之，闊與塘岸等，佔田當以千計，遇水即為浮橋，此護從兵馬所經行也。役夫皆出自輪年總甲，其費與營盤等。

這段記載，對生長在台灣，或者未見過江南運河的讀者來說，須加詮釋，方能明瞭。沿運河築一條路，稱爲官塘，或名塘路，實即堤岸，視路途是否衝要，或河水是否湍急，而定爲石塘或土塘。

石塘即堤壁用石，近城則人煙繁密，車馬頻數，故多用石塘，房屋建於石塘之上，後窗臨河，役夫無法通行，便須沿河釘椿，椿上鋪板，並設欄杆，所謂「複道」即是絳路。

官塘本只一條，但爲護從兵馬方便計，於官塘對岸，再築一條塘路，即所謂「副路」，佔田爲路，是否有如現在的補償費可領，不得而知？惟築路役夫，皆出自保甲，則被佔之田的業主，怕亦只有自認倒楣了。

光是有路可行，並不算數；所經之路，猶須整齊可觀，因而須加點綴，在城外是：

運河下塘，相去十五六里，設竹籬茅舍，一屋三楹，覆以棕，或以茅，或間以松柏葉，編竹爲籬環之，右設水車盤，左爲亭，綴以朱欄，移竹植其旁，不匝月盡皆枯死。御身所經，點綴村莊佳景，凡五處。

這有個專門名詞，叫做「點景」。如上描寫的農家，只能見之於王維、孟浩然的詩篇；或者

李翰祥所導演的電影。在後人心目中，實不如聖祖之誤認茱子為大麥來得有趣。至於城裡，又另是一種點綴。

自北塘入城，過大市橋，直出南城門，至清寧橋以下，皆御駕所經。舊街俱挹小黃石，督令盡去之，易以新磚；居民店肆門垣，以墨油塗澤如新；沿河無屋處，築牆掩之，施黝堊焉。砌街照門面，每間費銀四、五錢，查叢公費，俱開官辦云。

這不過是整頓市容，尚有專為接駕而設的燈綵，更為靡費：

御駕將至，遍地皆燈綵，黃埠墩、放生池、寶善橋、嚴壑變龍坊四處，則宜興、荊溪、江陰、靖江四縣令分任之。漪瀾堂、錫山及兩營盤，則本邑兩令所辦；舊皇亭則諸邑紳辦；惠山寺天王殿前則派兩貞節祠後裔；香花橋、金蓮橋派惠山各祠後裔；秦園則秦氏為之。由秦園至惠山寺街，又至錫山麓，各照門面。自天王殿右觀泉坊，經華孝子祠，至尊賢祠前，則華氏通辦。凡燈綵一處，多者費至千金，木料布疋綵紬皆用買之，非可貰借也。凡駕所經行之處，遇牌坊皆結綵以掩之，有子孫則子孫承辦，一無著落者，始官任焉。自北

塘入城，至南塘，每戶懸一紫燈，巨室則二。書頌聖對聯，各設香案，桌圍更以黃布畫團龍。

陳寅恪先生所寫的「柳如是別傳」，曾引錢牧齋所寫「和老杜生長明妃一首」七律，是為董小宛入宮一證。爰在高宗南巡途中，先了此重公案。

寅恪先生「柳如是別傳」（台北里仁書局版）頁七七五至頁七七八，約有一千五百字「附論」其事。所引錢牧齋「病榻消寒雜詠」第三十七、三十八兩首云：

夜靜鐘殘換夕灰，冬缸秋悵替君哀。漢宮玉釜香猶在，吳殿金釵葬幾迴？舊曲風淒邀笛步，新愁月冷拂雲堆。夢魂約略歸巫峽，不奈琵琶馬上催。（自注：「和老杜生長明妃一首。」）

秦淮池館御溝通，長養妖嬈香界中。十指琴心傳漏月，千行珮響從翔風；柳矜青眼舒隋苑，桃惜紅顏墜漢宮。垂老師師度湘水，縷衣檀板未為窮。（自注：「和劉平山師師垂老絕句」）

寅恪先生的按語是：「和杜一首為董白作，和劍一首為陳沅作。」陳沅即陳圓圓，與本文無關，不必贅述。關於董小宛一首，寅恪先生一則謂：「小宛之非董鄂妃，自不待言。」再則謂：

「至董鄂妃之問題，亦明末清初遼東漢族滿化史一重公案」茲限於本文範圍，故不具論。三則謂：「此事數十多年來考辨紛紜，於此不必多論。」

但在「不待言」、「不具論」、「不多論」之後，卻有所言，有所論，終於肯定了：「清廷所發表順治十七年八月十九日董鄂妃之死，即小宛之死。」

而且，連「影梅庵」的來歷，亦為讀者指出。推測寅恪先生所以如此吞吐其詞，乃因孟心史先生作「董小宛考」，自信特甚；且謂指董鄂妃即董小宛者，「事之可怪，莫逾於此」；「倒亂史事，殊傷道德」，故不欲公然否定心史先生之說。老輩忠厚，自不可及；但寅恪先生之不以孟說為然，是一不爭的事實。

寅恪先生在此一千五百字的「附論」中，引用了四個證據，一是吳梅村詩「墓門深更阻侯門」，提出疑問：「然則小宛雖非董鄂妃，但亦是被北兵劫去，冒氏之稱其病死，乃諱飾之言歟？」

此「北兵」我曾考定為多爾袞的部下；前談丘石常詩：「聞道南宮俱賜配」，亦可為確證。二是引「影梅庵憶語」中，董小宛述夢一段，從而論斷：「可知辟疆亦暗示小宛非真死，實被劫去也。」三即引錢詩「吳殿金釵葬幾迴」之語，說錢牧齋詩意是：「冒氏所記述順治八年正月初二日小宛之死，乃其假死。」

四是引姜白石「疏影」詞，指出「影梅庵」的涵義。這一點留待後文再談；且先箋釋錢詩。

寅恪先生只指出「吳殿」一句；其實兩聯四句，無一非借昭君以存小宛生死下落的眞相。

由「不具論」、「不多論」兩語而觀，則以寅恪先生的功力，對於此案之眞相始末，自是洞若觀火；可惜，他的一肚子未盡的學問，俱入泉台！言念及此，更覺不可妄自菲薄，有一伸寅恪先生未竟之說的必要。

寅恪先生只引「吳殿」一句，用意亦是不欲過分彰明是非，以合其呑吐其詞的文氣。就事論事，亦就是就詩論史，最分明的一個典故是「邀笛步」；吳梅村於康熙三年應冒辟疆之請所作的「題冒辟疆名姬董白小像」八絕的引言，一開頭即言「笛步麗人」，此「笛步」即是「邀笛步」，但吳翌鳳所注「笛步」，與錢曾所注「邀笛步」，有詳略之不同。吳注引張敦頤「六朝事跡」云：

辯笛步舊名蕭家渡，在城東南青溪橋之右，晉桓伊善吹笛，有蔡邑柯亭笛嘗自吹之，王徽之泊舟青溪，伊素不相識，客曰：「此桓野王也。」徽之使人邀之曰：「聞君善吹笛，為我一奏。」伊時已貴顯，素聞徽之名，便下車踞胡床為作三調；弄畢，便上車去，客主不交一言，故名為邀笛步也。

按：桓伊官至護軍將軍，曾與謝玄大破符堅，晉書有傳。與王徽之一段因緣，自是晉人風流；但與吳梅村，錢牧齋笛步之典，毫無關係。

因為毫無關係，故知錢曾所注，是一種障眼法。錢曾引王象之「輿地紀勝」云：「邀笛步在上元縣，乃在徽之遇桓伊吹笛之處。」

上元縣即江寧府附郭的首縣。既不言「蕭家渡」，亦不言「青溪橋之右」，所隱尤在「青溪」。吳、錢詩中的笛步，實即青溪的別名；而青溪則指「板橋雅記」中所寫的奏淮河房。

合看兩注，錢曾所略去的「城東南，青溪橋之右」字樣，即是隱諱所在，亦即真相所寄。明太祖於南京設富樂院以容官妓，此院先設於乾道橋，後以大火移武定橋；爲青溪與秦淮相接之處。

富樂院遺址，明末稱爲「舊院」，「板橋雜記」所謂「南曲名姬，上廳行首」之所匯萃；「曲」即北里，故牧齋詩中的「舊曲」指舊院。「舊曲風淒邀笛步」，道明了董小宛的出身；昭君生於香溪，何得徽青溪之曲？

茲從頭解此詩，第一句乃寫第二句的「冬帳秋釭」；江文「通別賦」⋯

春宮

春宮閟此青苔色；秋帳舍茲明月光；夏簟清兮晝不暮；冬缸凝兮夜何長？

「替君哀」則明寫漢元帝，暗寫冒辟疆，用生離而非用死別之典，表示冒是知道小宛的生死下落的。

三句「漢宮玉釜香猶在」的香，即「返生香」。錢曾作注，引東方朔「十洲記」云：

聚窟洲有神鳥山，多大樹，花葉香聞數百里，名為返魂樹。伐其木根心，於玉釜中煮取汁，更微火煎如黑糊狀，令可丸之，名回驚精香；或名為人鳥精；或名為卻死香；一種六名。斯露物也，香氣聞數百里，死者在地，聞香即活，不復亡也。以香薰死人，更加靈驗。

此言「影梅庵憶語」中雖說小宛已死；其實活在宮中。四句「吳殿金釵葬幾回」，典出「異夢記」：

王炎，元和初夢入侍吳王久，聞宮中出輦，鳴笳、吹簫、擊鼓，言葬西施。王悲悼不止，立

詔詞客作挽歌，炎應教詩曰：「西望吳王國，雲書鳳字牌。連江起珠帳，擇地葬金釵；滿路紅心

草，三層碧玉階。春風何處所？淒恨不勝懷。」王甚嘉之。竊能記其事。

「迴」與迴通。若非一葬再葬，如何可問「葬幾回」？寅恪先生所謂「否則錢詩辭旨不可通

矣」。正指此而言。又王炎詩句「擇地葬金釵」，亦有暗示影梅庵中小宛之墓爲衣冠塚之意。

第二聯上句「舊曲風淒邀笛步」解已見前；下句「新愁月冷拂雲堆」，固爲昭君之典，青塚

即在拂雲堆，見「雲中志」。

但言「新態」，乃與舊時生離之恨，相對而言，自爲死別，則此「拂雲堆」，自是指世祖孝

陵。「月冷」用老杜「環珮定歸月下魂」詩意。再看下句「香魂約略歸巫峽」，則「生長明妃尚

有村」的秭歸香溪，在巫峽與黃牛峽相接之處；與白下青溪，毫不相關，更爲「舊曲」指小宛出

身之地的有力反證。

茲續談高宗南巡。乾隆十六年正月十三起駕後，沿運河南下，經鎮江至蘇州，略事逗留，即

由嘉興到杭州，時爲三月初一；五日後奉太后渡錢塘江至紹興禹陵。這是最值得研究的一件事。

按：第一次南巡的主要目的，是爲了太后六十萬壽。啓蹕之日，有「恭奉皇太后南巡啓蹕京

師近體言志」詩；詩序云：

茲乾隆辛未建紀之歲，實茲寧六旬大慶之年，奉遊豫以祝釐，皇祖事垂燕翼；省閭閻而行慶，蒼生普被鴻恩。將見農人紅女，呼嵩者繞大安之輿；越水吳山、卷畫者邀王母之願。

詩爲「七言八韻」的排律，中有兩聯云：

南人望幸心云慰，西母承歡願以申；四海一家何德我，三朝厚澤久孚仁。

讀如上「天章」，細細參詳，得有如下的瞭解：

一、南巡是爲了奉太后「遊豫祝釐」。這是勞民傷財之舉，因而以康熙成獻爲藉口。

二、既然如此，則南巡應到何處，胥視太后的意旨爲斷。而太后所必欲至之處，爲浙江，而尤在紹興；所以特爲標舉「越水吳山」。吳山固可解釋爲三吳之山；但有「立馬吳山第一峰」的詩句，而又綴於越水之下，則此吳山，當然是指杭州的城隍山。

三、詩中「西母」指太后，「西母承歡願以申」，可見「越水吳山」爲太后心願所繫之地；而「四海一家」自然有滿漢一家的意味在內。

然則太后何以格外關注於「越水吳山」──事實上是「越水」;「吳山」不過是陪襯而已──這就足耐細思了。

大致民間富貴之家的老太太,如謂出遊勝地,目的是在朝山進香;因此如說到杭州這個天下聞名的佛教聖地,至三天竺燒香,其事平常。而特為渡江至紹興,為了甚麼?

退一步言,不為燒香,只為遊覽,則所謂「山陰道上,應接不暇」,不過文人筆下溢美之詞,江浙兩地風景勝於紹興者,不知凡幾,又何以特標「越水」。

復檢史書,得知在事之臣曾經諫阻紹興之行。乾隆十五年三月二十六日上諭:

據嚮導大臣努三兆惠奏稱,由杭州府渡江至紹興禹陵南鎮一路,河道窄狹,僅容小船經過,石橋四十餘座,須拆毀過半。旱地安設營盤,地氣甚屬潮濕等語。

原奏當然不便率直請求停止紹興之行,只須提出蹕路上的麋費,即能促使高宗作出臣下所希望的決定。但所得到的答覆,通情達理,異常平實:

朕初次南巡,禹陵近在百餘里以內,不躬親展奠,無以申崇仰先聖之素心,嚮導及地方官,

拘泥而不知權宜辦理之道，鰓鰓以水道不容臣艦，旱地難立營盤為慮。若為所議，拆橋數十座，即使於回鑾之後，一一宜為修理，其費甚鉅，且不免重勞民力，豈朕省方覷民之本意耶？

以下提出解決的辦法；其中有「春花」一詞，深可玩味：

朕在宮中及由高梁橋至金海，常御小舟，寬不過數尺，長不過丈餘，平橋皆可逕渡，最為便捷。越中河路既窄，日間乘用，俱當駕駛小船；石橋概不必拆毀。其原擬安立營盤之處，必須灣岸稍寬，可以停泊之地；即於此處造大船一隻，崇備晚間住宿，可不必於岸地安營，既避潮濕，且免隨侍人眾，踐踏春花之患，其駐宿大船，惟取堅固，既不藉以涉大川、破巨浪，一應帆檣篙楫，亦不必齊全，所費不過造船工價，一二千金，遇沒物料，尚可受用，較之拆橋進艇多費周章者，相去遠矣。著詳悉傳諭該督撫著令其遵照指示，妥協辦理。

諭中包括三點：第一，不拆石橋；第二，只造大船一隻，代替行宮；第三，不立營盤，既免毀棄民田，亦免踐踏春花。

此「春花」一詞，爲紹興府屬，特有的稼穡用語；寒族薄產，田戶以紹興人爲多，筆者幼時

習聞其詞，而在他處罕聞。兩浙稻田，一年一熟；收秋以後，冬季翻土，至來年初春，種植其他作物，約於三四月間收穫，名爲「春花」；青黃不接之際，常賴春花挹注，關係農村生計甚重，故上論特以爲言，只不知高宗何以知有「春花」一詞？

上引詔旨，眞爲藹然仁君之言。但此恩澤，僅敷施於紹興，不及他處，此又何故？豈不可思。

第二次南巡，原定於乾隆二十一年舉行，並先期傳諭，「紹興一處，毋庸前往」，可知地方督撫，仍將紹興列入巡幸範圍；但紹興既非名勝之處，而假借祭陵之名，亦可一不可再，故有此諭。

所以延遲一年的原因，高宗詩中有說明；他在正月十一啓蹕時，有「疊辛未舊作韻」云：

前秋適値逢災歉，昨歲因之罷豫巡。

是年丁丑；「昨歲」爲丙子，自注：

前降旨丙歲南巡，以乙亥江浙秋潦停止。

第三次南巡本定在乾隆廿六年辛巳；這年太后七十萬壽，亦因黃河水災，改在廿七年壬午。

第四次南巡在乾隆三十年乙酉，太后七十四歲。此後即未曾出遊，自是由於高年不耐舟車勞頓之故；乾隆四十二年太后崩，享年八十有六。越三年，高宗始有第五次南巡，不親吳越已十五年；則以前四次南巡，完全是爲了奉慈與遊觀，閱海塘不過借一個名目而已。

清朝的皇帝，對生母而言，除了世宗以外，大致都是孝子；而聖祖之孝祖母，高宗之孝生母，更逾常格，「清史稿」后妃傳，敘孝聖憲皇后云：

后年十三，事世宗潛邸，號格格……高宗即位……尊爲皇太后，以天下養，惟亦兢兢守家法，重國體……上每出巡幸，輒奉太后以行，南巡者三（按：應爲「四」），東巡者三，幸五台山者三，幸中州者一。謁孝陵、獮木蘭，歲必至焉。遇萬壽，率王大臣奉觴稱慶，十六年六十壽；二十六年七十壽；三十六年八十壽，慶典以次加隆。

先期日進壽禮九九，先以上親制詩文書畫，次則如意、佛像、冠服、簪飾、金玉、犀象、瑪瑙、水晶、玻璃、珐瑯、彝鼎、磁器、書畫、綺繡、幣帛、花果、諸外國珍品，靡不具備。太后爲天下母四十餘年，國家全盛，親自曾玄；四十二年正月庚寅，崩，年八十六，葬泰陵東北，曰

泰東陵。

如上所敘，孝聖憲皇后應生於康熙三十一年；四十三年十三歲，事世宗潛邸，號格格，五十年二十歲生高宗，則至康熙六十一年三十一歲時，不應仍號格格。

按：格格爲旗人中有身分之未婚女子的尊稱；年齡固無大大的關係，但未婚則爲一絕對的條件——清末恭王長女稱「大格格」；慶王四女稱「四格格」，則沿其未婚前之稱呼而來，且亦因在宮內猶如娘家之故。漢人大家之女，婚後歸寧，雖白髮盈顛，年齡相仿之長輩及嫗嫗老僕仍有稱之爲「小姐」者，其例相同。

如孝聖憲皇后，眞爲鈕祜祿氏，則年逾三十，生子已十歲而猶稱「格格」，是件太說不通的事。

第四次南巡時，高宗以「聖母春秋高，而江浙經塗數千里，頓置煩數，非所以適頤養也」，爰於四巡迴蹕時，面救東南諸大吏，勿更以南巡籲。」於是兩江總督高晉，有「南巡盛典」一書之輯錄，計一百二十卷之多，首「恩綸」次「天章」。「天章」收集了高宗御製的詩文聯匾，其中不乏詞臣代筆之作。

值得玩味的是，「天章」中對浙江的觀感，與他的父親正好相反。世宗因汪景祺、查嗣庭兩

案，認為浙江士風澆薄，特派「觀風整俗使」加以整頓；並於雍正五年丁未，停止浙江舉人參加會試的權利，作為懲罰，而高宗則對浙江特具好感，亦格外關切，如二十二年二次南巡，「入浙江境」詩云：

連江頓覺民風異，轉軫都關吾意存；恩沛寧無需再沛？疇咨大吏悉心論！

「過嘉興府城」詩注：

前秋南省偏災，江浙接境，江蘇請賑之地頗廣，而浙省報災特輕，且全遺嘉郡，因特命加賑。

「到杭州行宮駐蹕八韻」詩注：

乙亥秋歲歉收、杭人惟靜候賑卹，未嘗以米價騰踴，越分妄干。

或謂：這是浙江人比較安分，故能上邀眷顧。但「籲俊」一編中，卻有與眾不同的表示，

「盛典」卷七十六記：

乾隆十六年二月初十日，浙江學政臣雷鋐，至淮上恭請聖安，面奉上諭：「浙省生監有進獻

詩賦者，儞可擇其有學有品者，代為進呈。」

其時江蘇學政為乾隆四年己未狀元莊有恭，自然亦在淮陰接駕，卻未蒙此恩論。及至二月廿

七日蘇州啓駕，進入浙江境內，更下上諭，對進獻詩文者，予以甄別，發展而為一種「召試」制

度，據奉旨議奏的大學士傅恆、協辦大學士梁詩正、兵部侍郎江由敦等奏覆：

臣等會議得江浙兩省進獻詩賦之生監人等，作何分別考試之處，竊惟江浙為人文所萃，重以

聖朝作養，久道化成，士風日盛。茲值翠華臨蒞。更荷特沛溫綸，增廣學校取額，異數優渥，無

有倫比；其進獻詩文賦頌，自出於歡忻感激，不能自己之至情。今復蒙諭旨，考試甄錄，仰見遴

選真才，敦尚實學之至意。

伏查江南省自入境以後，江蘇各屬進士、舉人、生監人等，陸續進呈詩文，業經學政臣莊有

一次召試，浙江的題目是：

奉旨如議，即在杭州舉行第一次召試，專試浙江進獻詩文的士子；而江蘇、安徽兩省，則於回鑾至江寧時召試，自此成為常例，四次南巡，皆是如此。

召試計試一詩、一文、一賦，高宗親自出題。由題目中亦可看出他對當地的觀感。十六年第

恭，遵旨詳閱，前後兩次，開列名單奏聞，共二十九名；並蒙御覽，賞給緞疋之翁照、陸遵書、陸授詩等，俱應令其與考，伊等現已各回原籍，應令學政莊有恭，行文所屬，指名調赴江寧省城，恭候駕至江寧之日，定期考試。

再據安徽學政臣雙慶稱：安徽各屬所有進獻詩賦之生監等俱在江寧，恭候迎鑾；亦應候駕至江寧之日，令該學政分別去取，其入選者與江蘇獻詩人等，俱在江寧一體考試。

至現在浙江省所有士子進獻詩文，應交學臣雷鋐，隨接隨看，分別去取，彙齊開列名單進呈；所有應考士子，改令在杭州省城，靜候考試，應於駕至杭州、江寧，臣等會同酌擬日期，奏聞請旨，並特派監試大臣、侍衛、護軍人等監視稽查。屆期該學政等恭請欽命試題，收卷進呈，其考試地方預備士子本日飯食茶水等項，交各該督撫辦理，務令嚴肅整齊，以仰副我皇上優渥隆恩。有加無已之至意，恭候命下遵行。

賦得披沙揀金（得眞字五言八韻）；

明通公溥論；

無逸圖賦。

試帖詩題明示欲在浙江選拔眞才。文、賦兩題則爲勉勵之意。江蘇的題目是：

鸞月條桑賦；

賦得指佞草（得忠字五言八韻）；

理學眞僞論。

賦題意在勸農，詩題及文題則必有所指；對象爲張廷玉。清史列傳敘張廷玉乞休，高宗多方杯葛的經過特詳，雖無張廷玉明白反對南巡的記載，但蛛絲馬跡，猶可覆按。

張廷玉雖早於乾隆七年年底，不准其長子承襲伯爵，已爲失寵的明證，但仍加優禮；及至南巡之議起，十二年以廷玉保薦不實，交部議處，十三年正月即具疏乞休，不允，殆爲不以南巡爲

然之故。十四年十月，既頒定十六年正月南巡的明旨，十一月「以其年老，不能復兼監修總裁之任」，特派傅恆前往安慰，希望他留京不去。

因為以張廷玉的身分地位，如果出面干涉地方官承辦南巡事宜，督撫亦拿他無可奈何；至如南巡時，張廷玉領頭提出地方上興革的建議，高宗亦很難不給面子，此所以不願他回桐城。那知張廷玉倚老賣老，竟似不省，依舊上疏「請得暫辭闕庭，於後年江寧迎駕。」

按：地方大吏接駕，應至入省之地，山東與江蘇交界之處，在郯城縣南的紅花埠。以張廷玉的身分，非其他在籍紳士可比，接駕自然亦應至入江南之初的地點，而但云至江寧，則自置於一般士紳之列，在高宗看，是對南巡一舉表示冷漠，於是禍作。「清史稿」本傳：

十五年二月，皇長子安親王薨，方初祭；廷玉即請南還，上愈怒，命以太廟配享諸臣名示廷玉，命自審應否配享？廷玉惶懼，疏請罷配享治罪；上用大學士九卿議，罷廷玉配享，仍免治罪。

又以四川學政編修朱荃坐罪，荃為廷玉姻家，嘗薦舉，上以責廷玉，命盡繳歷年頒賜諸物。乾隆三年，上將臨雍視學，舉古禮三老五更，諮鄂爾泰及廷玉；廷玉謂無足當此者，撰議以為不可行。四十三年，上撰「三老五

更說」，闢古說椿駁，命勒碑辟雍。五十年，復見廷玉議，以所論與上同，命勒碑其次，並題其後；謂「廷玉有此卓識，乃未見及朕必遵皇考遺旨，令其配享；古所謂老而戒得，朕以廷玉之戒為戒，且為廷玉惜之。」終清世，漢大臣配享太廟惟廷玉一人而已。

第二次南巡召試賦題為「黃屋非堯心賦」，「黃屋」即黃幄，為天子行帳，高宗命此賦題，所以表示南巡純為承歡太后，非其本心。以後第三次、第四次南巡，均循例召試，欽命大臣閱卷，每次一等三名，授內閣中書。

其中頗有知名之士，如第一次所取嘉定附生錢大昕；第二次所取江蘇青浦進士王昶、嘉定優貢曹仁虎；第三次所取長洲進士吳泰來，皆有文名，在「吳中七子」之列。其事功特著者，有孫士毅，在清史稿中，與福康安、明亮並列為一卷。

孫士毅是杭州人，乾隆二十六年進士，用為知縣；孫士毅不願為「風塵俗吏」，恰逢第二次南巡，獻詩而得召試，取為一等第一，授為內閣中書，轉為軍機章京，受知於大學士傅恆。三十三年傅恆征緬甸，以孫士毅典章奏，敘軍功遷戶部郎中，升大理寺少卿，出為廣西藩司，擢雲南巡撫。

四十五年雲貴總督李侍堯以貪贓革職；孫士毅以不先舉劾，革職遣戍伊犁，抄家時不名一

錢；因得赦回，授翰林院編修，開始了他的封侯事業。此當與福康安、和珅一起談，這裡暫且擱下。

四次南巡前後約三十年，號稱全盛，而盛極必衰，禍根亦伏於此時。自古以來，國庫充盈，則必有驤步、遊觀、土木、祠禱之事，為失國之漸；高宗佔其三項，而以遊觀——南巡的影響最為嚴重，士習吏治，由此而壞；官商勾結病民，為內亂之因，而高宗竟為領導製造此種亂源者；一代英主，有此愚行，令人駭怪。

孟心史「清代史」記此，最為精審；敘鹽務云：

鹽務之壞，壞於高宗之侈心。清代家法以不加賦為永制，不加賦者，固念民生，尤杜子孫之以侈得禍也。聖祖六次南巡、東巡及親征漠北，累巡塞外，俱不聞所過病其勞費。高宗亦六次南巡，則昭示太平，蹕路所過，皆是點景，尤以揚州為極盛。高宗所謂「商人捐辦，不礙務本之民」，此即取之鹽業，一時自謂得計，實則節次內亂用兵，平教匪者三，平海盜者一，何一非由私鹽利厚而成？然事非直接，上下相蒙，不發其覆；至道光間國課積虧，乃始嘩然鹽法之弊，此士論以鹽為集中之點者一也。

南巡盛典中有「褒賞」一編，在事官吏將弁，皆蒙賞銀；所經各地，則普免錢糧，唯獨於兩淮鹽商，在冠帶榮身之外；「食鹽於定額之外，每引賞加一十觔」，此即是每一引鹽得增免稅之鹽十斤。

高宗上諭中，期望「減一分售鹽之價，即利一分食鹽之人」，然則此爲嘉惠小民，而非對鹽商的「褒賞」。明知鹽商不可能有十斤免稅之鹽而減價，故作此言，豈非自欺的違心之論。心史又言：

「史稿食貨志」：「乘輿屢次巡遊，天津爲首駐蹕地，蘆商供億浩繁，兩淮無論矣。」此說蓋指高宗之南巡。

夫謂長蘆兩淮因供億乘輿而致困商耶？則正不然。虧帑許其病國，加價許其病民，商挾帝眷以揮霍於其間，正是最得意之日。蘆商海寧查氏，聲氣之廣，交結之豪，世稱天津水西莊。至所謂查三膘子，歷見諸家筆記，至今流為戲劇。淮商則揚州畫舫錄所載，園林櫛比，盡態極妍，備謂查三膘子，歷見諸家筆記，至今流為戲劇。淮商則揚州畫舫錄所載，園林櫛比，盡態極妍，備

一日之臨幸，即為諸商家豪侈娛樂之所。

河道稍寬，則就鑿為湖，所鑿之土壘於湖中，名小金山；巖石嵌空，樓台曲折，經營於其上，導御舟至其地登岸；蒙允則一夕造成御碼頭，白石廣平，翼以欄盾，登岸即天寧門外上下，

或賜宴，賞賚渥厚，擬於大僚，而奢侈之習，亦由此而深。」此商倚國而為豪舉。

帝自以為不累民，而鹽貴私盛，養成梟盜，不知凡幾。國取潤於商資，商轉嫁於民食，國取其什一，商耗其百千，謂民食貴鹽而即有礙生理，其說為主張加價者所笑，謂斤加數文，人食鹽多不過三錢，斤鹽可供兩月之食，一人一月多負擔數文，何至告病。不知商品賤則銷，貴則滯，所爭在毫釐之間。官鹽價貴，即為梟販敲除。內亂之萌，起於梟販，梟販必有結合，則所謂秘密社會，皆發生於是。近時人留意秘密社會史料，吾以一言蔽之：官鹽價不敵私鹽，有以造成之耳。

此所謂「秘密社會」，即指清幫與洪門。清幫與鹽梟，關係尤為密切；販私鹽者幾無不在幫。私鹽有各種名目，其中之一稱為「漕私」，即是利用糧船走私。心史先生論鹽梟有兩句極深刻而極平實的話：

為他劫掠之盜，民必仇之，助官蹤跡除患；為梟盜則與國爭利，無累於民，民反得廉價購鹽之益，故不加嫉視，或反陰庇之……官鹽價平，至私鹽無利而梟自散，無所用其捕也。

因爲如此，所以有「私鹽越禁越好賣」的說法。官鹽與私鹽的差價太大了，蓬門蓽戶如果食用官鹽，會感到是一種不輕的負擔，所以不論如何，非買私鹽不可；而一禁則私鹽反可抬高價格，此即「私鹽越禁越好賣」的道理。

鹽的成本極低，鹽民生活至苦；然則官鹽何以不能抑低至平民負擔得起的程度？則因自古以來，鹽爲剝削百姓的主要工具。至清朝則高宗亦參加剝削集團，儼然爲其渠魁，此所以心史先生不能不感嘆「尤可怪異」。

「清史稿」食貨志記載：

「內府亦嘗貸出數百萬，以資周轉。帑本外更取息銀，謂之帑利。年或百數十萬、數十萬、十數萬不等。自三十三年，因商人未繳提引餘息銀，數逾千萬，命江蘇巡撫彰寶查辦。」

內府之銀爲皇家私財，借與鹽商數百萬，牟取重利；鹽商每年每引提銀三兩作爲「帑利」，但歷年不奏明確數，籠統報一總數，這樣到了乾隆三十三年，忽爲高宗所發覺，因而掀起大獄，稱爲「兩淮鹽引案」，爲乾隆朝三大案之一。「清稗類鈔」記其始末云：

是案因尤拔世任兩淮鹽政，風聞鹽商積弊居奇，索賄未遂，乃奏稱：上年普福奏請預提戊子綱引，仍令各商每引繳銀三兩，以備公用，共繳貯運庫銀二十七萬八千有奇。普福任內所辦玉器、古玩等項，共動支銀八萬五千餘兩；其餘見存十九萬餘兩，請交內府查收。

朝廷以此項銀兩，歷任鹽政，並未奏聞，私行支用，檢查戶部檔案，亦無造報派用文冊。且自乾隆乙丑提引後，二十年來銀數已過千餘萬，顯有蒙混欺蝕情弊，密派江蘇巡撫彰實，會同尤拔世詳悉清查。

按：此案發生於乾隆三十三年戊子；乙丑則為乾隆十年，歷時二十二年之久，可見積弊之深。結果查出鹽商侵蝕達六百餘萬，結交官員又費三、四百萬，總計應追賠銀一千萬兩以上。此案坐誅者有高恆、普福。「清史稿」高恆傳：

高恆字立齋，滿洲鑲黃旗人，大學士高斌子也。乾隆初以陰生授戶部主事……二十二年授兩淮鹽政……是時上屢南巡、兩淮鹽商迎鑾，治行宮揚州，上臨幸，輒留數日乃去，費不貲。頻歲上貢稍華侈，高恆為鹽政，陳請須提綱引歲二十萬至四十萬得旨允行。復令眾商每引輪銀三兩為公使錢，因以自私，事皆未報部。三十三年，兩淮鹽政尤拔世發其弊，上奪高恆官，命江蘇巡撫

彰寶會尤拔世按治。

諸鹽商具言頻歲上貢，及備南巡差，共用銀四百六十七萬餘，諸鹽政雖在官久，尚無寄商生息事，及責其未詳盡，下刑部鞫實，高恆嘗受鹽商金坐誅。

高恆為高皇貴妃之兄；傅恆曾為乞恩，碰了個大釘子，其事已見前記。高恆之子高樸，於乾隆四十三年，亦固貪污被誅。

兩淮鹽引案之所以成為有名的刑案，除了案情本身及國戚亦被顯戮外，另一原因為牽涉到當時在士林中負盛名的盧見曾。此人山東德州人，字抱孫，號雅雨，兩榜出身，有吏才；乾隆元年任兩淮鹽運使，以不買鹽商的帳，致被吏議，在乾隆五年充軍；九年復起，由知州升知府。十六年遷長蘆鹽運使；十八年復任兩淮鹽運使。捲土重來，識得鹽商的厲害，作風便大改了。

「清史列傳」盧見曾傳云：

揚州地故瀕海，土薄水淺，溝道久湮，見曾釀貲浚之，揚城遂無水潦患。又修小秦淮，紅橋二十四景，及金焦樓觀，以備宸游，後以告歸。三十年高宗南巡，賜御書德水耆英區額，時年七

十六矣。

見曾勤於吏治，所至皆有殊績，然愛才好士，官鹽運時，四方名流咸集，極一時文酒之盛。金農、陳撰、厲鶚、惠棟、沈大成、陳章等前後數十人，皆為上客。嘗校刊乾鑿度高度戰國策、鄭氏尚書大傳、李鼎祚周易集解、及子史等書；又稱刊朱彝尊經義考，皆有功後學。又采山左諸人詩，仿中州集例，系以小傳，為山左詩鈔，足備鄉邦文獻。青浦王昶謂其愛才好士，百餘年來所罕見。所著雅雨堂詩八集，文十餘卷，其出塞集一卷先已刊行，餘燼於火，後人采掇刊之，為文四卷詩二卷。

「清史列傳」為清國史館所修，已許以「愛才好士」，謂其「官鹽運時，四方名流咸集，極一時文酒之盛」；野史所記軼事更多。「十朝詩乘」所記，最為翔實；卷十二云：

兩淮都轉，時稱撫仕，其能宏獎風雅者，獨推曾賓谷、盧雅雨。賓谷平進至開府，雅雨則屢遭蹉跌。

按：曾賓谷名燠，江西南城人，官至貴州巡撫；此人為盧見曾後輩。盧在兩淮卸任時，年已

七十，有留別揚州詩云：

脫卻銀黃敢自憐，不才久任受恩偏。

齒加孫晜餘三歲，歸後歐公又九年。

犬馬有情仍戀主，參苓無效也憑天。

養痾得請懸車日，五福誰云尚四全？

（其一）

平山迴望更關愁，標勝家家醉墨留。

十里亭臺通畫舫，一年簫鼓到深秋。

每看絳雪迎朱旆，轉似青山戀白頭。

為報先疇墓田在，人生未合死揚州。

（其二）

長河一曲繞柴門，荒徑遙憐松菊存。

從此風波消宦海，始知烟月足家園；

歲時社集牛歌好，鄉里餘生鶴髮尊。

人倫之陋習。」上嘉其辭得體，為一笑，從輕謫戍烏魯木齊。

以漏言耳！」紀乃白其狀，且免冠謝曰：「皇上嚴於執法，合乎天理之大公；臣惓惓私情，猶蹈

上召紀至，責其漏言，紀力辯實無一字。上曰：「人證確鑿，何庸掩飾乎？朕但詢爾操何術

也。亟將餘財寄頓他所，迨查抄所存貨財寥寥，和珅遣人偵得其事白之。

函內，外以麵糊加鹽封固，內外不著一字。盧得函拆視，詫曰：此蓋隱「鹽案虧空查抄」六字

為侍讀學士，常直內廷，微聞其說，與盧固兒女姻親也。私馳一介往，不作書，以茶葉少許貯空

兩淮運使盧雅雨見曾以愛士故，賓至如歸，多所餽貽，遂至虧帑。事聞，廷議擬籍沒，紀時

家事被遣戍烏魯木齊，「清朝野史大觀」記：

此案並牽連名士多人。紀曉嵐時為侍讀學士，南書房行走，與盧雅雨為兒女親家，因洩漏抄

絞監候，瘦斃獄中，年七十六。

詩中有倖免風波，並求安度餘生之意，而終不能免禍。乾隆三十三年事發，下揚州獄，定罪

（其三）

癡願無多應易遂，杖朝還有引年恩。

此記大致得實，但謂「和珅遣人偵得其事」則大謬。和珅於乾隆三十四年後始襲世職；三十七年授三等侍衛，皆在此案之後。

此外有王昶及趙文哲，則皆以名士而為盧雅雨所禮遇，故急難加以援手。

王昶南巡召試一等，授內閣中書，二十四年充軍機章京；兩淮鹽引案，王昶漏言於盧雅雨之孫蔭恩，奉旨革職。後由阿桂帶往雲南軍營效力，以軍功復起，官至刑部右侍郎；乾隆末年，常赴各省查案，亦秋官中佼佼者。

趙文哲上海人，亦以召試授內閣中書，轉軍機章京；同因漏言獲咎，同為阿桂帶赴雲南，前半段經歷，與王昶相同；但運氣不及王昶，三十八年金川之役，與武英殿大學士定邊將軍溫福同時殉難。

趙文哲為「吳中七子」之一，當時詩名在同輩之上；而今則只知王鳴盛、錢大昕、王昶；「清史稿」列趙於「忠義傳」，而非「文苑傳」中，知者亦罕。趙傳出章式之之手，實為佳傳，引錄如下：

趙文哲，字升之，江蘇上海人，生有異稟，讀書數行下。同時青浦王昶，嘉定王鳴盛、曹仁

虎，皆以能詩名，獨心折文哲。為人瘦不勝衣，而意氣高邁，由廩生應乾隆二十七年南巡召試，賜舉人，授內閣中書，在軍機章京上行走，以原任兩淮鹽運使盧見曾查抄案，通信寄頓褫職。

時大軍征緬甸，署雲南總督阿桂，奏請隨軍。阿桂由緬甸至蜀，將軍溫福方督師征金川，見文哲與語，大悅之。時溫福與阿桂分兵，文哲遂入溫福幕。溫福重文哲，片時不見，輒令人覘文哲何作。已而連克金川地，三十七年十月，遂剿平美諾，以功復中書，又授戶部主事，仍隨營治事。

三十八年，兵至木果木。六月，小金川降者叛，與金川合抄後路，師將潰，在軍者逆知賊大至，相率逃竄。文哲毅然以為身為幕府贊畫，且疊荷國恩，距可捨帥臣而去，卒與溫福同死。

兩淮鹽引案雖曾雷厲風行，震動一時，但向商人追賠之款，分限繳納，一兩次後，便即拖欠，不了了之；至乾隆四十六年、四十九年，更兩次豁免之三百六十餘萬兩。這兩次豁免，由於高宗第五次、第六次南巡；揚州鹽商全力供應，務極鋪張。

清稗類鈔巡幸類記：

高宗第五次南巡時，御舟將至鎮江，相距約十餘里，遙望岸上，著大桃一枚，碩大無朋，顏

色紅翠可愛。御舟將近，忽煙火大發，火焰四射，蛇掣霞騰，幾眩人目。俄頃之間，桃忽然開裂，則桃內劇場中峙，上有數百人，方演「壽山福海」新戲，彼時各處紳商，爭炫奇巧，而兩淮鹽商為尤甚。

凡有一技一藝之長者，莫不重值延致；又揣知上喜談禪理，緇流迎謁，多荷垂詢，然寺院中實無如許名僧，故文人稍通內典者，輒令髡剃，充作僧人迎駕。並與約，倘蒙恩旨，即永為僧人，當酬以萬餘金，否則任聽還俗，亦可得數千金。故其時士子稍讀書者，即可不憂貧矣！又南巡時須演新劇，而時已匆促，乃延名流數十輩，使撰雷峰塔傳奇，然又恐伶人之不習也，乃即用舊曲腔拍，以取唱演之便利。若歌者偶忘曲文，亦可因舊曲，含混歌之，不至與笛板相迕。當御舟開行時，二舟前導，戲台即架於二舟之上，向御舟演唱，高宗輒顧而樂之。

上記煙火中現舞台一節，近乎齊東野語，士子假扮為僧，以及水上演戲，可信其為事實。兩淮鹽商如此刻意相媚，目的即在求得豁免恩詔；從而可知，乾隆三十年後，越十五年始有第五次南巡，未始不由於兩淮鹽引案之故。

至於此事之影響於國計民生者，心史先生有一段議論：

尤拔世為鹽政時，題明所提為每引三兩，則至少以年銷五十萬引計，亦應有三千萬兩，以故興起大獄。夫鹽引所提，皆鹽價所出：孟子所謂「上下交征利而國危矣」。財貨不自天降，不自地出，必有自來。理財者以取於鹽為最輕微而易成為大數，是誠然矣；殊不知有私鹽以擬其後，此則國危之真諦，聖賢所垂戒，斷非揣測過甚之詞也。乾隆中葉以後，教匪海盜，迭起不止。民生之糜爛，軍餉之耗費，不可數計。而養盜之源，尚無人指陳鹽弊者。

鹽務積弊，以及整頓經過，留待以後再談。此處所得而言者，乾隆中葉以南巡而造成奢靡粉飾的風氣；在奢靡粉飾的風氣中，產生了無數貪官污吏，雖以高宗的英察，不惜以嚴刑峻法處置國戚，而不能收炯戒之效。「清史稿」卷三百四十，為貪墨專傳；流芳遺臭，各自千秋，題名如下：

一、恆文：烏佳氏，滿洲正黃旗，雲貴總督；乾隆二十二年，以議製金爐進貢，而剋扣金價。案情不算重，但有損高宗聲名，被逮入京時，中途賜死。

二、郭一裕：湖北漢陽人，雲南巡撫，與恆文一案，充軍。

三、蔣洲：江蘇常熟人，大學士蔣廷錫子，山西巡撫，因貪縱命屬吏彌補虧空，乾隆二十二年被誅。

四、楊灝：直隸曲陽人，湖南藩司，辦平糶侵吞三千餘金，被誅。

五、高恆、高樸父子：前已談過，不贅。

（按：以上大致皆乾隆二十二年至三十年事。貪瀆的情節不算嚴重；以下就不同了。）

六、王亶望：山西臨汾人，自乾隆三十九年任甘肅藩司至四十六年任浙江巡撫，連年貪污，抄家時，金銀逾百萬。王亶望起居豪奢，軼事甚多。一妾名吳卿憐，蘇州人，國色而有才，王敗後，卿憐歸和珅；和珅又敗，卿憐年廿九，沒入官，作詩八章自傷，有「回首可憐歌舞地，兩番俱是個中人」之句。

王亶望論斬後，同案被誅二十二人，高宗謂此二十二人，皆死於王亶望，因而禍及子孫，長子革職充軍，幼子被逮下獄，年至十二，即次第發遣，逃者斬。五十九年國史館進江蘇巡撫王師傅，師爲亶望之父，有治績。高宗遂赦亶望長子，幼子亦不發遣。此當是和珅所設計的花樣。

按：「清史列傳」中，未見有王師傅；「清史稿」王師傅附於徐士林下，在直隸任州縣時有賢聲。乾隆十五年十一月任江蘇巡撫，十六年八月歿於任上，首尾十個月，正當第一次南巡時，不知有何治績？且身歿已久，不當於四十餘年後，突爲立傳。頗疑此爲和珅弄權，有意出此，俾爲王亶望子孫乞恩之藉口。

七、國泰：富察氏，滿洲鑲白旗，四川總督文綬之子；文綬屢黜屢起，或因其爲孝賢皇后同

族，高宗另眼看待之故。國泰出身紈袴，驕恣乖張，豪奢貪污；好聲色，巡撫衙門，歌管不絕，曾與藩司大學士于敏中之弟易簡，串演「長生殿」。

國泰去旦角而易簡扮明皇，至「定情」、「窺浴」諸折，易簡以上官而不敢過爲蝶褻，關目科諢，草草了事。國泰大爲不悅，責易簡迂闊，以「做此官、行此禮」之諺相喻。易簡素無骨氣，在官廳見國泰，至長跪白事；此時見國泰有怒容，不敢不遵。於是極態盡妍，任情唐突，國泰反而大悅。

「清史稿」本傳：

四十七年，御史錢灃劾國泰及易簡貪縱營私。徵賂諸州縣，諸州縣倉庫皆虧缺。上命尚書和珅，左都御史劉墉按治，並令灃與俱。和珅故袒國泰，墉持正，以國泰虐其鄉右。灃驗歷城庫銀，銀色不一，得借市充庫狀，語互詳灃傳。國泰具服婪索諸屬吏，數輒至千萬。易簡詔國泰，上詰不敢實對。獄定皆論斬，上命改監候，逮繫刑部獄。巡撫明興疏言，通察諸州縣倉庫虧二百萬有奇，皆國泰、易簡，在官時事。上命即獄中詰國泰等。國泰等言因王倫亂，諸州縣以公使錢佐軍興，乃虧及倉庫。上以王倫亂起滅不過一月，即謂軍興事急，何多至二百萬？即有之，當具疏以實聞。國泰、易簡，罔上行私，視諸屬吏虧帑，契置不問，罪與王亶望

等，均命即獄中賜自裁。

錢灃即寫顏字與劉石庵（墉）齊名的錢南園。「清史列傳」本傳於此案有生動的描寫：

始受命，灃先期行，微服止良鄉，見幹僕乘良馬過，索夫役甚張，迹之，則和珅遣往山東齎信者也。灃詳審其貌，未幾僕還道遇灃，灃叱止之，搜其身得國泰私書，具言借款填庫備查事，中多隱語，灃立奏之。

灃在道衣敝，和珅持衣請易，灃辭，和珅知不可私干，故治獄無敢傾陂，比到省盤庫，則和珅先言不用全數彈兌，第抽盤數十封，無短絀可也。和珅遽起回館舍，灃請封庫。次日徹底拆封，則多圓絲雜色，銀是借諸商家以充數者，因詰同庫吏得實，遂諭召諸商來領，大呼曰：遲則封庫入官矣！於是商賈紛紛具領，庫藏為之一空。復改道易馬，往盤他處亦然，案遂定，和珅亦無如何也。於是國泰遂伏法。

錢南園軼事甚多；信而有徵者，如本傳又記：

充湖南學政，每試士危坐廳事，目炯炯終日不倦，然優於待士，數年中未嘗褫一諸生。士之服其教者，謳頌勿衰。歲大旱，巡撫陸耀以禱雨得熱疾卒；代者至，將稱觴為壽，闈者請饌，澧曰：「前巡撫方以死勤事，今遽舉觴稱慶耶？」命餕燭二梃，藕數斤。巡撫聞之，懼而止。

此「代者」為浦霖，浙江嘉善人，科甲出身；到任做壽，無非打屬員的秋風，「聞懼而止」，為恐錢南園參劾。浦霖後在福建以贓被誅，則以總督伍拉納早有貪名，以故浦霖同流合污，小人知懼正人君子，則不致為大惡，是故在上者，能明辨是非，扶持正道，保全善類，國勢雖危，可轉而為安。

此一心法自聖祖以來，一脈相傳，至同光之際，雖垂簾之太后，遵行不替。到得慈禧退位而不願棄權，以致正道消沉，是非不分，君子與小人之界限，每不知何在？則去亡國已不遠。此亦是談清朝的皇帝應留意的一大端。

「清史稿」卷三百四十，為伏法的貪官污吏立傳者，人數尚多；後面談和珅、談福康安時，將會附帶列敘，為免重複，姑且到此為止。此傳後附論贊云：

高宗譴諸貪吏，身大辟，家籍沒，儌及子孫，凡所連染，窮治不稍貸，可謂嚴矣！乃營私玩

法，前後相望，豈以執政者尚貪侈，源濁流不能清歟？抑以坐苞苴敗者，亦或論才宥罪，執法未

嘗無撓歟？然觀其所誅殛，要可以鑒矣！

高宗用嚴刑峻法之果敢，實不下於明思宗，而吏治之終於不振，亦猶如崇禎年間軍事頹勢之

終於不能挽回；其間因果，後世看來，歷歷分明。我曾不只一次提出我的看法：明思宗自謂「朕

非亡國之君，乃有亡國之臣」，大謬特謬，唯其有亡國之君，乃有亡國之臣。乾隆末葉，亦復如此，唯其有弄權

之君，乃有弄權之臣，即無高宗，倘無和珅，又何能有串戲為屬員配小旦的山東巡撫

國泰；丁憂演劇的平陽縣令黃梅；索賄至倒懸縣令的閩浙總督伍拉納（此兩事詳後）？由以上引

列之例，可以看出貪污案發生在和珅當政後者，情節遠重於他未當政之前，若謂和珅死有餘辜，

則高宗又將如何？

我以前說過，高宗平生凡三變，亦就是三副面目，乾隆十三年以前一副；十三年以後一副；

至三十八年以後又一副。

論此一副面目，應先引錄三十九年正月的一道上諭：

朕臨御以來，以敬天報本為要，不敢稍有疏略，凡遇郊壇大祀，必親詣行禮，自降輿以至禮

成，一切典禮，俱有加增。四十年來，罔敢少懈。及至三十七年，朕逾六旬，始命大學士、禮部，將降與遠近，稍為酌減，此所以節縟儀制而省精力，欲盡禮於大祀也。然以因朕逾六旬始然，而誠敬益得申致，我萬世子孫，謹懍朕意，若年未六旬，切不可稍減典制。儻蒙上天眷佑，臨御年過六旬，方可如朕見行儀制舉行，著永遠為令。

這道上諭，顯示出高宗躊躇滿志，信心十足的心態。高宗廿五歲即位，至乾隆三十九年，前後通計，在位已四十年；年六十有四。自漢高祖以來，壽過六十，而臨御三十年以上的皇帝，除聖祖以外，不過漢武帝、後漢光武帝、蜀漢後主、吳大帝、梁武帝、唐玄宗、宋高宗、遼聖宗、遼道宗、元世祖、明太祖、明世宗等十數人而已，其中為高宗所佩服的，只有漢武帝、漢光武，元世祖、明太祖、明太祖等四帝，論臨御年數，已超過元世祖及明太祖；漢光武在位三十三年，卒年六十三，在高宗已兩皆超過；惟有漢武帝在位五十四年，卒年七十一，則兩皆未及。

高宗的目標，是希望超越漢武帝；但年齡趕上較易，臨御年數超過較難，能至乾隆五十五年，高壽八十，此時唯一未能趕上的，只有他的祖父聖祖，在位六十一年；而高宗有意讓聖祖保持此項紀錄，所以決定臨御至六十年內禪，退為上皇。此是高宗於臨御、年壽，兩皆超越漢光武時的打算。

至於乾隆六十年九月，立嘉親王為皇太子時，宣詔踐位之初，「即焚香默禱上天，若蒙眷佑，得在位六十年，即當傳位嗣子，不敢上同皇祖紀元六十一載之數」，不過為了呼應聖祖的所謂「福過於予」，如此說說而已。

當高宗踐位時，還有兩名「候補皇帝」等在那裡，能做幾年，根本不可知。即令無此情況，若謂希望壽至八十五，做六十年皇帝，這野心未免也太狂妄了。

我研究高宗的心態，決意要趕上漢武帝，不獨在年壽及臨御年數這兩點上；而且武功文治，也希望超過漢武。當時小金川已復；四庫全書已經開館，此兩事足為武功、文治的表徵。

在乾隆三十九年時，高宗心理上還有一個足以激發他空前的雄心的因素是：至此為止，不但早無先朝老臣；而且連早年共事的大臣，亦皆凋謝，如年紀最輕，人稱「小尹」的尹繼善，歿於乾隆三十六年；共事最久的兩劉——劉綸、劉統勳，則在上年先後病故。滿朝文武，無一非由高宗一手所培植，這造成了他真正的「唯我獨尊」的感覺；從而產生了放手弄權的心理。

乾隆三十九年以後，高宗始終寵信不衰，而且確實支配了政局的兩個人，一個是阿桂；一個是和珅。

「清史稿」以專卷為阿桂立傳；緊接著以于敏中、和珅合一卷，體例可取。阿桂在滿清三百年中，為旗中人數一數二的人才；「清史稿」本傳敘其早年云：

阿桂，字廣庭、章佳氏。初為滿洲正藍旗人，以阿桂平回部，駐伊犁治事有勞，改隸正白旗。父大學士阿克敦……阿桂、乾隆三年舉人，初以父廕授大理寺丞，累遷吏部員外郎，充軍機處章京。十三年、從兵部尚書班第參金川軍事。訥親、張廣泗以無功被罪，岳鍾琪劾阿桂結張廣泗，薇訥親、逮問。

十四年，上以阿克敦年老無次子，治事勤勉，阿桂罪與貽誤軍事不同，特旨宥之。尋復官擢江西臬使，召補內閣侍讀學士。二十年、擢內閣學士。時方征準噶爾，命阿桂赴烏里雅蘇台督台站。逾年、父喪還京，旋復遣赴軍，授參贊大臣，命駐科布多，授鑲紅旗蒙古副都統。二十二年秋、授工部侍郎。

按：尹繼善亦為章佳氏；怡賢親王生母敏妃亦出於章佳氏；而實為漢人。其間因緣特殊，深可玩味；而凡旗籍漢人有才者，莫不為高宗所重用，其故更可思。

阿桂之才，初展於乾隆二十五年……二十五年，移駐伊犁，阿桂上言：

伊犁屯田阿克蘇調兵諸事，上嘉其勇往，命專司耕作營造，務使軍士回民皆樂於從事。

時西域初定，地方萬餘里，伏莽尚眾，與俄羅斯鄰，咸謂沙漠遼遠，牲畜凋耗難駐守。阿桂疏言：守邊以駐兵為先，駐兵以軍食為要。伊犁河以南海努克等處，水土沃衍，宜屯田，請增遣回民嫻耕作者往屯，增派官兵駐防，協同耕種，次第建置城邑，預籌馬駝，置台站，運沿邊米赴伊犁，簡各省流人嫻工藝者發備任使；又奏定山川土穀諸祀典。上用其議，

阿桂造農器，督諸屯耕，獲歲大豐。

按：乾隆十大武功，以平回部為第一；高宗亦以此為最得意，因新疆既入中國，擴自古所無之版圖。但平回部的武功，雖以傅恆、兆惠為最，而新疆既入版圖，倘無阿桂經營屯田，則變亂仍將復起，成為大累。乾隆二十六年第一次圖功臣像於紫光閣，親自作贊。定伊犁回部五十人，阿桂名列第十七。

第二次圖像在乾隆四十一年，大小金川皆平以後，亦為五十人，阿桂居首；第三次則在林爽文之亂以後，領兵大臣雖為福康安，而全盤策劃，則為阿桂，因而仍居首位；第四次為定喀爾喀，計十五人，本亦居首，讓於福康安，退居第二。於此可知，乾隆十大武功，阿桂無役不與，謂之為高宗第一功臣，名實皆符。

與阿桂同時被重用者為和珅，此即高宗玩弄權力的一種狂妄野心；自古有道天子，近賢遠

佞，而高宗自以為天縱聰明，因材器使，無不如意，所以既用阿桂，又用和珅。此人之為小人，高宗豈能不知？只是自溺於弄權欲中，欲使小人亦能辦大事，創一超過前代，不拘一格用人材的

未有之例，結果成了玩火。

高宗如在他第三變的後二十年中，只重用阿桂，就決不會有嘉慶年間川楚教匪之亂；而道光年間的鴉片之戰，亦不會敗得奇慘無比，以後的歷史便都要改寫了。

和珅之獲重用，以及始終寵信不衰，故其何在？至今天還是一個謎。有人以為是同性戀所致。

歷史上漢文帝賜鄧通以銅山；漢哀帝則竟欲禪位於董賢，君臣發生同性戀，原有些不可思議的現象出現，但高宗善於以古為鑑，必不致此。而且和珅見寵時，高宗已是花甲老翁，謂不免於餘桃斷袖之癖，而沉溺一至於此，亦覺不可思議。

我以為和珅之見用，適逢其會，正當高宗思弄權自娛之時。至於以後陷溺而不自覺，則以和珅善測帝意，或和珅之「珅」與弘時之子永珅之「珅」，在高宗心理上發生一種微妙的補過而得安心的作用，亦未可知。

和珅原隸正紅旗，姓鈕祜祿氏。家世頗難考察，現今所知者，其高祖名尼牙哈那，有「巴圖魯」的稱號；巴圖魯者，勇士之謂。

按：鈕祜祿氏爲滿洲八大貴族之一，始於太祖從龍之臣額亦都；額亦都有十六子，幼子即遏

必隆，此一支最貴。此外知名者有圖爾格、徹爾格等；而不知名者猶多。孝聖憲皇后父四品典儀

凌柱及和珅，可能都是額亦都之後；凌柱與和珅之間有無關係，俟考。

和珅家世之不易考，除其祖先外，他的外家亦是個謎；清人筆記中說他有兩個外祖父，一個

是伍彌泰，蒙古人；乾隆四十八年以吏部尚書入相；下一年和珅授協辦，從古以來，未聞外祖父

與外孫同時拜相之事，論年輩亦不相當，當是誤傳。

另一個是曾任漕督的嘉謨，比較可信；「清朝野史大觀」記：

和珅爲伍彌泰外孫，蓋滿洲人多云然，而吳督部熊光亦著之筆錄者也。伍公與和珅先後入

相，或是珅繼母之父，苦無確證。按包愼伯中衢一勺郭君傳云：「嘉公謨爲河庫道，大學士忠襄

伯和珅其外孫也。珅少貧，每遣僕劉全徒步往返五十里求資助，嘉公資以白金五十兩，君方爲河

庫道吏，與全飲而歡，語之曰子且貴，何爲人僕從苦如此，亦資之如嘉公數。」

珅嗣以家累遣全求嘉公助白金三百金，嘉公怒嘗遣之，珅遂私出都詣嘉公，公怒甚，欲治以

逃人之法，君從容語嘉公曰：「吏見和郎君貴當在大人上，大人毋薄其貧，且大父以三百兩助外

孫，事甚小，何苦怒如此。」

嘉公曰：「汝善和郎君，何不自助之」。君曰：「大人不助和郎君，吏不敢先。」嘉公乃出金授君曰：「即日為我遣之。」君招至酒樓握手曰：「郎君不日當大貴，貴後願毋忘，今日為天下窮黎乞命。」既為具鞍馬，又自以白金三百助其裝，其後珅以戶部尚書為軍機大臣，尾躍下江南至紅花埠，遣全馳詣君，約相見於仲興。

君曰：「吾始謂若主濟世才，今乃招權納賄，為贓吏通逃藪，毒流生民，吾恨爾時不懲治以逃旗外遣之罪，若主僕旦夕且無死所，毋累我，遂與絕。」後卒如君言，嘉公後官漕運總督，觀此珅實有兩外祖，且皆早識珅奸矣！

郭君名大昌山陽人，洞澈水性，窮極事變。乾嘉之際數十年，凡奉特旨持節治河及經制官河督以下遇事諮決，倚為安危，蓋振奇士也。

按：包慎伯即包世臣，世知其名著為論書法的「藝舟雙楫」；不知有「中衢一勺」，上引原著，稍嫌誕誇。河庫道駐清江浦，自京師往返五千里，不必盡為徒步，附搭漕船，是件很方便的事。

嘉謨，不詳其姓氏，但亦隸正紅旗；乾隆三十七年官至漕督，則任河庫道時，和珅尚未出仕。以旗分、年輩而論，嘉謨為和珅外祖之說，較之伍彌泰為可信。

和珅之爲高宗寵信，原因甚多；主因之一如高士奇之於聖祖，工於窺探意旨。清人筆記中關於和珅的傳聞甚多，有一條云：

故事順天鄉試四書題，皆由帝欽命。內閣先期呈進四書一部，命題畢仍發下；乾隆乙酉科鄉試，內監捧四書發還到閣時，珅探問帝命題時情狀。內監言，上手披論語第一本將盡矣，始欣然微笑振筆直書云云。珅沉思良久，遂知爲「或乞醯焉」一章，蓋乞醯二字中嵌乙酉字在內也，乃密通信於其門生，倩人預構，獲雋者甚眾。

按：和珅貴後，內則卿貳，外則藩臬，拜門稱老師者甚多；甚至翰林亦有稱門生者。其中以吳省欽最有名，「清朝野史大觀」記：

鶴沙吳白華侍郎省欽，與弟穉堂先生省蘭，俱登顯要，生平嘗九典試事，門牆桃李，幾遍天下。方和珅之未第也，嘗受業於穉堂先生；後珅貴，侍郎藉其援引，反屈身拜門下，士林恥之。嘗奏准試場中加寫添注塗改字樣，士子一時不檢，往往被貼。迄今邑中人談及科場條例，未有不呼其名泊珅敗，削職歸家，門下士有以畫冊獻者，啟而視之，則「一團和氣」也，遂羞憤而卒。

而唾罵者。

七典鄉試，四任學政，都是最高記錄，而吳省欽萃於一身，且皆在高宗在位時，不能不說是一種異數；更不能不說是和珅的一種權術。對吳省欽而言，考差、學差即令不賣關節，只收贄敬，亦可致富。對和珅自己來說，吳省欽的門生，就是他的小門生；科舉時代，最重師門，和珅數十年不敗，有此結納士林的一重因緣，頗有關係。

吳省欽、吳省蘭於乾隆二十八年、四十三年先後入翰林，吳省欽官至左都御史，其弟省蘭，始爲侍郎。吳省欽七典鄉試，計爲：

乾隆三十三年戊子，貴州，正主考。

三十五年庚寅，廣西，正主考。

三十六年辛卯，湖北，正主考。

四十四年己亥，浙江，副主考。

五十七年壬子，江西，正主考。

五十九年甲寅，浙江，正主考。

六十年乙卯，浙江，正主考。

乾隆五十八年癸丑，並典會試；平生復四任學政，計四川一任；湖北一任；順天兩任，嘉慶四年正月革職時，正在順天學政任上。

至於奏准加註「添注」、「塗改」字樣，事起於乾隆五十一年。商衍鎏著「清代科舉考試述錄」記：

乾隆五十一年定：答策每問不滿三百字者，照紕繆例罰停科。試文皆要點句鈎股，書法不許潦草。文策每篇尾及詩末句下旁，寫「添注」幾字、「塗改」幾字，每場卷末於文後提行書明通共添注若干字，塗改若干字，數目字用大寫壹貳參肆等，防請託修改之弊。考卷設有違式，如真草不全、謄真用行草、空行空格、越幅曳白、題目寫錯、污損塗抹、脫落添注塗改字樣；及添注塗改不符、與逾一百字者首場各藝起訖字相同者，行文不避廟諱、御名、聖諱者，抬頭錯誤或塗改者，文不頂格、詩策不低二格、詩多韻少韻、失押官韻、策不滿三百字者，諸如此類，經受卷所至對讀所疊次查出，即將違式之名貼出，謂之藍榜，凡貼出者除名。

按：場規謂之「功令」，一犯功令，文雖佳而不錄，看似嚴格，其實大部分爲主司留下權衡的餘地。闈中用五色筆，房考藍筆，監臨監試提調紫筆，謄錄硃筆，對讀黃筆，惟主考用墨筆，

昔人詠「主司墨筆」云：

彩筆紛紛各擅場，王堂舊樣重龍香，尋常青紫無顏色，管領春風讓墨皇。

墨筆之所以被尊爲「墨皇」，不獨因主司位尊，筆以人重；更在主司之筆與士子相同，因而可以成全士子，倘文佳而偶違制式，可調出墨卷，用墨筆爲之改正。此不算作弊，反爲佳話：翁同龢即常有此舉。

是故吳省欽奏准加註「添注」、「塗改」多少字，論其本意，在於多一舞文弄墨，操縱士子的機會。譬如說文佳而忘卻此一規定者，本應貼出藍榜，但可預先關照房考，不必嚴格執行此一規定，然後視情況爲之在墨卷上改正，則此本應下第的舉子，豈有不感激涕零之理？

和坤得以固寵的另一因素，即爲厚結福康安弟兄；而尤在窺知高宗的隱衷，貴爲天子，富有四海，國勢極前朝未有之盛，但一母一子，都不得公然享受名分上的尊榮，晚年對福康安的舐犢

之情，尤爲強烈，一則由子及母，對傅恆夫人的一段情，只能在厚遇福康安以爲寄託。

再則高宗諸年長之子，資質都不甚佳，而福康安在阿桂照應，海蘭察效命之下，居然武功彪

炳，在高宗心目中，原應是嗣位之子，格於名分，無可奈何，只好待以異數，藉補遺憾。而福康

安所被異數，其中不少爲和珅暗中迎合，媚福康安即所以媚高宗；而福康安兄弟心感和珅，則以

椒房貴戚，獨對之時，只說和珅好話、寵益以固。後來福康安獲罪，即由此故。

傅恆四子，長福靈安、次福隆安、又次福康安、最幼福長安。靈、隆二傳，「清史稿」附傅

恆傳後，引錄如下：

福靈安多羅額駙，授侍衛。準噶爾之役，從將軍兆惠、戰於葉爾羌，有功，予雲騎尉世職。

三十二年，授正白旗滿洲副都統，署雲南永北鎮總兵卒。

福隆安，尚高宗女和嘉公主，授和碩額駙，御前侍衛。三十三年，擢兵部尚書，軍機處行

走，移工部尚書。三十五年，襲一等忠勇公。三十六年，用兵金川，總兵宋元俊劾四川總督桂

林，命福隆安往讞。福隆安直桂林，抵元俊罪。四十一年，復授兵部尚書仍令領工部。金川平，

畫像紫光閣。四十九年卒，諡勤恪。

子豐紳濟倫，初以公主子，命視和碩額駙品秩，授鑲藍旗漢軍副都統，奉宸苑卿，四十九

年，襲爵，累遷兵部尚書，領鑾儀衛。嘉慶間，再坐事，官終盛京兵部侍郎。十二年卒，子富勒

渾翁珠襲爵。

至於福長安，在乾隆四十五年，以工部右侍郎在軍機處學習行走，與福隆安兄弟並直樞府。

其時軍機領班為阿桂，經常在外督師，勘察河工、海塘；其次福隆安；又次梁國治，梁是乾隆十

三年狀元，謹飭自守，相業不聞，是標準的伴食宰相；又次和珅；又次董誥，此人倒是真宰相，

但極穩健，深通用行舍藏之道。梁、董二人既不為和珅之敵，則隆、長兄弟不過

以椒房親而貴，本為庸才，自然諸事讓和珅作主。

其次，和珅頗得愛才好士之名；既有吳省欽為他操縱士林的工作，則入翰林，為講官，而常

有機會接近天顏者，不致於犯顏直諫；言官中攻和珅者頗有其人，但和珅之術，足以彌補。

如錢南園，則因其長而用以為短；此話怎講？錢南園粗衣糲食、勇於任事，此自為長處。但

營養不足、工作過度，如武侯之「食少事繁，其能久乎？」將他看作短處，而特用其長，讓他多

負責任，且不斷加以讚揚，所謂「殺人馬者道旁兒」，以此手法使錢南園勞瘁以死。相傳錢南園

為和珅下毒致死，恐未必其然。

查辦國泰一案，和珅因紙裡包不住火，不得不見機而作；事實上包庇貪污之案，不知幾許？

高宗以英察自許，最恨臣下欺罔；和珅之奸甚於于敏中，而高宗始終被蒙在鼓裡，其故何在，值得相提並論，從比較中窺知高宗晚年的心態。

于敏中江蘇金壇人，父子並皆大魁天下。其父于振，雍正元年恩科狀元；敏中則爲乾隆二年恩科狀元，年僅廿四，敏捷過人，強記的工夫，尤非常人可及；高宗做詩有癮，興來時隨口吟一首，于敏中爲之錄出，隻字不誤，因而大蒙寵眷。乾隆二十五年入軍機；三十六年拜相。

三十九年間交通太監高雲從，爲高宗所切責：

內廷諸臣，與內監交涉，一言及私，即當據實奏聞，朕方嘉其持正，重治若輩之罪，豈肯轉咎奏參者。于敏中侍朕左右有年，豈尚不知朕而爲此隱忍耶？于敏中日蒙召對，朕何所不言，何至轉向內監探詢消息。自川省用兵以來，敏中承旨有勞，大功告竣，朕欲如張廷玉例，領以世職，今事垂成，敏中乃有此事，是其福澤有限，不能受朕深恩，寧不痛自愧悔，免其治罪，嚴加議處。

部議革職，恩詔從寬留任。四十一年金川平，仍列爲功臣，給一等輕車都尉世職。四十四年病喘而卒，祀賢良祠，諡文襄。至五十一年忽降上諭：

朕幾餘詠物，有嘉靖年間器皿，念及嚴嵩專權煬蔽，以致國是日非，朝多秕政。取閱嚴嵩

傳，見其賄賂公行，生死予奪，潛竊威柄，實為前明奸佞之尤。本朝家法相承，紀綱整肅，太阿

從不下移，本無大臣專權之事。原任大學士于敏中，因任用日久，恩眷稍優，無識之徒，心存依

附，敏中亦遂時相招引，潛受苞苴。

其時軍機大臣中，無老成更事之人，福康安年輕，未能歷練，以致敏中聲勢略張，究之亦止

侍直承旨，不特非前朝嚴嵩可比，並不能如康熙年間明珠、徐乾學、高士奇等；即寵眷亦尚不及

鄂爾泰、張廷玉、安能於朕前竊弄威福，淆亂是非耶？朕因其宣力年久，身故仍加恩飾終，准入

賢良祠。

迨四十二年，甘肅捐監折收之事敗露，王亶望等侵欺貪黷，罪不容誅，因憶此事，前經舒赫

德奏請停止，于敏中於朕前力言甘肅捐監應開，部中免撥解之煩，一舉兩得，閭閻有糶販之利，

是以准行。詎知勒爾謹為王亶望所愚，通同一氣，肥橐殃民，非于敏中為之主持，勒爾謹豈敢遽

行奏請，王亶望豈敢肆無忌憚，于敏中擁有厚貲，必出王亶望等賄求酬謝。使于敏中尚在，朕必

嚴加懲治。

今不將其子孫治罪，已為從寬。賢良祠為國家風勵有位盛典，豈可以不慎廉隅之人，濫行列

入。朕久有此心，因覽嚴嵩傳觸動鑑戒，恐無知之人，將以明世宗比朕，朕不受也。于敏中著撤出賢良祠，以昭儆戒。

由此追論前非的一道上諭，令人想到「清朝野史大觀」中所載「于文襄出缺之異聞」，謂相傳于敏中之死，並非考終云：

文襄晚年，偶有小病請假數日，上遽賜以陀羅經被。文襄悟旨，即飲鴆死。武進管緘若侍御韞山堂集，有代九卿公祭文襄文，中四語云：「欲其速愈，載錫之侵；欲其目睹，載賜之衾。」乃知陀羅經被之賞，固當時實錄也。

經被之為物，乃一二品大員卒於京邸者，例皆有之，並非殊恩異數，以文襄眷春之隆，身後奚慮不能得此？而必及其未死以前，冒豫凶事之戒，使其目睹以為快耶？此中殆必別有不可宣佈之隱，故特藉兩漢災異策免三公故事，以曲全恩禮。

觀此可知，賜陀羅經被，為高宗「賜死」的暗示。于敏中歿於乾隆四十四年十二月初，速其死者，由於直隸總督楊景素一通奏摺內附的夾片；于敏中死前數日上諭云：

論軍機大臣等，據楊景素奏：直隸布政使單功擢病故一摺，夾片內另請將尚安、于易簡二員，揀授一員等語。大屬非是，兩司為各省大員，非督撫所當保薦，況朕御極以來，從無薦舉大臣子弟者，于易簡為大學士于敏中之弟，誰不知之，雖內舉不避親，叔向曾言及，然在當時或有行者，而在後世則不能保無流弊，究當以避嫌為正理，楊景素何遽為此奏耶？

況于易簡從前雖在直年久，而自知府運使至臬司，遷擢過驟，即就其才具而論，雖尚能辦事，再經數載授以藩司亦可勝任。

今有此一奏，轉須遲用數年，是愛之適以害之，即于敏中知之，不但不以為感，自當轉以為恨。至尚安雖屬能事，然在直隸未久，究為生手，其舉尚安在前者，不過為陪榜秀才，其意在於于易簡也。直省道員內，歷練誠實與單功擢相仿者，莫如劉峨，何以不保劉峨，而轉薦尚安，亦為失當。楊景素著傳旨嚴行申飭。

此論自是為于敏中而發。疆吏如此逢迎，則權已侵主，高宗豈能容忍？其時已定翌年正月，第五次南巡；于敏中以文華殿大學士領軍機，為名符其實的首輔，阿桂差遣在外，其於軍機大臣中，福隆安與梁國治才具並皆平庸，和珅資歷甚淺，且預定將遣往雲南勘查李侍堯被控案，在這

樣的情況下，留于敏中在京辦事，高宗在南巡途中，何能放心？因而有變相賜死之舉。

于死後不數日，于易簡放山東藩司，與前諭「轉須遲用數年」之語矛盾，憂爲高宗內心負咎之一證。

賜陀羅經被的花樣，是否出於和珅的獻議，不得而知，但高宗於乾隆五十五年正月南巡時，和珅同時被遣往雲南按事；至五月回鑾，和珅亦歸自雲南，高宗自丁亥還京，至己亥復啓鑾巡熱河，留京凡十三日，所下上諭，凡稍重要者，無不根據和珅的陳奏建議而發。啓鑾前一日諭：

尚書和珅之子，賜名豐紳殷德，指爲十公主之額駙，賞帶紅絨結頂，雙眼孔雀翎，穿金線花褂；待年及歲時，再派結髮大臣舉行指婚禮。

此爲兒女皆未成年，先結親家，與民間至交之所爲無異。和珅之所以一旦得蒙重用，從這十三天所下的上諭中去研究，他的雲南往返之行，確能隨事留心，直陳無隱，而且見解亦頗高明，已獲得高宗的充分信任。

除此外，和珅能盡高宗一生，始終不敗的另一重要原因是，他頗諳柔能克剛之理；同朝頗多正人，如阿桂、劉墉、嵇璜、董誥、王杰等，皆與和珅不睦，而並得高宗重用，在這樣的處境之

下，和珅頗為見機，決不硬碰，只是暗中排擠，以及設法拉攏，使得這一班正人君子，心懷不滿，而無可奈何。這不能不說是一種極高明的宦術。

至於言官中，對和珅深惡痛絕，上章彈劾者，頗不乏人；但以語多空泛，而和珅又善於彌縫，以故往往大事化小，小事化無。其中竇光鼐與和珅鬥法一事，值得一談。

竇光鼐字元調，是劉石庵的小同鄉，乾隆七年翰林，二十年即以左副都御史督浙江學政。賦性迂拘固執，屢黜屢起，至乾隆五十一年時，復在浙江學政任上，奉旨查覈浙江川縣虧空。「清史稿」本傳：

浙江州縣庫多虧空，上命查覈，光鼐疏言前總督陳輝祖、巡撫王亶望，貪墨敗露。總督富勒渾未嚴察。臣聞嘉興、海鹽、平陽諸縣，虧數皆逾十萬。當察覈分別定擬，上嘉其持正，命尚書曹文埴、侍郎姜晟，往會巡撫伊齡阿及光鼐察覈，旋疏劾永嘉知縣席世維，借諸生穀輸倉。平陽知縣黃梅，假彌虧苛斂，且於母死日演劇；仙居知縣徐延翰，斃臨海諸生馬實於獄，並及布政使盛住，上年詣京師，攜貲過豐，召物議。總督富勒渾經嘉興，供應浩煩，餽闔役數至千百。上命大學士阿桂如浙江按治，阿桂疏言盛住詣京師，附攜應解參價銀三萬九千餘，非私貲。平陽知縣黃梅母九十生日演劇，即以其夕死。仙居諸生馬實誣寺僧博，復與鬥毆，因下獄

死。光鼐語皆不應，光鼐再疏論梅事，言阿桂遣屬吏詣平陽諮訪，未得實，躬赴平陽覆察，伊齡阿再疏劾光鼐赴平陽，刑迫求佐證諸狀，上責光鼐乖張督亂，命奪職逮下刑部。

這件大案，實際上是和珅掀起來的。意在攻掉浙江巡撫福崧，而由查案的伊齡阿接任；目的既達，當然不願再將案情擴大。

寶光鼐嫉惡如仇，更不甘於被利用為貓腳爪，因而親赴溫州查案；與伊齡阿發生嚴重的衝突。寶光鼐確已查明實情，平陽知縣黃梅，以彌補虧空為名，計敵派捐，每敵捐大錢五十文；每戶給官印田單一張，與徵收錢糧無異。只是平陽百姓畏懼黃梅，怕將田單拿出來會惹禍上身；寶光鼐抓不到證據，而朝中又有和珅主持，自然落了下風。此時刑部派來逮捕寶光鼐的司員雖在途中，而伊齡阿得到消息，先已派人在學政衙門四周，嚴密監視，寶光鼐行動失去自由，情勢非常危急。

不料就在這時候，有來自湖州的兩名秀才，登門拜謁；這兩名秀才是同胞兄弟，一個叫王以銜、一個叫王以鋙，那時是閏七月，天氣還很熱，而王氏兄弟各穿一件棉襖；及至登堂入室，先將棉襖脫了下來，口稱「感激老師識拔之恩，留下一件棉襖，作為報答。」說完，隨即辭出。

寶光鼐拆開棉襖一看，裡面縫著黃梅按歐勒捐的田單、印票、借票、收帖，總計二千多張。

這一下，竇光鼐絕處逢生，喜不可言；親自寫了奏摺，專差呈遞。剛剛出奏，刑部司員已到；押解途中，奉到上諭：

前據伊齡阿奏：竇光鼐回省，攜帶監生多人，以為質證，舉動顛狂，且恐煽惑人心，啟訐告抗官之漸，是以降旨將竇光鼐交刑部治罪。

今觀竇光鼐所奏，又似黃梅實有勒派侵漁之事；且有田單、印票、借票、收帖各紙，確鑿可據，豈可以人廢言；前因浙省勒限彌補虧空，恐該州縣中有不肖之員，藉端勒派，擾累閭閻，屢降論旨飭禁。

今黃梅借彌補而勒捐，既勒捐仍不彌補，以小民之脂膏，肥其慾壑，婪索不下二十餘萬，似此貪官污吏而不嚴加懲治，俾得網漏吞舟，不肖之徒，轉相效尤，於吏治大有關係。

若竇光鼐果有賄買招告，及刑逼取供各情節，一經質訊得實，其獲戾更重；今觀其呈出各紙，此事不為無因；又有原告吳榮烈隨伊到杭，願與黃梅對質，若朕惟阿桂、曹文埴、伊齡阿之言是聽，而置此疑案，不明白辦理，不但不足以服竇光鼐之心，且浙省見值鄉試，生監雲集，眾口藉藉，將何以服天下輿論，此事關係重大，不可不徹底根究，以服眾懲貪。

阿桂見已起程，在途接奉此旨，仍著回至浙江，秉公審辦；此時竇光鼐業已由浙起解，阿桂

於途次遇見，即將伊帶回浙省，以便質對。

前論甫發，又降長諭。因為高宗此時已徹底明瞭，竇光鼐忠於所事，而遭受了極強烈的壓力，內心大為不安，深恐臣下補過，不如他之唯恐不及。論云：

前因竇光鼐於黃梅丁憂演戲，彌補虧空等款，執辦嘵嘵，再三瀆奏，且親赴平陽招告，聚集生監，千百成群，經伊齡阿兩次參奏摺到。朕原憎其煽惑人心，有類瘋狂，是以節次降旨，將伊革職拏問，是竇光鼐在浙省咆哮多事，不特阿桂、伊齡阿等憎其為人，即朕亦厭其舉動乖張，污人名節。

及伊前昨兩日回奏摺到，將黃梅任內劣跡，逐款羅列，並於生監平民等呈出捐派領借等印信圖書字帖二千餘張內，每樣進呈一紙，朕詳加閱看，並命軍機大臣查對，俱係黃梅劣款之確鑿可據者，則竇光鼐之奏，並非捕風捉影，摭拾誣陷，已可概見。

伊係硜硜自守之書生，若謂於此事意圖捏造，以實其言，則二千餘張之印信圖書字帖，必俱係竇光鼐憑空造作，想竇光鼐未必有此伎倆。朕於竇光鼐始則憎而此時則覺其言之確鑿，惟欲將黃梅劣跡，徹底查辦以正其罪，所謂無固無我，不存成見。前之憎竇光鼐，乃憎其所可憎；今之

信實光鼐，亦信其所可信也。

「憎其所可憎，信其所可信」，是很平實的說法。和珅之機警，即在深知高宗心有定見，注重證據；紙中包不住火，則此紙必焚，不必枉費心力，唯求紙燼火息，不再蔓延。以下一段則高宗純為阿桂而發：

阿桂等前在浙省查辦時，目睹實光鼐多事咆哮，性情執拗，自為心懷厭惡，今復令其前往查辦，斷不可仍執前見，稍涉私嫌；惟當以朕之心為心，逐款秉公嚴訊，俾貪員劣跡，一一審出，置之重典，所謂懲一可以儆百，政體國法，必當如此，阿桂想必與朕同心也。

至實光鼐在平陽招告，聚集生監千百成群，且平日固執性成，闔省官吏，自必皆與伊不睦。伊齡阿據其稟揭，即行參奏，在伊齡阿亦不無憎惡實光鼐之心。

至阿桂受恩深重，為國重臣，必能通曉大義，非伊齡阿之新進者可比，阿桂當效朕大公無私之心，前往查辦時，毫無芥蒂，一秉至公。此案自不難水落石出矣！阿桂於途次遇見實光鼐時，即遵昨旨，寬其拏問，告以朕意，帶往浙省，隨同查辦，並著阿桂接奉此旨，即速兼程行走，朕惟計日以待也。

按：阿桂是年七十。四月勘清口堤工、六月查辦浙江倉庫虧空，並勘海寧石塘，閏七月勘江南桃源黃河漫口，此時復又奉旨折往浙江覆查。七十老翁，長夏奔波，秋涼猶不得少息；若謂高宗殊少愛護重臣之心，不如說和珅在暗中弄權，故意擺佈阿桂。

但高宗必已想到，阿桂憎惡竇光鼐，加以伊齡阿等人的慫恿，可能固執成見，不願翻案，倘或查辦結果，與高宗的瞭解不同，那就很難處置了。以阿桂為非，則損其威信；亦自損高宗的威信。在前一論中，高宗於接到竇光鼐所呈的證據後，有這樣一段話：

以此觀之，則伊齡阿不免為屬員所欺矣！此事卻有關係，伊齡阿尚可；朕與阿桂可受其欺乎？

此言伊齡阿威信有損，還無甚大關係；高宗與阿桂的威信不能受損。高宗將阿桂的地位提高至與他同等的程度，強調君臣一德，「阿桂即朕」，而結果阿桂的見解，與他的看法發生衝突；為了維持他的看法，必須指出阿桂的錯誤。

這一來阿桂所受的傷害有多大，暫且不論；至少「阿桂非朕」，則謂「阿桂即朕」，便失於知

人之明了。這一點關係極大，所以必得諄諄告誡，不論如何要「與朕同心」，庶幾始終保持君臣遇合的完整印象。英主之為英主，在用人方面，確有一番境界極高的苦心。

至於此案的情節，說起來是王亶望的罪過，而實為高宗第五次南巡的後遺症。第五次南巡；有前四次的遺規在，自然照樣要「辦皇差」；各縣攤派，在所不免。；王亶望借此正好自肥，而所屬則有了「辦皇差」及「撫台交辦」這兩頂大帽子在，僅不妨橫徵暴斂，不過溫州府平陽縣知縣黃梅，格外心狠手辣而已。

黃梅宰平陽在乾隆四十三年；四十五年「辦皇差」；四十九年第六次南巡，前後兩次徵派的糊塗帳，實已無法清算，此所以才如阿桂，亦只能將就了事。但糊塗帳偏逢有心人；有竇光鼐揭破黃梅何以在平陽八年之久的秘密。

竇光鼐說：「該員（指黃梅）在任八年，虧空累累；知府方林於四十九年五月，曾經揭參離任。後任金仁接署，曾不逾月，復要汪誠若接署，而黃梅旋於十一月內復回原任。」

這就是說，黃梅被參後，先後金仁、汪誠若二人接署平陽知縣，但都敬謝不敏；只得仍由被參的黃梅回任。其故何在？竇光鼐說：「總因空倉空庫，各員不敢接收；黃梅遂抗不彌補，以為自固之計。」

最後兩句話，須作詮釋。明清州縣官，其權甚專，庫銀倉米，儘不妨虧空；而虧空之因，有

公有私，為公事虧空，每能邀上官的諒解，責後任為之彌補。後任如無法彌補，則虛接只有虛交，因而形成一種制度，某官接某州縣，須以照冊接收，亦即承認前任未虧空為條件。

虧空不多，自可陳陳相因，照數移交，但接事以後，發覺前任扯的窟窿太大，無法彌補，則見機者必及早抽身；反正一省候補知縣甚多，不患無人嘗試。

黃梅之手辣者，虧空要搞得連嘗試的人都沒有，則到頭來非請他回任不可。如果他自己彌補了一部分，使後任覺得事尚可為，則又何必倦勤？是即「抗不彌補」，始「為自固之計」。

至於匿喪演戲，照伊齡阿等人的奏報是，黃梅為母稱觴演戲之日，其母忽爾病逝，此固不足為罪，上諭中一再指實「污人名節」，即言此事。

但事實上是，黃梅九旬老母病歿，一報丁憂，即須解任；時當「上忙」，徵收錢糧一事上的好處，化為烏有，因而匿喪不報，反以母壽為名，演戲三日，將士紳鄉保集中起來，以便催徵。

但此款罪名，後來不了了之；因為牽涉名教，等於逆倫重案，地方大吏，皆有處分，故而含混了結。

黃梅之論大辟，自不在話下：此人出身不詳，但曾有上諭命孫士毅查抄黃梅原籍財產，則黃梅應該是廣東人，因為孫士毅在這年五月甫由廣東巡撫擢任兩廣總督；廣東為其專駐之地。

此外浙江前後兩任巡撫、藩司，及查案的欽差大臣阿桂等，均交部嚴議，處分不輕。惟有伊

齡阿因禍得福。

是年九月底上諭：念伊係內務府人員，歷任關差，於權稅事務尚為熟悉；況和珅於乾隆四十三年兼管崇文門監督，迄今已有八載，見任大學士亦不便兼理權務……伊齡阿著來京在總管內務府大臣行走，並兼管崇文門監督。

按：巡撫從二品，總管內務府大臣自乾隆十四年起，定為正二品；是則伊齡阿不降反升。且崇文門監督為有名美差。這完全是和珅的包庇；即此一案，可以看出和珅一手遮天的神通。

竇光鼐與和珅鬥法，第一回合是竇占了上風，不意九年之後，又有第二回合，事在乾隆六十年乙卯。

這年高宗登基六十年開恩科，會試，總裁為左都御史竇光鼐、禮部侍郎劉躍雲、兵部侍郎瑚圖禮。榜發則會元王以鋙、第二名王以銜，兄弟並居榜首；而皆於竇光鼐有恩，於是和珅有文章可做了。「清朝野史大觀」記其事云：

乾隆六十年竇公以左都御史為會試正總裁，副考官二人皆資望較淺，一切悉推竇公主政。榜

既發，則第一名王以鋙，第二名王以銜也。和珅在上前指出，上查知爲同胞兄弟，則大疑之，因派大臣覆試，王以銜列二等第四，王以鋙列三等七十一名。

磨勘大臣奏稱：王以鋙中式之卷，次藝「參也魯」後，比用「一日萬歲」、「一夜四事」等字，膚泛失當，疵累甚多，遂罰停王以鋙殿試。

諭旨斥竇公年老昏憒，先行開缺，聽候部議；副考官交部議處。越八日進呈殿試卷十本，名次既定，拆視彌封，則第一名乃王以銜也。和珅與諸大臣瞠目相視，因奏曰：「此次閱卷諸臣，皆秉公認真，亦無私弊，如有失當，何妨易置。」上曰：「若此則彼之兄弟聯名，或出偶然，科第高下，殆有命焉；非人意計所能測也。何必易置？且既拆彌封而再易置，則轉不公矣。」

臚唱之日，輿論翕然，蓋以二王素著才名也。自是竇公之取士，與王氏兄弟之得會狀，遂傳爲佳話。

會元停科，未之前聞。平心而論王氏兄弟固有才名，但竇光鼐受惠特深，當亦不無報恩之心。關節是決不會有的事；但會試卷雖糊名易書，而爲浙江的卷子則卷面有標識，取浙卷爲元，猶有可說；第二亦爲浙卷，便有希冀王氏兄弟聯珠貫彩之意在內。

是科共取一百一十二名；以「紅樓夢」續書問題成名的高鶚即爲三甲第一名，此人固無可

取，而其他各省，莫非連居次都不能，非在第三以下不可？推論本心，實不能令人無疑。幸而王

以銜爭氣，殿試掄元；此則對寶光鼐為最好的報答。

何以謂之「爭氣」？不爭氣又將如何？不妨作一分析：按：有清一代，讀書人最好的機會，

是在乾隆五十二年至嘉慶五年，這十三年之中，幾乎年年有試事，列表如下：

五十二年丁未，正科會試，取中一百三十七名。

五十三年戊申，預行正科鄉試；五十四年己酉會試，取中九十八名。按：五十五年庚戌為高

宗八旬萬壽，應開恩科，而辰戌丑未原為會試之年，因以戊申、己酉預行正科鄉會試。

五十四年己酉，恩科鄉試；五十五年庚戌會試，取中九十七名。

五十七年壬子正科鄉試，五十八年癸丑會試，取中八十一名。

五十九年甲寅恩科鄉試，六十年乙卯會試，取中一百八十一名。

六十年乙卯恩科鄉試，嘉慶元年會試，取中一百四十四名。

三年戊午正科鄉試，四年己未會試，取中二百二十名。

五年庚申恩科鄉試，六年辛酉恩科會試，取中二百七十五名。按：嘉慶五年為太上皇九十萬

壽，早有詔旨，特開恩科；而四年正月太上皇崩，所有慶典一律停止，但恩科嘉惠士林，仍舊舉

行，惟將鄉會試延後一年。

如上表所示，這十三年中，讀書人的進身之路極寬；如乾隆五十四、五十五、五十八年三科，殿試取額皆不滿百，可知人才搜羅殆盡，各省稍有文名之士，不愁兩榜無名。竇光鼐久任浙江學政，凡在其任內進學的生員，到京會試，必然去見老師；所以浙江士子會試的結果，竇光鼐非常清楚。

王氏兄弟恰於六十年會試，而是科總裁，又正好派了竇光鼐，這正是天緣湊巧；竇光鼐不必送關節，只看王氏兄弟所投「行卷」，便已知其筆路；會試暗中摸索，十得八九，有意栽培，殆無可疑。至於殿試情形，商衍鎏「清代科舉考試述錄」亦有記載：

乾隆六十年乙卯科會試，正總裁竇光鼐所定第一第二名皆浙人，他總裁欲易置其一，竇謂吾論文非論省，他總裁意不平，榜發則會元王以鋙，第二名以衡即其弟，群議譁然。高宗心異之。光鼐前曾發和珅私事，和所深恨，借此欲興大獄。覆試日使衛士環列譏察之，卒無所得，因摘二人闈墨中並有「王道本乎人情」語，以為關節，抑置以鋙榜末停其殿試。降左都御史竇光鼐四品休致，鐫副總裁禮部侍郎劉躍雲，兵部侍郎瑚圖禮四級。及廷試以衡第一、為紀昀、和珅所取定，高宗曰：「此亦汝等之關節耶？」意始釋然，事遂解。

「清朝野史大觀」所記，與此略異云：

追殿試卷進呈，拆第一名封，高宗驚問曰：「此非會元耶？」和相奏：「臣取。」誰所定？和相奏：「臣定。」上笑曰：「爾二人豈有私者？外間傳聞固不足信。」於是事遂解。

迨殿試卷進呈，拆第一名封，高宗驚問曰：「此非會元耶？」和相奏：「臣取。」誰所取？紀文達（昀）奏：「臣取。」誰所定？和相奏：「臣定。」上笑曰：「爾二人豈有私者？外間傳聞固不足信。」於是事遂解。

由以上兩記，可知當時事態相當嚴重，王以鋙雖停科不得與殿試，而王以銜若非鼎甲，則追究「王道本乎人情」這一關節，仍有興大獄之可能。至所謂紀昀所取、和珅所定，語殊簡略，不易明瞭，應略作解說。

按：殿試在理論上講，皇帝為惟一的主考官，所以狀元稱為「天子門生」。奉派閱卷的大臣，名之為「讀卷官」，在明朝用至十七人之多，入清，順、康兩朝定為十四人；雍正時減兩人；乾隆二十五年減為八人，遂定以為例，至光緒三十年末科猶然。

閱卷在文華殿，收掌官以收卷先後，每十卷為一束，依讀卷官職位高下，輪序分發，周而復始；大致每人可分得三束，即三十本左右。閱卷既畢，仍置原處，俟其他七官，個別再閱，其名謂之「轉桌」。

閱卷後，須定高下，共分五等，以五個符號表示：「○」、「▲」、「、」、「一」、「×」，稱爲「圈、尖、點、直、叉」。例規高下之間只有一等的差別，譬如首閱之官，評此卷爲尖，則以後各官，揚之則圈；抑之則點，不能低兩等用直，否則此卷必檢出，進呈候旨，故有「圈不見點、尖不見直」之號。像目前博士口試，或者選拔運動國手，評判者一個打九十分，一個打六十分，相去懸殊的情形，是件不可思議的事。因此，殿試卷由何人首閱，關係極大，因爲首閱所評等第，即已定下基調；如果打一個點，即可斷言此卷必不會有圈，亦決不可能得鼎甲。

王以衘的卷子，最初必分入紀昀之手，加圈予以一等的評價，故謂「臣取」。至「轉桌」全畢，最佳之卷，可能同時有數本，譬如七圈一尖之本有三本，則公議孰爲元卷，通常以位尊者之意旨爲斷，其時阿桂爲首輔，如阿桂未派爲讀卷官，則以和珅之意爲斷，故謂「臣定」。

此爲和珅聰明之處，竇光鼐既已由左都御史降爲四品京堂，和珅不爲已甚，以王以衘定爲一甲一名。如和珅不欲王以衘得狀元，容易得很；殿試不易書，由書法中大致可知，王卷雖紀昀加圈，和珅可以加尖；其他六人阿附和珅者多，紛紛看齊，則豈復有鼎甲之望？歷來習慣，凡進呈的前十本，至少須有六圈。

「清代科舉考試述錄」中，列有光緒廿四年傅增湘殿試卷照片，爲進呈十卷中的第九名，竟

亦有八圈之多，則第八名以前，自然也都是八圈，鼎甲全由會商決定，可想而知。

平心而論，「天子右文」為高宗最可稱道之處；康熙年間，固亦造就不少人才，但場規整肅，弊絕風清，則遠不如乾隆朝，如康熙三十八年己卯順天鄉試，正主考前科狀元李蟠，副主考前科探花姜宸英，以榜後有「老姜全無辣味，小李大有甜頭」之謠，一則以老病卒於獄中；一則充軍，世以為冤，而據當時傳佈的揭帖，指名道姓，歷歷有據，如年羹堯居然亦為兩榜出身，即由賄買而來。其中亦有利害關係，不得不徇私以通關節。欲明高宗之整頓科舉，須先引當時攻訐李、姜的揭帖及原注，並略作注釋：：

朝廷科目原以網羅實學，振拔真才，非為主考納賄營私，逢迎權要之具。況聖天子加意文教，嚴飭吏治，凡屬在官，自宜洗滌肺腸，以應明詔。不意順天大主考李蟠、姜宸英等，滅絕天理，全昧人心，上不思特簡之恩；；不下念寒士之苦，白鏹薰心，炎威炫目。

按：李蟠字根大，江蘇徐州人，自毀前程，無足與論；所可惜者姜宸英。姜為浙江慈谿人，字西溟。康熙十八年舉鴻博時，葉方藹、韓菼本相約薦姜，以方藹宣入禁中，數日方出，以致不及；因以布衣被薦入史館，為聖祖所重，稱其古文為當世第一，北闈榜發，每遣人問姜是否中

舉。

至康熙三十六年中探花，亦由親征噶爾丹奏凱還朝，姜宸英獻頌最為古雅，為聖祖所特拔。探花每出少年郎，而姜宸英生於崇禎元年，正為七十；一時傳為佳話，不意霸占兩年竟不得終於正寢。

中堂四五家，盡列前茅；部院數十人，悉居高第，若王李以相公之勢，猶供現物三千（原注：王熙孫景曾、李天馥子某）；熊將以致仕之兒，且獻囊金滿萬（原注：工部尚書熊一瀟子本、左都御史蔣宏道子仁錫）。史貽直、潘維震因乃父皆為主考，遂交易得售（浙江主考史夔子、福建主考潘雲鵬子）。

按：所謂「交易」者，言姜宸英中史夔之子貽直；而浙江主考史夔中姜宸英之子某。此事無徵。福建主考應作潘鵬雲，而非潘雲鵬，時官工部主事，此當為與北闈闈籍某房考有「易子而中」之事，但亦難言，因京闈相去數千里，音問難通，似不可能有臨時「交易」。

韓孝基、張三第以若翁現居禮部，恐磨勘而全收。年羹堯攜湖撫資囊，潛通昏夜（原注：年

遐齡子、饒一萬）；朱世衍舁督穢畜，直達寢門（北直學院朱阜之侄）。勵廷儀則畏宗卿要路，兼受苞苴（宗人府丞杜訥子）；收嚴密乃修同譜私情（不嫌乳臭），總是老師分工，且期囊橐之取盈，故舍其侄而獨收其婿（狄宇乃李姜二人本房老師之婿）；更恐言路關頭，必欲逢迎之盡致，遂因其弟而並及其兄（副憲劉謙子侄皆中）。尤可醜者，宛平之門館私人，亦不敢違其囑託（王熙西席二人，管當子二人，一齊中式）；所可奇者，總督之長班賤役，致無弗盡其收羅（王朝柱父，范總督長班）。

按：韓孝基為韓菼之子；張三第為張集之子，江蘇青浦人。韓、張其時均為禮部侍郎，而磨勘為禮部的職掌。所謂「磨勘」為對考官及中試舉子事後的一種審查；其制如「清代科舉考試述錄」所記：

凡順天及各省鄉試榜後，順天提調官，各省監臨提調，即將中式舉人硃墨試卷與錄科原卷公同在場包裹，每十卷為一封，各用印信，解送禮部，磨勘官均各於揭曉前由禮部請旨派出。

順天鄉與會試發榜在京，即行送部磨勘，各省則中式試卷解部訂有程限，山東、山西、河南二十日，江南、陝西四十日，江西、浙江、湖南、湖北五十日，福建七十日，甘肅、四川、廣

東、廣西、雲南、貴州九十日，延期者罪之，所以防考官闈後修改試卷避吏議之故。

副榜硃墨卷同解不磨勘，磨勘官均在天安門外朝房，部派司官四人收發試卷，奏派御史滿二人漢二人輪班稽察。磨勘試卷，順天為一次，各省照解卷日期，先後分作三次，限於年內磨勘完竣。

覆勘大臣定期於午門外禮部朝房覆勘，覆勘畢奏交部議。磨勘、覆勘均迴避本省試卷，其有子弟中式者不必上班。磨勘之例，先察考官，倘有於四書文，經文出題誤錯字句，割裂小巧，前後顛倒，春秋題未注年分者，詩題漏限韻，引用僻書私集者，策題過三百字，自問自答，以己意立說援引本朝臣子學問人品者，分別給以罰俸議處。

此外條規尚多，但類多虛應故事。至乾隆元年，改派科道翰詹之資深者為磨勘官；二十一年更規定磨勘官親書銜名，註明磨勘結果，失職者議處，從此開始，磨勘始嚴。對於端正科舉風氣，極有幫助。

年羹堯亦為是科舉人，其父年遐齡方任湖廣巡撫，外官缺肥，故「餽一萬」，方能中式。勵杜訥任宗人府府丞，熟識王公親貴，亦為李蟠所憚，故其子勵廷儀得以取中。嚴虞惇江蘇常熟人，康熙三十六年榜眼，與李蟠、姜宸英為三鼎甲，所謂「收嚴密乃修同譜私情」，即指此而

言。嚴虞惇幼有神童之目，入翰林後，館閣文字，多出其手；李、姜之獄興，亦以其子嚴密之故，降級閒居，至康熙五十年始以大理寺寺丞充四川鄉試副主考；五十二年歿於官，官止太僕寺少卿。有才而未得大用，頗為可惜。

不過揭帖所指摘，如果屬實，則嚴虞惇咎由自取，他至少為李蟠經手過兩件賄賣關節案，有何回扣，不得而知，但一子一姪得中，似可視為經手賄賣的報酬，其子嚴密，且為「乳臭小兒」。其尤為駭人聽聞的是：「三場代筆，魏嘉謨遂占高魁。」

據說魏之高中，是替一名熊本者作槍手的報酬，而魏本年方十四；此一年齡入學（中秀才），已稱神童；竟成舉人，實為奇聞。

揭帖最後一段云：

況夫數世長隨，擢居鼎貴。八旬老子，拔置清班。朝廷待彼，不為薄矣。二君設心，何其謬哉！獨不念天聽若雷，神目如電，嚴虞惇撫床而囑，何偏值受命之辰。黃夢麟餽參為名，何必在赴宴之後。龍門未啟，題目何以喧傳。芝榜未懸，元魁何由預報。售關節於殺妻之凶犯，豈謂知人。寄耳目於舐痔之懷來，寧云擇侶。嗚呼噫嘻！投身鮑氏，固已薄其為人。不赴親喪，早已窺

其短行。身辱者心必喪,孝虧者忠必衰。似此敗檢,貽函清流。

「八旬老子」自是指姜宸英;「數世長隨」則據說李蟠之祖與父,皆為長隨。所謂長隨,俗名跟班;為僕人之一種,惟不操瑣務,只跟官拜客,衙門規矩,大致熟悉,當然亦能書寫,所謂「宰相家人七品官」大致即為此輩。

黃夢麟為康熙二十四年探花,據原注:「姜宸英赴宴後,差人至黃處取參半斤,中其舅費士龍」。

按:據陳寅恪先生考證,明朝末年,人蔘有通貨的作用,送人蔘即等於送現金。冒辟疆「影梅庵憶語」中,說他的朋友劉某「餽參數斤」,即無異助以現銀若干;周延儒復起,一路不受餽遺,有人託名人蔘為藥餌,周延儒居然受之無愧。如此注所言,則此風至康熙時猶存。

「售關節於殺妻之凶犯」一節,最為駭人聽聞。是科解元王兆鳳,據說本姓賈,江蘇高郵人,殺妻後潛逃,藏匿良鄉縣令傅某衙門中,冒北籍而中解元。按:順天鄉試,解元必須北籍;南籍如監生固亦可參加北闈,其名次最高者,稱為「南元」。

所謂「投身鮑氏」,據說李蟠中狀元後,投拜太監鮑三老門下。而「不赴親喪」則指姜宸英親死不奔喪。故有「身辱」、「孝虧」之語。凡此現象,歸納成為一個極沉痛的結論:不閱反而

專閱價，滿漢之巨室歡騰；變多讀而務多藏，南北之孤寒氣盡。取人如此，公論謂何？

但這些現象，在高宗初次南巡時已革除了一大半。當然，世宗開端整頓，亦有極大的關係。

「清代考試制度資料」載雍正三年的新章云：

三年，奉旨將翰林院，及進士出身官員人數，查明再奏。召集於太和殿，試以四書題文一篇，親定甲乙，封貯內閣，以備鄉試差遣。次年，將御試取定人員，書名牙籤，盛以金筒。每屆按省分差之期，設黃案於午門外，命大學士同禮部官，掣簽喝名，恭請欽定正副主考。七年，仍行御試，分別記名。暨十三年鄉試主考皆如之。

按：此即所謂「考差」的由來。在雍正三年以前，鄉試考官的出身，並無嚴格規定，康熙初年，有以拔貢典試雲南、廣西者。雖然有人強調，拔貢之名貴，過於狀元，但拔貢畢竟只是貢生，並不具備舉人的資格，而主持舉人的考試，是件說不過去的事。

至於北闈自康熙十一年起，參用前明的故事，即以前科的狀元充正主考，副主考亦常為榜眼或探花，如十一年壬子蔡啟僔、徐乾學為狀元、探花；十四年乙卯韓菼、王鴻緒為狀元、榜眼；十六年丁巳彭定求、胡會恩亦為狀元、榜眼；二十年辛酉則只己未狀元歸允肅充正主考；二十三

年甲子，照往例本應由壬戌狀元蔡元親充主考，可能以蔡元新爲蔡啓傳之侄，叔侄連番主考，其同鄉親故太佔便宜，因而打破成例。

及至三十八年己卯，恢復原制，遂有李蟠、姜宸英之獄。此一制度，希僥進者得以預通聲氣，早爲人所詬病，至此重新一試，果然大出紕漏；自此徹底否定。至雍正三年更定考官先經考試的制度，益爲進步，「金瓶掣籤」是仿明朝宰相枚卜的故事，典制隆重，但卻不便於運用，未幾廢止；惟兩榜出身的京官，應考差的制度依舊。

高宗特重考試，以及喜運用考試來獎進人才，並作爲達成某種政治上的目的之手段，其事例甚多。如乾隆二十五年有一大改革。

廷試士子，爲掄才大典。向來讀卷諸臣，率多偏重書法；而於策文，則惟取其中無疵類不礙充選而已，敷奏以言，特爲拜獻先資。而就文與字較，則對策自重於書法，字畫端楷，自屬文字兼優，固爲及格之選；若其人繕錄不能甚工，字在丙而文在甲者，以視文字均屬乙等，可以調停入縠之，自當使之出人頭地。

況此日字學稍疏，將來如與館選，何難臨池學習？倘專以此爲進退，兼恐讀卷官，有素識貢士筆跡者，轉以藉口滋弊，非射策決科本義也。大學士九卿，尋議得本年殿試，奉諭旨令於傳臚

前一日，將擬定十卷進呈，應遵奉諭旨，參覈文字，務令取擇適中。除條對精詳，楷法莊雅者，盡登上選外，其有繕錄不能甚工，而援據典確，曉暢時務，即為有體有用之才，亦應列為上卷。若對敷衍成文，全無根據，即書法可觀，亦不得充選進呈。

殿試特重書法，原有其理論上的根據。凡殿試的「貢士」，原為已中式的進士，是故殿試可視之為進士的覆考；亦是第二次的會試。會試糊名易書，只看文章好壞；殿試糊名而不易書，高下顯然可判者，惟在書法。

至於殿試尤重策論，所謂「金殿射策」，士子所榮者，其孰優孰劣，實亦無據，此觀二十六年上諭可知：

廷試為策士鉅典，讀卷官所進策目問條，向有由內閣豫擬之陋例，淺漏揣摩，不可不防其弊，應一概進止。屆時，令讀卷官密擬策題進呈，候朕裁定，發齎刊刻，著為令。

此令至清末未改，策問皆在讀卷大臣進宮「入闈」後，方始擬題奏請欽定，大致擬八用四。

策問者：發現一個「問」題，用何「策」略解決此問題之謂。在乾隆廿六年以前，既為內閣所豫

擬，則又何能保證題不先洩，宿構應制？此一改革配合書法不必太重，真才方易出頭。

此外，改進糾正之處尚多，錄要如下：

又奉諭旨：科場取士，原以文體為重。若抬頭小誤，既無關於弊竇，且與文體無礙。又如貼例內，有填寫添注塗改字數等語，其於立法防弊，亦所謂不揣其本而齊其末。所有條例內應加刪正之處，著大學士會同該部議行。尋議舉子行文，恭遇抬頭頂格，非係廟諱御名至聖諱及例載列聖郊社宗廟皇上各實寫字樣，偶失檢點，誤作單抬，概予免議。又試卷內塗改添注字數，各於卷尾填明之例，一併停止，從之。（乾隆三十年上諭）

又令新中舉人，照順天鄉試例，依限赴學政衙門，填寫親供時，即全默寫首藝七八行，一同封固，送部辦理。（乾隆三十三年上諭）

又令考主官，遵照定例，於落卷中，盡數搜閱，其中有無取中，於奏報試竣摺內聲明。（同上）

按：試場科條，功令森嚴，對於抬頭有「三抬」、「雙抬」、「單抬」之分，倘有錯誤，便即貼出，往往由房考作主：房考用藍筆，所以榜示違式，名為「藍榜」，第一場見藍榜，第二場即

摒除場外。但亦有房考偶失檢點，應貼出而未貼出者；或者明知違式，以其文可取，聽憑主司決定者。

大致抬頭違誤，總有辦法可想：應單抬誤爲雙抬，不算違式，應雙抬誤爲單抬，有時不易看出，亦可馬虎，除非遇見外號「魔王」或「魔頭」的磨勘官，才會有麻煩。但應三抬而誤爲單抬，則相去懸殊，一定可以看出，而如文章可取，主司有意成全，法亦甚便；只須弔取原卷，上加尊號二字，即成三抬。

譬如「我高皇帝」，「高」字應三抬而誤爲單抬，則上加「太祖」二字，即符程序。主司之所以用墨筆，即有此種便於成全士子的作用在內，前已言之，此處舉例以明。高宗愛才，故有此體諒實情、酌予寬禁的上諭。

至於新中，依限赴學政衙門填寫「親供」，即自行書明家世，以便與卷中所載三代名諱覈對，令默寫首藝七八行，用意亦在防止槍手舞弊。

按：「親供」之供，目前爲一壞字眼，在明清不一定指罪犯招供之供，如官員罣吏議，令其說明經過，亦謂之「親供」，意如現在的自白書。

第三道上諭，意在加強搜遺，以免埋沒眞才。總之高宗對考試的態度，有寬嚴兩極端，識拔眞才則從寬，防止舞弊則從嚴。茲一談乾隆辛己殿試，以見高宗對考試所持的態度。據「清朝野

「史大觀」記：

辛巳殿試，閱卷大臣劉文正公、劉文定公，皆軍機大臣也。是科會試前，有軍機行走之御史眭朝棟，上一封事，請復迴避卷，即唐人所謂「別頭試」也。上意其子弟有會試者，應已入分校應迴避，故預為此奏，乃特點朝棟為同考官，而命於入闈時，各自書應迴避之親族，列單進呈，則眭別無子弟，而總裁劉文正、于文襄應迴避者甚多。

按：劉文正為劉統勳，劉文定為劉綸。眭朝棟原為軍機章京；定制軍機章京一選為御史，即應退出軍機，俾盡其言職。高宗特點眭朝棟為同考官，而令自書應迴避的親族，出於善意，有准照眭奏，將其子弟「別頭試」之意味在內。

按：是歲上方南巡，啟蹕時曾密語劉、于二公留京主持會試，疑語洩而眭為二公地也，遂下刑部治罪。部引結交近侍例，坐以大辟。

按：是年高宗奉太后西巡五台山。上記稍誤。這年太后以七十萬壽開恩科，吏部尚書劉統

勳、戶部侍郎于敏中，未曾扈駕，跡象顯示，有留京任會試總裁的可能。高宗發現眭朝棟無子侄應試，而劉統勳則胞弟、胞侄；于敏中亦有胞侄皆赴春闈。高宗因而疑心眭朝棟是爲了討好劉、于，特上此奏。上諭中特加嚴斥：

眭朝棟所奏，顯屬迎合上官，此風斷不可長。前明師生堂屬，黨援門戶之弊，往往假公濟私，害及朝政，最爲言路惡習，我皇考十三年以來，大力整頓，風紀肅清；朕臨御二十有六年，於台垣章疏苟有一二可採者，未嘗不見之施行，若其意有所屬，瞻顧徇私者，亦斷難逃朕洞鑒。眭朝棟何人，而敢以此等伎倆爲嘗試乎？

高宗於此案處置特嚴的另一作用，如俗語所謂「殺雞駭猴」，使受信任大臣，不敢恃寵而授意部屬迎合。因此，達官貴人，相顧失色；而輿論亦頗多指摘，說歷科鼎甲，爲軍機章京占盡。證據是上年庚辰科狀元畢沅、榜眼諸重光，都是軍機章京；而讀卷官大部分爲軍機大臣，字跡極熟，易於徇私。

其時趙翼以內閣中書充軍機章京，爲京中大名士，極爲傅恆所賞識，這年會試中式後，意在大魁；傅恆便對他說：「雲崧，你不必再作狀元的夢了。」因爲軍機大臣如派爲讀卷官，爲了避

嫌起見，認出是軍機章京的卷子，一定不會加圈。但趙雲松平生所志在此，豈肯甘心？於是變易

書法寫殿試卷子。

及至二百零七卷「轉桌」看畢，只有一本九個圈，而書法是率更體；軍機大臣之一的劉綸，

格外謹慎，心想一定要把趙雲松的卷子打入進呈的十本以外，才可免禍。細參之下，疑心九圈的

一本為趙卷，請劉統勳覆閱；「清朝野史大觀」記以下情事：

文正（劉統勳）大笑曰：「趙雲崧字跡，雖燒灰亦可認，此必非也。」蓋趙初入京時，曾客

公第，愛其公子石庵書法，每仿之。及直軍機，趙以起草多不楷書，偶楷書即用石庵體，而不知

趙另有率更體一種也。」文定（劉綸）則謂：「遍檢二百七卷無趙雲崧書，則必變體矣。」文正

又覆閱，謂「趙雲崧文素跅跎不羈，亦不能如此謹嚴。」而文定終以無疑。

按：讀卷大臣例派十員，先派九人，特留一空額，以待平回部的兆惠班師，武臣而衡文，示

以殊寵：

兆將軍惠時方奏凱歸，亦派入閱卷，自陳不習漢文，上諭以諸臣各有圈點為記，但圈多者即

佳，至是兆公果用數圈法，而惟此卷獨九圈，餘或八或五，遂以第一進呈。先是歷科進呈卷皆彌

封，俟上親定甲乙，然後拆，傳集引見。是科因御史奏改，遂先拆封，傳集引見。

上是日閱十卷，幾二十刻，見趙卷係江南人，第二胡豫堂高望，浙江人，且皆內閣中書，而

第三卷王惺園杰，則陝西籍，因召讀卷大臣，先問本朝陝西曾有狀元否？皆對云：「前朝有康

海，本朝則未有。」上因以王卷與趙卷互易焉。惺園由此邀宸眷，翔步直上，而趙僅至監司，此

固命也。

按：康海字對山，與劉瑾相善，曾救李夢陽；後來李夢陽負友，康海作「中山狼傳奇」以譏

刺。由此得名。王杰陝西韓城人，感激知遇，為道光朝名相。

然趙亦即由此蒙主知，臚傳之日、一甲三人例出班跪，趙獨掛數珠，上陞座遙見之，後以問

傳文忠，文忠以軍機中書例例帶數珠對，且言昔汪由敦應奉文字皆其所擬，上心識之。明日論諸大

臣，謂趙翼文自佳，然江浙多狀元，無足異，陝西則本朝尚未有，今當西師奏凱之後，王杰卷已

至第三，即與一狀元亦不為過，次日又屢言之。

按：內閣中書及翰林院編修、檢討，官止七品，皆不得掛朝珠，惟中書為軍機章京，與翰林常在御前行走，故得掛珠。

又：回部平定後，高宗特拔陝西人為狀元，有偃武修文之意。此為政治上的一大作用。至於趙雲崧憑真工夫得狀元，而無端被擯，實為委屈，高宗心有餘歉，畢竟為英主。

於是鄉會試甌北皆蒙欽點房考，每京察必記名，及授鎮安府，赴滇從軍，調廣州，陞貴西道，無一非奉特旨，上之恩注深矣。尋以母老乞侍養，凡五年，丁艱又三年，服闋赴補，途次又以病歸，遂絕意仕進。

高宗對科舉的重視、整頓、運用，對於培養人材，確曾發生了良好的作用。孟心史先生的清代史，定乾隆全盛以後的時期為「嘉道守文」；對高宗重科舉以培植真才的政策，奉行勿懈，然後洪楊之亂，始有曾胡左為維護中國傳統倫理而崛起。此中密切的因果關係，殊未可忽視。

乾隆武功，頗為自矜，「聖武記」謂有十大武功，故高宗自號「十全老人」。早期名將為兆惠，「清史稿」本傳：

兆惠，字和甫。吳雅氏，滿洲正黃旗人。孝恭仁皇后族孫。父佛標，官至都統。兆惠以筆帖式直軍機處，七遷至刑部侍郎，正黃旗滿洲副都統，鑲紅旗護軍統領。十三年，命兼領戶部侍郎，赴金川督糧運，疏論糧運事，並言諸將惟烏爾登、哈攀龍勇往，並及諸行省遣兵多不實。上命告經略傅恆籌實，師還，命籌軍需，調戶部侍郎。

據孟心史先生在「清代史」中評論兆惠，並不見得出色，平回部黑水之圍，論述如下：

二十三年之秋，定邊右副將軍兆惠，移伊犁得勝之師入回疆，被圍於黑水，其先籌回之阿敏道為所執死；兆惠用平準之師南來，又為所困，於時已可見旗員之無用。以準部所魚肉之弱回，部落分散，無厚集之力，又習於城郭國，無弓亂之後，兵事餉事皆需主帥一人籌之，難易何可並論？而左相出邊，從無輕出失機之事，兆惠輩真兒戲耳！天方祐清，亦促成其十全武功之驕侈，為日中則昃之漸，卒以廿四年之春，黑水得援而圍解。

但兆惠之特蒙恩寵，另有一特殊原因，此即牽涉到香妃的故事。回部首領有二，稱大小和卓木；香妃出身和卓木，封號為容妃。心史先生「香妃考實」云：

妃之為和卓氏，自必出於和卓之家。但若為舊和卓之女，則與大小和卓之女，則亦不能定其究為大和卓之女，抑小和卓之女。惟大小和卓在伊犁初定時，實為受中朝之惠，而得返故境。迨其叛也，已在二十一、二年間，始漸明叛狀，至二十四年秋，乃討平之，兩和卓授首。

高宗特為容妃所築的金屋，名為「寶月樓」，今已不可復見；其變遷之跡，亦見心史的考實：

而和卓妃之入清，當在其先，蓋兩和卓由準得釋時，以乞恩於中朝而進其女，非叛後以俘虜入朝也。妃以回部女子至中朝，為自古不通之域；高宗不以置之後宮，特營西苑中一樓，以為藏嬌之所，後並於所居之地，築回教禮拜堂，並使內附之回民族居其旁，屋舍皆用回風，以悅妃意，其承寵可想。

夫南海之南，臨長安街而對回子營者，今之新華門，即昔之寶月樓也。猶憶民國元年三海甫議改總統府時，余嘗入觀其經營改築之狀，時大清門已改為中華門。初議改時，方擬門名，袁世

凱左右獻議：大內東為東華門，西為西華門，今國為中華民國，而正朝之門適當東華西華之間，天然一中華門也，語既巧合，遂定議。

舊大清門額為青金石質，思落取而反面書中華門額，既下其額視之，反面乃大明門字，蓋清初已仍明之舊額矣。時清室尚以優待條件居大內，以外朝先歸民國。民國先易其正中之門名，旋議以西苑為總統府，府門與正朝門相並，必臨長安街以闢寶月為府門，位置適合。

按：瀛台為清末幽禁德宗之處，在清初則為御駕常駐此處，包括的範圍亦甚廣。在明朝本名南台，孝宗朝名相李賢，曾有「賜遊西苑記」。順治、康熙年間兩度擴修，為避暑之處，東為春明樓；西為湛虛樓；南為迎薰亭。北則香展殿、涵元殿、翔鸞閣，以及殿閣兩旁的翼樓，都屬於瀛台的範圍。

世祖每於南海子行獵，在西苑開宴，即指瀛台。康熙朝常宴諸臣於此，並許在瀛台網魚。高宗在未大修圓明園前，亦常在瀛台活動，及回部進女，高宗別作安置；孟心史「香妃考實」記其原因云：

以其言語不通，嗜欲不同，乃不與諸妃嬪聚居，特隔於南海最南之地，其地又臨外朝之外

垣，得以營回風之教堂及民舍，與妃居望衡對宇，不隔禁地。此皆特殊之安置，非尋常選納之規矣。

御製「寶月樓記」云：

寶月樓者，介於瀛臺南岸適中，北對迎薰亭，亭臺皆勝國遺址，歲時修葺增減，無大營造。顧液池南岸，逼近皇城，長以二百丈計，闊以四丈，地既狹，前朝未置宮室。每臨臺南望，嫌其直長鮮屏蔽，則命奉宸，既景既相，約之椓椓，鳩工戊寅之春，落成是歲之秋。

據此可知，寶月樓基址爲一狹長地帶。但高宗營金屋於此，原因並不只如心史所言的「言不通、嗜欲不同」，而是有如下之三因：

首先風俗大不相同。坤寧宮每日煮豬兩口祭神，元旦子刻祀神爲皇家家禮中最隆重者，皇帝、皇后行禮；春秋兩大祭，皇后亦到，妃嬪自當侍從。而最尷尬者，則爲后妃受胙，是一種豬肉絲飯，此爲回教徒，萬不能忍之事。

按：戊寅爲乾隆二十三年，和卓木正囂張之時，回疆亦未入版圖，高宗必須懷柔，不能強使

容妃（香妃）叛教。且既承恩寵，亦不忍出此。

其次，大內後宮，除御花園外，別無遊觀之處，高宗築寶月樓於瀛台之南，則隨時可以駕幸西苑，而不必如臨幸圓明園，須勞師動眾。同時，容妃獨承雨露，亦不虞其他妃嬪有爭寵而左右為難之苦；高宗為己計者甚便。

最後一點是利用容妃瞭解回部的情況，特別是地理，以便在指授方略時有所依據。此在高宗實不免內咎於心，方滅其國，又寵其人，復以得自其人的智識，為滅其國的助力。故心史先生謂御製「寶月樓記」乃英主之用情；此記結尾云：

夫人之為記者，或欣然於所得；而予之為記，常若自訟，是宜己而不已，予則不知其何情也。

心史論曰：

此又可見高宗之用情，而兼露英主之本色，自以為宜已，則對此叛回之女不宜尊寵，亦明知之；然不能已，則自問亦不知其何情，可知其牽於愛矣。然非一味欣於所得，而有自訟之言，是

謂英察不忘大計。蓋回叛在高宗知其軍報，妃處深宮，正未必有所聞見；帝自問心而為此言，似有慚德焉者。

據此，則回部叛亂，以及兩和卓木兵敗，為其同族所殺，在當時都是瞞住容妃的。其後以無母家可歸省，乃於寶月樓外「營回風之教堂及民舍」，以慰其鄉思。

按：容妃初入宮時為貴人；乾隆二十七年冊為容嬪；三十三年封妃；五十三年薨。「香妃」之名不知何自起；至謂香妃懷刃復仇，為太后所誅，則毫不足信，詳見孟心史「香妃考實」。高宗實為英主。幼年以其八字主荒淫，世宗必深以為誠；而高宗自律亦甚嚴。一生三后五皇貴妃，又可考者十妃，未聞有蒙特寵者。細考史實，高宗生平所眷者兩女子，一即福康安之母，傅恆之夫人；一即容妃。高宗御製詩中，有關寶月樓者甚多。二十五年夏月詩云：

輕舟遮莫岸邊維，衣染荷香坐片時；葉嶼花台雲錦錯，廣寒乍擬是瑤池。

此以嫦娥擬容妃。又二十八年新年詩云：

冬冰俯北沼，春閣出南城（自注：樓近倚皇城南牆。）寶月昔時記，韶年今日迎；屏文新弗

祿，鏡影大光明。

鱗次居回部（自注：牆外西長安街，內層回人衡宇相望，人稱「回子營」。新建禮拜寺，正

與樓對。），安西係遠情。

按：藩部之民內屬，皆屬於偏遠之處，獨回子營咫尺九重，此因容妃而愛屋及烏。禮拜寺正

對寶月樓，則知容妃仍守回教，可於樓中遙拜。如長安大慈恩寺正對西內，便於唐高宗南向頂

禮，用意相同。

至乾隆五十六年三月，高宗猶有追憶容妃之作，詩題名「寶月樓自警」，為七律一首：

液池南岸嫌其遠，構以層樓據路中，卅載圖畫朝夕似，新正吟詠昔今同；俯臨萬井誠繁庶，

自顧八旬恐脞叢。歸政五年亦近矣，或當如願昊恩蒙。

於此可知高宗對容妃之情，卅年不改；至於所謂「圖畫」，指郎世寧所繪「御苑春蒐圖」而

言，高宗與容妃皆戎裝，高宗騎白馬，御刀佩弓；容妃緊隨在後，騎一「菊花青」，御刀而不佩

弓，背景爲碧水粼粼一渠道，對岸有垂柳及宮殿一角。後隨兩步行的太監。據此可知，不過在御

園中策馬遊觀而已。但即此戎服跨馬，已非其他妃嬪所能；容妃之能常爲高宗的遊伴，自有種種

緣故，此即其中之一。

按：容妃的身分，在回部中頗爲尊貴，據林惠祥「中國民族史」第十章突厥系言：

明代新疆南路各城之王仍爲察合台後裔，然其伊斯蘭教主穆罕默德之後裔和卓木由於帖木兒

帝國之崇信伊斯蘭教而東來，至其都城撒馬耳干，後於明中葉復移居於喀什葛爾。

和卓木二子，長名加利宴，次名伊撒克，亦皆得人民之信仰。長開白山宗，次開黑山宗。其

後教主之權竟逐漸取察合台後王而代之，自此以後伊斯蘭教即稱爲回教，而回族遂兼有種族上及

宗教上二特性。

清康熙時，準葛爾汗噶爾丹率兵入喀什葛爾，立回教白山派教主亞巴克爲汗，而遷去察合台

後裔於伊犁，於是和卓木之裔遂兼握政教兩權。至乾隆時準葛爾部阿睦撒納叛清，回教主大小和

卓木遂乘機率回族抗清謀獨立，然卒敗死，回部卒歸清統治，時乾隆二十四年也。

然則容妃乃穆罕默德的後裔。按：回部在天山南路，「漢書」所謂「城郭國」，唐以前皆爲

佛教勢力範圍。至元朝為元太祖次子察合台的封地。

明朝末年，穆罕默德二十六世孫瑪墨特東來，漸有其地位，佛教勢力始為伊斯蘭所替代，此瑪墨特即小和卓木霍集占的高祖；大和卓木名叫布那敦。穆罕默德的嫡系，始終為世界伊斯蘭教的領袖；以前國際上有名的花花公子阿里汗即是。由此可以想見容妃的容貌，與乾隆後宮妃嬪必不相似，此為得高宗之寵的另一原因。

容妃以外，高宗另一眷愛的婦人，即是福康安之母，傅恆的夫人。此中亦雜有若干咎歉的成分，分析如下：

一、此事在當時的宮廷及貴族之間，為一公開的秘密，則傅恆夫人名節自屬有虧。

二、傅恆夫人既承雨露；傅恆敢怒而不敢言，夫婦感情不好，為想像中必然之事。

三、自孝賢皇后赴水自盡，引起軒然大波，高宗與傅恆夫人當然不便再往來，形成始亂終棄之局，高宗不免自慚薄倖。

四、雖承雨露，卻不能直接加以任何榮寵，內心不免遺憾。

因此，高宗只有在傅恆生前畀以重任，疊送恩榮，使傅恆產生「微夫人之力不及此」的感覺，以期彌補他們的感情。

至於高宗對福康安，所謂「由垂髫豢養」，當是孝賢皇后崩後，假太后之名，養在宮中，但

傅恆在日，不便重用；初「由閒散襲雲騎尉，授三等侍衛，命在乾清門行走。」此為大臣子弟及年當差，最普通的差使。

及至乾隆三十四年傅恆一死，福康安立即被擢為三等侍衛，命在御前行走。此即所謂「御前侍衛」，通常為大用之始。揆其目的，即在安慰守寡的傅恆夫人，以後的經歷，為他開一張履歷表，請讀者看一看：

三十五年，摺頭等侍衛。

三十六年，授戶部右侍郎，鑲藍旗蒙古副都統。

三十七年，調鑲黃旗滿洲副都統；征金川授為領隊大臣。

四十年三月，受為內大臣，五月賞嘉勇巴圖魯封號。

四十一年正月，封三等嘉勇公。

四十二年，授吉林將軍。

四十三年，調盛京將軍。

四十五年，授雲貴總督。

四十六年，調四川總督，兼署成都將軍。

四十七年，授御前大臣，加太子太保。

四十八年四月，命來京署工部尚書，五月授總管鑾儀衛大臣、閱兵大臣，總管健銳營事務。

四十九年三月，擢兵部尚書；；五月授陝甘總督。七月晉封嘉勇侯。

五十年七月，轉戶部尚書。

五十一年轉吏部尚書，協辦大學士。

五十二年，以平林爽文之亂封一等嘉勇公。

平林爽文之亂，還造成一極大的冤獄；高宗寵此外婦之子，已到昏憒不可理論的程度。按：

林爽文之亂起於乾隆五十一年十一月，迭破彰化、鳳山、諸羅各縣；柴大紀以總兵守府城台南，

林爽文分道夾攻，反為所敗。五十二年春，福建水陸兩提督黃仕簡、任承恩，先後赴援；柴大紀

出軍北上，收復諸羅。

黃、任師久無功，詔授閩浙總督常青為將軍，渡海視師；其時柴大紀堅守諸羅，自二月至十

月，林爽文十攻無功。至八月，以常青年邁不能辦賊，以福康安為將軍，偕參贊大臣海蘭察領兵

征剿，至十一月在鹿港登岸。

其時，諸羅軍民合作，林爽文久攻不下，特詔以諸羅更名「嘉義」；復密諭柴大紀，不妨先

撤出嘉義，以後俟機反攻。「清史稿」本傳：

大紀疏言「諸羅居台灣南北之中，縣城四周，積土植竹，環以深濠，濠上為短垣，置砲，防衛堅固，一旦棄之而去，為賊所得，慮賊勢益張，鹽水港運道，亦不能守，且城廂內外居民，及各莊避難入城者，共四萬餘人，助饌協守，以至於今，不忍將此數萬生靈，付逆賊毒手，惟有竭力保守，以待援兵。」

上手詔謂「所奏忠肝義膽，披覽為之墮淚，大紀被圍日久，心志益堅，勉勵兵民，忍饑固守，惟知以國事民生為重，古之名將，何以加之？」因封為一等義勇伯，世襲罔替，並命浙江巡撫琅玕予其家白金萬兩，促福康安赴援。

其時敵勢已成強弩之末，大軍一到，其圍立解，奏捷以後，奉到上諭：「福康安調度有方，振作士氣，克敵致果，迅奏捷音，著封一等嘉勇公，賞紅寶石帽頂，四團龍補眼，以示優異。」

清朝自三藩亂平，異姓不王；至此，福康安真可說是位極人臣了。

但柴大紀卻自初見福康安，厄運便要臨頭。「清朝野史大觀」記：

圍解，大紀出迎，自以參贊伯爵，不執櫜鞬之禮。福嗛之，劾其奏報不實。高宗因信，大紀困守孤城半載，至以地瓜野草充食，非得兵民死力，烏能不陷？如云詞詞取巧，則當時何不遵旨

出城？其言糧食垂盡，原以速援兵。大紀屢蒙獎賞，或稍涉自滿，於福康安前小節不謹，致為所憎，直揭其短，殊失大臣休容之度。

觀此一諭，豈非明見萬里？而以後事態之發展，令人詫愕。

清史稿「柴大紀傳」：

侍郎德成自浙江奉使還，受福康安指，訐大紀。上命福康安、李侍堯、徐嗣曾、琅玕按治大紀縱兵激民為變，其守嘉義，皆義民之力；大紀聞命，欲引兵以退。義民不令出城，乃罷。」事聞，上諭謂守諸羅一事，朕不忍以為大紀罪；至其他聲名狼藉，縱兵激變諸狀，自當按治，命奪大紀職逮問。

福康安致書軍機大臣，言「大紀縱兵激民為變，其守嘉義，皆義民之力；大紀聞命，欲引兵以退。義民不令出城，乃罷。」

按：李侍堯代常青為閩浙總督，素有能名，曾為柴大紀頌冤；徐嗣曾本姓楊，浙江海寧人，對「紅樓夢」的傳播，亦為有功之人──徐嗣曾有兩部抄本，一部一百二十回名「紅樓夢」；一部八十回名「石頭記」（見周春「閱紅樓夢隨筆」）。此在考證紅樓夢的版本上，如史筆之斷，異常分明，奈何紅學專家多漠視周春之語。

後來八十回本「石頭記」，爲福建糧道戚蓼生所得；輾轉入俞明宸之手，即爲有正本。徐爲政初尚平和，但在福康安的壓力之下，不但與李侍堯均違心左袒，而代常青督閩後，施政亦尚嚴苛。

至於德成，受福康安的指使，是無足爲奇之事。此人初名德承，自乾隆三十四年起，任工部右侍郎；三十八年轉左，至四十四年改名德成，一直到五十六年十月，始因修潼關工程浮估冒濫，爲和珅之弟和琳所劾而革職。德成在工部任侍郎二十餘年之久，其爲內務府包衣可知；而爲和琳所劾，自然是不知如何得罪了和珅的緣故。

柴大紀的一條性命，除了德成以外，還送在額勒登保手中。

此人爲乾嘉名將，但爲福康安一手所提拔；當解送亂民至京時，高宗垂詢，「證實」德成之語，是必然之事。以高宗的英察，豈能不知，只爲福康安之故，忍心害理。但初意猶欲貸其一命，而武夫憨直，竟自速其死；五十五年七月上諭：

柴大紀在台灣總兵任內……朕究念其尚有守城微勞，欲俟解到覆訊後，加恩從寬末減，改爲監候。茲據福建委員將柴大紀解到，命軍機大臣會同大學士九卿覆訊，柴大紀復思狡飾，翻供抵賴。並供稱：「德成前在台灣，連日審訊義民，誘令如將柴大紀贓罪指出，必有重賞；如不實

說，即行治罪」等語。

於此可知，全係鍛煉成獄；但高宗卻另有辯護之處。高宗是這樣為德成辯解：

朕命將節次申飭福康安諭旨，令其閱看，並經朕親行廷訊，始俯首無詞。而於認罪之下，仍思狡飾。柴大紀一案，朕專交福康安、徐嗣曾審辦，德成不過係派往勘估該處城工，並無審事之責，與伊河涉，妄行攀指。

柴大紀之意，不過因此事係由德成攀陷，伊或可希冀脫罪，奸巧之極，甚屬可惡。柴大紀竟係天奪其魄，自行取死，豈可復從寬典。柴大紀著照所擬，即行處斬，以為孤恩昧良、狡詐退縮者戒。

如此論調，實際上是和珅的強辯，而非高宗的本意。乾隆五十三年，高宗壽已七十有八，自非六十以前，精明英察，凡有上諭，類皆口授，由軍機上行走的大臣或章京，潤飾成文。所以和珅在當時只須憑他的一番說法，取得預期中是或非的裁可；即可以「面奉上諭」的字樣，強詞奪理。謂「德成不過係派往勘估該處城工，並無審事之責」，話固不錯，但德成以欽差

的身分，如果越權「審事」，則唯一能制止他的，是品秩較之為尊的另一欽差福康安；如福康安不予制止，甚至出於指使，則試問，如何能「與伊無涉」？

林爽文之亂，由於天地會復明運動者小；官激民變者大。

乾隆年間，吏治之壞，莫如福建；尤其是和珅當政以後，一面包庇、一面粉飾，至此到了總清算的時候，如說是天地會起事（疆臣奏摺中，稱之為「添弟會」），則追究叛亂的責任，歷任督撫者將擔負姑息隱匿之罪。此獄之興，無法收場。因此，只能在官激民變一點上著眼，而以柴大紀為替罪的羔羊。

高宗殺張廣泗，平心而論，張廣泗擁兵自重，坐觀成敗，確有取死之道，而且有訥親陪著他死，猶不算甚冤；柴大紀成大功而死，為福康安添富貴，和珅及諸佞臣免禍，真是傷天害理之事。為清朝由盛而衰最鮮明的一個徵象。

按：「天地會」於清初創始於台灣，鄭成功部下賢者之一的陳永華，對天地會的發展有很重要的關係，此為明清史學者及研究秘密社會者，一致公認的事實。但天地會最初的目的，雖以「恢復漢族治權」為目標，所以，身分類似「清幫三祖」的「洪門五祖」，分佈的地區，以反清復明勢力集結地為主。

長房在福建，包括台灣，以示洪門嫡系在斯；二房廣東，則以閩粵密邇，如血緣上自然出生

的次序；三房雲南，則爲永曆帝的緣故；四房湖廣，實際上包括長江上游的四川，及洞庭湖周圍區域爲主，由這一點上可以看出洪兩派已劃定了「責任區域」，而實際上是勢力範圍，即除運河流域因漕運關係，爲清幫所主外，其他邊省及長江流域，均爲洪門發展之地。

五房爲浙江，自以浙東義師，爲清初復明勢力的主流之故。同時亦可以看出浙江在反清復明運動中，居於主導地位；因爲清幫、洪門兼容並蓄的地區，只有一個浙江。而「學術與政治之間」的關係，則爲「浙東學派」，而以「東林孤兒」中最出色的人物黃黎洲爲理論上的指導者。

至於清初復明運動的領導者，分爲兩大派，一派可稱之爲「苦行派」，以顧亭林爲領袖，傅青主即爲此派巨擘；一派則可稱之爲「浪漫派」，謀主是錢牧齋；而所恃者爲鄭氏父子。苦行派與浪漫派最大的不同是，前者篤實，思以點滴之功、匯成大業；浪漫派所嚮往的境界，大致如唐人詩篇中所描寫者。錢牧齋「投筆集」，金陵秋興、後秋興一百另八首，筆者前已談過，茲再就前八首中，摘錄其「饒有唐音」的得意之句若干如次：

掃穴金陵還地肺，埋胡紫塞慰天心。（自注：太白樂府詩：「懸胡青天上，埋胡紫塞旁。」）

黑水游魂啼草地，白山戰鬼哭胡笳。（按：白山黑水，自指旗人而言；此爲預想一戰可盡殲清軍。即爲浪漫之所以爲浪漫之一端。）

殺盡羯奴纔斂手，推杆何用更尋思？

為報親亭垂淚客，卻收殘淚覽神州。（按：此或指顧亭林而言；顧亭林早期的復明計劃，想

造成一個「東晉模式」。）

武庫再歸三尺劍，孝陵重長萬年枝。（按：三尺劍用漢高祖典，以對萬年枝。）

天輪只傍丹心轉，日駕全憑只手移。（按：隻手可移日駕，雖以武侯自許的顧亭林，不敢作

此奢望。）

此外醜詆清室，以及幸災樂禍之句尚多，如順治崩後，哀詔傳至江南，錢牧齋作「後秋興之十」，題下公然自注：辛丑二月初四日，夜宴述古堂，酒罷而作」，其為慶賀，不言可知。

即此詩題，如有人舉發，便有生則滅門，死則剉屍之禍；但康雍兩朝，不獨無人敢檢舉「投筆集」，即鈔本亦極罕見。至高宗始得寓目，已在百年之後，無可追究，唯有盡毀牧齋著作，恨猶未已，遷怒及於沈德潛。敘高宗的一生，沈德潛其人，不可不記。乾隆一朝，文學侍從之臣甚多，而受知最早、蒙恩最深、被禍最奇者，莫如沈德潛。

德潛字碻士，著有歸愚集，蘇州人，乾隆元年舉博學鴻詞，落選，四年成進士、點翰林，年已六十七。高宗其時，根基未穩；正在廣結因緣、籠絡人心，以為自固之

計，在新科進士中，看中了沈歸愚。

沈歸愚在翰林院雖爲後輩，但論齒則爲前輩，高宗禮遇沈歸愚，可博得尊老敬賢的名聲。此外，沈歸愚在東南人文所萃的三吳，亦自有一部分號召人。

他是吳江葉燮的門生；葉燮字星期，康熙九年進士，榜下即用一任縣令後，在三藩之亂時，即已歸隱橫山；其時汪琬隱於洞庭山的堯峰，兩人論文不合，葉著「汪文摘謬」一卷，頗中堯峰之失；但衡之橫山之文，其失更甚。兩家門弟子各數百人，相爭數十年未已。至乾隆初，葉氏門生，以沈歸愚爲之長，拉攏沈歸愚，即等於拉攏了葉橫山的徒子徒孫。此爲高宗所具的深心；而拉攏沈歸愚，亦幾乎如他父親學當年拉攏年羹堯、隆科多那樣，近乎肉麻了。

「清史稿」本傳：

七年，散館，日哺，高宗蒞視，問孰爲德潛者，稱以江南老名士，授編修，出御製詩令賡和。稱旨。八年，即擢中允，五遷內閣學士，乞假還葬，命不必開缺。德潛入辭乞封父母，上命予三代封典，賦詩餞之。十二年，命在上書房行走，遷禮部侍郎。是歲，上諭諸臣曰：沈德潛誠實謹厚，且憐其晚遇，是以稠疊加恩，以勵老成積學之士，初不因進詩而優擢也。

十三年，德潛以齒衰病喑，乞休，命以原銜食俸，仍在上書房行走。十四年，復乞歸，命原

品休致，仍令校御製詩集畢乃行。諭曰：朕於德潛，以詩始，以詩終，且令有所著作，許寄京呈覽，賜以人�458，賦詩寵其行。德潛歸，進所著歸愚集，上親為製序，稱其詩伯仲高王。高王者，謂高啟、王士禎也。

沈歸愚「允假還葬」，非葬親而是葬妻，「清朝野史大觀」以為「詩人遭際以沈歸愚為最隆」，原文云：

詩人遭際，自唐宋至清朝以長洲沈尚書為第一，天下孤寒，幾視為形求夢卜矣。當公進呈新詩時，中有「夜夢俞淑人」一首未經刪去，高宗見之，謂「汝既悼亡，何不假歸料理？」因賜詩送行。

還朝後，同內直諸臣恭和悼孝賢皇后輓章，中有兒字、亡字，難於措辭。公獨云：「普天同洒淚，老毊似兒童」。又云：「海外三山杳，宮中一鑒亡。」命即寫卷後，傳示諸臣。至於賜序私集，俯和原韻，稱老名士，老詩翁，江浙大老，渥眷殊恩，幾於略分，公亦何修得此乎？

高宗所賜詩，起句為「我愛德潛德」；當時猶在詞館的乾隆十年狀元錢維城贈詩，因有「帝

愛德潛德，我羨歸愚歸」之句，為時傳誦。按：沈歸愚乾隆四年通籍；十一年三月擢內閣學士，由翰林開坊至卿貳——內閣學士從二品，往往兼禮部侍郎銜，只七年工夫，升遷之速，在漢人中實所罕見。本傳又記：

十六年，上南巡，命在籍食俸。是冬，德潛詣京師祝皇太后六十萬壽。十七年正月，上召賜曲宴，並賚藏佛冠服。德潛歸，復進西湖志纂，上題三絕句代序。二十二年，復南巡，加禮部尚書銜。

二十六年，復詣京師祝皇太后七十萬壽，進歷代聖母圖冊，入朝賜杖，上命集文武大臣七十以上者為九老。凡三班，德潛為致仕九老首，命遊香山，圖形內府。

此為仿「香山九老」的故事，以沈歸愚比之於白樂天，確為一大榮寵。但沈歸愚身後得禍之因，即肇伏於這年。「清史列傳」本傳：

時德潛進所撰選刻「國朝詩別裁集」請御製序文。上以德潛選次未當，命儒臣重為精校去留，賜之序。

在御製序文中,高宗已經開罵了。他指出沈歸愚的缺點有三:

一、不當以錢謙益(牧齋)冠首。

二、錢名世在先朝已定為「名教罪人」,其詩不當入選。

三、慎郡王為「朕之叔父,朕尚不忍名之」,本朝臣子,豈宜直書其名!

慎郡王名胤禧,聖祖第二十一子,自號「紫瓊道人」,年與高宗相仿,自幼親密,高宗在諸幼叔中,是另眼相看的。結果「別裁集」撤去錢牧齋,以胤禧詩冠首。本來是編年體,以胤禧冠首,變成以爵次序,很風雅的事,自然變俗了。

可注意的是,高宗在此序文中斥錢牧齋的人品之外,有「其詩自在,聽之可也」。此可證明高宗尚未讀過「初學集」及「有學集」。修四庫全書時,大索天下禁書,方始得讀牧齋之詩。初則下令嚴禁,收繳銷毀,繼而又密諭兩江總督高晉、浙江巡撫永德云:

沈德潛、錢陳群二人,平素工於聲韻,其收藏各家詩集必多。在錢陳群,於錢謙益詩文,似非其性之所近;且久直內廷,尚屬經事,諒不至以應禁之書,轉視為可貴。若沈德潛向曾以錢謙益詩列「國朝詩別裁集」首,經朕於序文內申明大義,命其刪去。但既謬加獎許,必於其詩多所

珍惜。

按：清詩紀事初編卷三，論沈歸愚之師葉燮的詩派云：

燮詩文宗韓杜，刻轂有法，與曹溶酬唱甚多，兩人皆尊杜者……原詩四卷，專為尊唐，力闢時人徒襲范陸皮毛之非，謂詩當以生新深為主。於舉世尊宋之時，獨特己見，發聲振瞶，信豪傑之士。

沈歸愚選詩，自亦以尊唐為宗，錢牧齋居「江左三大家」之首，曾注杜詩，早歲學杜，面度尤為精整，以之弁冕全清詩壇，必為千秋公論，而高宗謂之「謬加獎許，必於其詩多所珍惜」，這話只說對了下半句，而以下又有開脫之詞：

或其門弟子狃於錮習，向欲奉為辦香，妄以沈德潛齒宿德尊，謂可隱為庇護，悠悠存留，亦未可定。果爾豈沈德潛不知恩重，不復望朕為之慶百歲耶？沈德潛、錢陳群自退居林下以來，朕恩禮優渥，所以體卹而矜全之者，無所不至，伊二人寧不感戴殊榮，勉思仰副。

若其家尚有錢謙益初學、有學等集，未經呈繳者，即速遵旨繳出，與二人毫無干礙，斷不必

虞及前次收藏之非，妄生疑畏，豈朕成全兩人至此，而委曲令其繳出，轉從而加之罪責乎，高

晉、永德將此旨密諭沈德潛、錢陳群知之。

按：此密諭八月下，沈德潛即於九月病卒，此為巧合，抑或高年布悸而死；或者自裁；甚

至或者為子孫所殺（沈子極不成材），以期免禍，殊不可知。但高晉覆奏：「德潛家並無未繳錢

謙益詩文集」。因而沈歸愚身後，仍得優厚的恤典。及至一柱樓詩案發，方獲嚴譴。

「清史列傳」本傳，引四十三年上諭云：

沈德潛所作傳內，稱一柱樓編年詩已付梓，並云品行文章皆可法。是沈德潛於徐述夔悖逆不

法詩句，皆曾閱看，並不切齒痛恨，轉為之記述流傳，尚得謂有人心者乎？沈德潛自中式進士及

選入翰林時，朕因其平日學問尚好，格外施恩；又念其留心詩學，且憐其晚成，是以不數年間擢

為卿貳，又令在南書房行走，而伊自服官以來，不過旅進旅退，毫無建白，並未為國絲毫出力，

眾所共知。

及乞休後，給尚書銜，晉贈太子太傅，並予在籍食俸，恩施至為優渥，沈德潛理宜飭躬安

分，謹慎自持，乃竟敢視悖逆為泛常，為之揄揚頌美，實屬昧良負恩；且伊為徐述夔作傳，自係貪圖潤筆為囊橐計，其卑污無恥，尤為玷辱縉紳，使其身尚在，雖不至與徐述夔同科，亦當重治其罪。

今伊業身故，不加深究，然竟置而不論，俾其身後仍得享受恩榮，則凡在籍朝紳，又將何所警惕乎！著照所請行，以昭炯戒。

高宗本對沈歸愚選錢牧齋詩冠「國朝」之首，而竟無其人詩集，持有強烈的懷疑。但起初猶信其受恩深重，且慮及禁網嚴密，不獨不敢收藏「初學」、「有學」集，甚至所看到的錢詩，只是無違礙的選集，根本不知錢牧齋詩中有好些悖逆之語。至一柱樓詩案發，推翻了以前的一切假設，認為沈歸愚心目中根本無「大清朝」三字在。

按：徐述夔一柱樓詩，如高宗上諭所引：「大明天子重相見，且把壺兒擱半邊」；「明朝期振翮，一舉去清都」等語，確不能說無反意；而沈歸愚為之作傳，謂其「人品」可稱，則在高宗自當視之為叛黨。由此推衍，則錢牧齋詩中有悖逆之語，當亦為沈歸愚看成無所為。因而有此嚴譴。

高宗御製「懷舊詩」，以沈歸愚列為「五詞臣」之末，名為「懷舊」，實乃貶斥，詩云：

東南稱二老，曰錢陳則繼，並以受恩眷，佳話藝林志；而實有優劣，沈蹉錢為粹。錢已見前

意。

詠，茲特言沈事：其選國朝詩，說項乖大義；製序正厥失，然亦無詞勵，仍予飾終恩，原無責備

比，仆碑復何日。蓋因毫而荒，未免圖小利；設曰有心焉，吾知其未必。其子非己出，紈袴甘廢

昨秋徐案發，潛乃為傳記，忘國庇逆臣，其罪實不細；用是追前恩，削奪從公議。彼豈魏徵

棄；孫至十四人，而皆無書味。天網有明報，地下應深愧。可惜徒工詩，行闕信何濟！

周藥廬先生論「江左三大家」詩說：「三大家中才與學，自當以錢牧齋為首；吳梅村一往情

深為獨勝；襲芝麓才、學、情三者皆居末。」情深自當包括最起碼的溫柔敦厚之旨；同為醜化敵

人，「投筆集」即不如張蒼水的「建夷宮祠」來得蘊藉，但亦可看出錢牧齋仇清至深。

至於錢牧齋的「投筆集」，可能高宗猶未得寓目，最大的原因是，絕無人敢進此詩集，其中

窮貲醜詆，平心而論，已至微傷忠厚的程度。

有個深可玩味的事實是，「苦行派」的顧炎武，與「浪漫派」的錢牧齋，目的相同，而性情

各異，似乎從無交往。但是「歸奇顧怪」的歸玄恭，與錢牧齋卻是好朋友。

錢牧齋有「題玄恭僧衣畫像」四首，莊諧並作，非泛泛應酬之詩，錄如下：

莫是佯狂老萬回，壞衣掩脛發齊腮，六時問汝何功課，一卷離騷酒百杯。周冕殷吼又劫灰，縋衣僧帽且徘徊，儒門亦有程夫子，讚嘆他家禮樂來。紫殿公然溺正衙，又從別室掉雷車，天公罰作村夫子，點簡千文與百家。罵鬼文章載一車，嚇蠻書檄走龍蛇，顛書醉草三千牘，聖少狂多言法華。

至於黃梨洲，則可謂之生死之交，黃著「思舊錄」，陳寅恪引其「錢謙益」條云：

甲辰余至，值公病革。一見即云以喪葬事相託。余未之答，公言顧鹽台求文三篇，潤筆千金。亦嘗使人代草，不合我意，固知非兄不可。即導余入書室，反鎖於外。三文，一顧雲華封翁墓誌，一雲華詩序，一莊子注序。余急欲出外，二鼓而畢。公使人將余草謄作大字，枕上視之，叩首而謝。

余將行，公特招余枕邊云，惟兄知吾意，歿後文字，不託他人。尋呼孫貽（寅恪按，牧齋子孫愛，字孺貽。梨洲混為「孫貽」）。與聞斯言。其後孫貽別求於龔孝升，使余得免於是非，幸

也。

甲辰爲康熙三年，錢牧齋歿於是年五月廿四日。又王應奎「柳南續筆」三「賣文」條，亦爲陳寅恪徵引如下：

東潤先生晚年貧甚，專以賣文爲活。甲辰夏臥病，自知不起，而喪葬事未有所出，頗以爲身後慮。適値使顧某求文三篇，潤筆千金。先生喜甚，急倩予外曾祖陳公金如代爲之，然文成而先生不善也。越數日而先生逝矣。（寅恪按，牧齋尺牘中載「與陳金如」札十九通。其中頗多即以三文屬之。（託代撰文之辭。又光緒修常昭合志稿參壹陳燦傳附式傳云：「陳式字金如。副貢生。行己謹敕，文筆溫麗。」等語，皆可供參證。）

黃梨洲爲復明運動的健將，與顧炎武、錢牧齋皆有聯絡。順治十六年「江上之役」爲一絕好的機會，而鄭成功「豎子不足與謀」。及至「江上之役」大敗而歸；未幾世祖崩逝，沖主初立，人心未固，猶有可圖之機，而實力猶存的鄭成功，眾叛親離，於是吳三桂不再觀望，永曆既滅，

蒼水亦死，事遂不可爲。

及至三藩亂平，清朝可說站穩了腳步，凡屬遺老，類皆放棄了復明的希望。天地會演變爲洪門，基本上已成爲一種爲了爭取一個集團的秘密政治組織，幾次起事，大致爲官逼民反，而以恢復大明天下爲幌子。

郭廷以在「台灣史事概況」中所敘天地會發展經過，不免有過分宣傳民族主義的傾向。但分析林爽文失敗的原因，頗爲精到。他說：

林爽文有兩不利與兩失策。府城不能攻下是一不利；彰化鳳山雖失而復得（淡水已爲清軍所有），而諸羅自被總兵柴大紀收復後，始終未能再行奪回，是又一不利。因地域鄉土的關係而「分類」是台灣的一大不幸，朱一貴的失敗原因之一，即係閩粵人的衝突，此次則又有漳泉人的對抗。

一七八二年（乾隆四十七年）彰化曾發生漳泉人的械鬥，從此如水不共戴天之仇。林爽文爲漳人，舉事之後，未能善予安撫聯絡，泉人多不附，甚至反助清軍，柴大紀之復諸羅，即得此輩「義民」之力。這是他的第一失策。

當時台灣的門戶爲南部的鹿耳門，中部的鹿港，鹿耳門固不必說，即關係彰化安危的鹿港，

林爽文亦不知扼守（鹿港多泉人），結果清軍無抵抗的由此登陸，這是他的另一失策。而莊大田部下的莊錫舍（泉州人）之投降，亦是一大打擊。

至於整個戰役，最重要的是最後六個月，即自乾隆五十二年八月至五十三年正月，在此以前，清軍的情況很糟：

清軍屢援，不能得手，將士病歿者尤多。常青為當時權臣和珅的私人，年已七十，畏葸憂懼，日夜流涕，密札向和珅哀乞，並奏稱「賊勢蔓延，請厚集兵力，遣大臣督戰」。

九月十三日（八月初二日）乾隆皇帝改以其最信任的協辦大學士，陝甘總督嘉勇侯福康安為欽差大臣，名將領侍衛內大臣超勇侯海蘭察為參贊，以獅子搏兔之力來對付台灣的革命軍……

十二月八日（十月二十九日）新任統帥福康安等大軍自鹿港上岸，首解諸羅之圍，林爽文主力集中斗六門一帶，經過三天的激戰，二十八日（十一月二十日）斗六門不守。此後復連敗於大束。

又二十日，南路鳳山亦為清軍佔領，莊大田走琅𤩝，清軍水陸並進，大田悉力以拒，戰死者二千餘人，投海死者無算（大田被俘）。

林爽文及莊大田，皆爲海蘭察所擒。此人爲一傳奇人物；乾嘉時名將第一，「清人筆記」中，記其軼事甚多，而一致公認，福康安的仗，是海蘭察替他在打，摘錄當時的評論兩條如下：

魏氏（按：指魏源）「聖武記」稱：天生海公，以成就福康安之功名。按福康安以椒房貴戚得專閫，軍略非所長，所謂因人成事者也。

乾隆五十三年，林爽文平，純廟召見德少司定成，以福康安視阿桂何如詢問。少司奏云：「汝所言亦是。但阿桂能指撝（揮）海蘭察，福康安則極力周旋之，以此不如阿桂。」上云：「汝所言亦是。但阿桂出師西域，海蘭察係末弁，感阿桂拂拭之恩，故願效驅策。海爲金川參贊，福康安尚係領隊，一旦駕臨其上，不能不謙謙自下，倚爲干城。兩人境地不同，福善周旋，是以平賊。」

「阿桂能指撝（揮）海蘭察，福康安則極力周旋之，以此不如阿桂。」

此則高宗巧爲福康安辯護，但亦承認福康安以海蘭察爲「干城」。而海蘭察恐爲福康安唯一所極力周旋之人。

福康安之驕恣，以及徒具專閫之名，只由「清朝野史大觀」記其轎夫事可知：

福文襄出行坐轎，須用轎夫三十六名，輪替值役，轎行若飛。其出師督陣亦坐轎，轎夫每人

須良馬四匹,凡更役時輒騎馬隨從,然頗擾民間,某縣令嘗杖一轎天致被劾罷官。又某公督四

川,其轎甚大,須夫役十六人始能舉之,轎中有小童二人,伺候裝煙倒茶,並有冷熱點心數十百

種,其侈汰如此。

又一條云:

福康安行軍時,遴選舁夫,皆壯狡者,四班更替,日百里,即臨陣督戰,亦防韋虎故事,不

甚騎也,故與夫憂橫。嘉慶初以廓匪不靖,經理藏衛,方以地險寇遁,紓籌乏策,一轎夫頭素

橫,入苗人家,強奪藏丫頭簪珥,巡視都司徐斐禁之,即毆徐下馬,裂其衣毆之。

時隨營為川北道楊荔裳,姚一如副之,姚剛直喜任事,聞之赴轅稟福,司閽林姓,即林臬台

之叔,頗解事曰:將軍以過勞心,少不豫,此等瑣屑,兩君決之可耳,遂遣多役捕至,猶肆咆哮,

怒呼用棍,眾憤既深,痛予擊撲,手摑至四十,放起已斃;復往稟知,福亦不怒,曰搶奪鬥毆,

軍政故應加重,但飭閽人急為選充。

按:「清史稿」海蘭察傳,說他姓「多拉爾氏,滿洲鑲黃旗人,世居黑龍江,乾隆二十年以

索倫馬甲從征準噶爾。」此記殊有未諦。海蘭察隸鑲黃旗，乃是既貴以後的事；論他的出身，為旗人中階級最低的一層。

清朝犯重罪至於大辟者，其家屬或「給與披甲人為奴」，此「批甲人」就是指海蘭察這一族而言；習知者為所謂「魚皮韃子」，在民族學上，屬於東胡系的通古斯族，除「魚皮韃子」即赫哲人以外，另有索倫及鄂倫春人。「中國民族史」第八章記：

索倫乃我國人對其土族之泛稱，實則其中尚包有達瑚爾人、蠻雅爾人、及畢拉爾人。索倫人與鄂倫春人最大區別，厥為其所使用之牲畜；鄂倫春人使四不像子（馴鹿之俗稱），索倫人則使馬。

滿語「鄂倫」即四不像子之意，鄂倫春者，乃「養四不像子者也」之意也。索倫為「射者」之意。其為體格較小，但強健耐勞苦，過於內地之馬。鄂倫春人居索倫人之西，據古老言，此族原居他處，百年前始來今地；；索倫人為其所迫，東遷避之，現多居精奇里河流域，布里雅山附近草原，為其盤據之所。

鄂倫春人及索倫人，皆不甚魁梧，四肢亦不粗壯，面部平，兩頰寬，鼻大、唇薄，口不甚大，眼小眉細，似欲睡者。男子衣外套，下及膝，用毛皮或革皮做成，土名「古拉瑪」。外套之

內，仍有大袍，用由華俄人易來之棉布或毛織品製成，土名「薩不薩」。

索倫及鄂倫春人皆喜騎射，海蘭察就是騎兵，即所謂「馬甲」。自海蘭察以後，「黑龍江馬隊」一直是八旗的精銳；洪楊僧格林沁武功彪炳，即得力於「黑龍江馬隊」。但僧王不過剽悍善戰，行軍如風，論將略比海蘭察差得太遠了。

福康安歿於嘉慶元年五月。在此以前，海蘭察歿於乾隆五十八年三月，生前已詔許入朝乘轎；歿後准入昭忠祠，皆為特例，因向來武員得賞朝馬，不得乘轎；而非陣亡者亦不得入昭忠祠。海蘭察之死，象徵乾隆十大武功光榮的告終。我以前曾說過，清朝全盛的過程，與漢初頗為相似，若以聖祖擬文帝，則世宗為景帝，高宗當然就是武帝了。「史記索隱」述贊漢武，關於武功部分，比之於秦始皇，有這樣幾句話：

疲耗中土，事彼邊兵，日不暇給，人無聊生、俯觀贏政，幾欲齊衡。

高宗每以古為鑒，惟於漢武之失，蹈之而不省，伏盛極而衰之因。乾隆十大武功，「疲耗中土」，僅於戶部有案的軍費數目，據「清人筆記」所載如下：

一、乾隆十二、三年用兵金川，至十四年三月止，共軍需銀七百七十五萬（實銷六百五十八萬，移駁一百十七萬。）

二、十九年用兵西陸，至二十五年，共軍需銀二千三百十一萬。（實銷二千二百四十七萬，行查未結六十三萬。）

三、三十一年用兵緬甸，至三十四年，共軍需銀九百十一萬。

四、三十六年用兵金川起，至四十二年止，共軍需銀六千三百七十萬。

五、五十二年台灣用兵，本省先用九十三萬，鄰省撥五百四十萬，又續撥二百萬，又撥鄰省米一百十萬石，並本省米三十萬，加以運腳，約共銀米一千萬。

部帑支出，已達一億二千萬，軍行所經，就地徵派者，至少為五倍。其他各種明侵暗蝕，摧殘民生的搜括，尚未包括在內，此為造成川楚教匪之亂的主因。至如上表所列，平林爽文之亂時，軍需調撥，已見部庫竭蹶之象，而高宗方陶醉於未來內禪歸政後的太上皇滋味，和珅得以一手遮天。；乾隆末期的貪瀆之風，幾已到了不可救藥的地步。引錄一事，以見其餘；「清朝野史大觀」「部吏口才」條：

福郡王征西藏歸，戶部書吏索其軍需報銷部費，乃上剌請見，賀喜求賞。福大怒曰：「么魔小醜，敢向大帥索賄賂乎?」顧膽大若是，必有說，姑令其入見，屬聲詢之。對曰：「索費非所敢，但用款多至數千萬，冊籍太多，必多添書手，日夜迅辦。數月之間，全行具奏；上方賞功成，必一喜而定。若無臣資，就本有之人分案陸續題達，非三數年不能了事。今日所奏乃西軍報銷；明日所奏又西軍報銷，上意倦厭，必干詰責，物議因而乘之，必與大獄。此乃為中堂計，非為各胥計也。」

一名戶部的書辦，居然敢以將興大獄的話來恐嚇福康安，可知其中弊端之重且多。最可駭異者，福康安居然大為欣賞，命糧台撥二百萬銀子交此書辦辦軍費報銷，而此能言善道的書辦，能見到身分天懸地隔的福康安，門包就花了十萬銀子。

武功以外，乾隆的文治，應該是可稱道的。早在乾隆九年，高宗即薈萃宋元明舊板，藏之於昭仁殿，命名「天祿琳琅」。至四十年編「天祿琳琅書目」十卷，藏書店共四百二十九部，多為明末清初收藏家毛子晉、錢牧齋、季振宜等人藏書的精華。其中最有名的是一部宋板「漢書」。

此書本為趙孟頫收藏，明末入於錢牧齋之手；錢牧齋娶柳如是，正式行禮，待以敵體，而原

配陳夫人仍在；「河東君」柳如是既為「兩頭大」，自不能同居，錢牧齋為之築絳雲樓，費無所出，因而以這部漢書售之於他的門生謝象三。而他的這個門生，又是他的情敵，這段淵源談起來很有趣。

謝象三字三賓，寧波人，為錢牧齋當浙江鄉試主考時所取的門生。成進士後當御史，派出去監軍，在一次戰役中攻入賊巢，得銀鉅萬，隱匿不報，由此致富，辭官在杭州西湖上築了一所別墅作寓公。

其時柳如是與浙江名士陳元龍分手，一度為謝三賓藏於金屋；後歸錢牧齋，成了謝三賓的師母。此自是失意之事；但獲得師門藏書中的鎮庫之寶，亦稱桑榆之收。

至於修「四庫全書」開館於乾隆三十八年，成於四十七年，歷時十載。共繕七分，分貯七閣。七閣者，大內的文淵閣、圓明園的文源閣、盛京的文溯閣、熱河行宮的文津閣，稱為「內廷四閣」。此外則揚州的文匯閣、鎮江金山寺的文宗閣，杭州的文瀾閣，稱為「江浙三閣」。

七閣所藏，優劣不一，劉聲木「萇辭錄」記：

四庫全書共寫七分，惟留京之一分，校對詳細，至於分駐各處之六分，則以寫官厭倦，無人督率，致多刪減，官事草率，大抵如斯云云。語見「萇言報」廿一號。聲木按：四庫全書藏於大

內文淵閣，皆係各省采進及各家私藏之本，其餘六閣，皆依此本傳寫……文津、文宗、文匯、文瀾四閣藏書，確有此病，甚有全部每帙，只抄外面數行字，以便翻閱之用。新建夏中丞敬觀，曾親見之。

又據那志良著「故宮四十年」談七部四庫全書的下落如下：清乾隆三十七年，詔開四庫全書館，把宮中所藏，以及向海內徵求的書，命館臣選擇繕錄，歷十年之久，才選定的書，凡三千四百六十種，計七萬九千三百三十九卷，分經史子集四部，這部書分寫四部，除文淵閣存一份外，瀋陽文溯閣、熱河皇帝行宮避暑山莊文津閣，各存一部。以後又續抄三部，分存在鎮江金山寺的文宗閣，揚州大觀堂的文匯閣，杭州聖因寺的文瀾閣。

這七部書的存佚情形如下：

文淵閣　是四庫全書的第一部，也是寫得最整齊的一部，完成於乾隆四十六年，四十七年存入文淵閣裡。溥儀出宮以後，由故宮博物院保管，運來台灣的便是這一部。

文溯閣　四庫全書的第二部。民國三年曾運到北平，民國十四年又運回瀋陽。

文源閣　四庫全書的第三部。咸豐十年英法聯軍入北平，被毀了。

文津閣　四庫全書的第四部，民國四年運到北平，現歸北平圖書館保管。

文宗閣　續抄三部之一。道光二十一年，鴉片戰爭，遭英國毀損一部份，到咸豐三年，太平軍陷鎮江，完全被燒完了。

文匯閣　續抄三部之一。咸豐四年，太平軍陷揚州，完全被毀。

文瀾閣　續抄三部之一。咸豐十年，太平軍陷杭州，建築物倒了，書也散失。當時藏書家丁甲、丁丙兄弟，冒險收了八千一百四十冊。光緒六年，重建文瀾閣，丁氏兄弟送還閣中，以後經續收補抄，大體復原了。抗戰時曾運到四川，現在不知存放何處。文淵閣的這一部，由故宮博物院分裝五百三十六箱，運到台灣。

按：四庫全書卷帙浩繁，鄭孝胥在溥儀的「小朝廷」時代，一度曾擬與商務印書館合作影印，因種種關係，議而不決。目前珍藏故宮博物院，已成古董，既不能借閱，又不能影印，且所收藏之書，幾乎全可由他處求得，因而對於所謂「嘉惠士林」絲毫不起作用。但由四庫全書而衍生的一部；四庫全書總目提要」，卻為治國學者必備的參考書。

按：修四庫全書時，所採進的書籍，認為可以行世者，共一萬零二百四十六種；審定去取，認為最有價值而收入全書者，三千四百五十八種；其餘六千七百八十八種，則僅存目，其內容在總目提要中，亦有介紹。

四庫全書總目提要，為紀曉嵐所撰，其體例據張錦郎在「中文參考用書指引」中介紹如下：

體制如下：：四部之首，各冠以總序，撮述其源流演變，以絜綱領；每類前也各冠以小序，詳述其分併改隸之旨趣，以析條目。各類之末或類下分有子目的，在各類或子目之後，有一行文字，以計部卷數。存目之書著錄於各類目存書之後。

每書著錄的次序，首書名，次卷數，次注其版本，然後述著者姓名、爵里，並略考是書的得失。

至於同一類屬（子目）圖書的排列，以著者年代先後為次，惟歷代帝王著作，冠於各代之首。如著者年代相同，以歷官或科第可考者依次排列，每可考者，附於各朝之末。

另有一部「續修四庫全書提要」，據張錦郎介紹，「係四庫全書以後，解禁圖書、新發現圖書與新著圖書的提要」，當年是利用日本退還我國的庚子賠款為經費，編纂而成。收書一萬零七十種，為四庫總目著錄的三倍，子部、集部尤多，其特色為：：

一、佛教經典，四庫所收不過數十種，續四庫則盡量收錄。

二、道教書籍、四庫收二十種，續四庫收六百種。

三、明人著述，四庫多被刪改或貶斥，此是種族觀念使然，續四庫特別注意明人著作，並作

客觀敘錄。

此外，高宗復命于敏中、王際華，就四庫全書著錄的三千多種之中，選出四百七十三種，抄成一萬一千一百七十八冊，分成兩百零一函，名爲「四庫薈要」，共繕兩部，一部存大內御花園摛藻堂；一部存圓明園味腴書屋。

這完全是爲了高宗個人閱讀之用，所以製作頗爲講究。存圓明園的一部，毀於英法聯軍之役，存摛藻堂的一部，則已運來台灣，存故宮博物院。

綜合而言，乾隆一朝自漢文帝、唐太宗、明成祖以來，在國際地位上臻於頂點。但立國久長之道，武功不足恃，厥維文治。乾隆十大武功，榮耀炫於一時；而天子右文，雖說別有用心，畢竟功多於過。茲引敘心史先生的評論，以爲乾隆踐祚六十年的結論：

乾隆朝武英殿刊版之書，及御纂御定御製之書，較之康熙朝更多，具在宮史，不備列。其搜采各書，兼有挾種族之嫌，不顧人以「胡」字「虜」字加諸漢族以外種人，觸其忌諱，於是毀棄滅跡者有之，刊削篇幅者亦有之。

至明代野史，明季雜史防禁尤力。海內有收藏者，坐以大逆，誅戮纍纍。以發揚文化之美舉，構成無數文字之獄，此爲滿漢讎嫉之惡因。統觀前史，暴君虐民，事所常有，清多令主，最

下亦不失為中主，宜可少得罪於吾民，而卒有此荼毒士大夫之失德。今文字獄已有專輯，其不出於檔案者，余亦稍有搜輯，當別成專著，不能列入本篇。

惟乾隆以來多樸學，知人論世之文，易觸時忌，一概不敢從事，移其心力畢注於名物訓詁之考訂，所成就亦超出前儒之上，此則為清世種族之禍所驅迫，而使總明才智出於一途，其弊至於不敢論古，不敢論人，不敢論前人之氣節，不敢涉前朝亡國時之正義；此止養成莫談國事之風氣，不知廉恥之士夫，為亡國種其遠因者也。

此亡國者謂亡清之國，非亡中國。乾隆朝講究考據，忌諱載道之文，但「移其心力畢注於名物訓詁之考證，所成就亦超出前儒之上」，建立了為學術而學術的風氣，一懲空疏八股之弊，為後世講實學者，建立了深厚的基礎；然後而有心史先生之所謂「嘉道守文」；以及所謂「道光澍士習之轉移」。倘無水利、漕運、鹽務始末演變的詳考，何來賀長齡的「經世文編」；何來陶澍的改革鹽務；何來曾國藩敢擋艱鉅膽量；何來左宗棠「身無半畝，心憂天下」的抱負？

八、仁宗——嘉慶皇帝

乾隆六十年九月初三，高宗在圓明園勤政殿，召集皇子皇孫、王公大臣，宣示恩命，立皇十五子嘉親王爲皇太子，以明年丙辰爲嗣皇帝嘉慶元年。這位嗣皇帝就是仁宗。

仁宗御名顒琰，生於乾隆二十五年寅辰十月初六日，這年仁宗五十歲。生母魏佳氏，原爲包衣女子。高宗之以仁宗繼統，原因有三：第一、預定踐祚六十年後歸政，年已八十有五，稍長諸子，亦在五十歲左右，精力已衰，須擇一盛年之子；此爲聖祖當年所以欲傳位於皇十四子的原意。高宗能深體祖父的苦心，並以爲法，此實不愧英主。

其次是仁宗之仁，高宗自知十大武功，六次南巡，以及不斷擴充圓明園，重勞民心，希望仁宗施政以寬厚爲主；而仁宗的性格符合他的要求。再一個原因便是包衣女子所生，自幼得祖母鍾愛。

據「東華錄」，嘉慶元年丙辰春正月戊申朔，舉行授受大典，儀節如下：

一、嗣皇帝侍太上皇帝詣奉先殿堂子行禮。

二、遣官祭太廟後殿。

三、太上皇帝御太和殿，規授「皇帝之寶」。嗣皇帝跪受。

四、太上皇帝受賀還宮。

五、嗣皇帝即位受賀。

六、奉太上皇帝傳位詔書，頒行天下，覃恩有差。

七、嗣皇帝奉太上皇帝詣壽皇殿行禮。

八、嗣皇帝御乾清宮，賜宴親藩。

從這天起，便有了兩個年號：民間稱「嘉慶元年」；宮中稱乾隆六十一年。在高宗以前，唐、宋皆有太上皇，一是唐高祖；二是唐玄宗；三是宋高宗。但此三帝禪位，皆出於不得已，理智上雖多少有不足以君臨天下之慚；而情感上實難甘心。因此，父子之間亦有猜忌。宋孝宗為宋高宗之姪，且為宋太祖之後，祖宗骨肉間的恩怨，更易造成誤會。高宗熟讀通鑑，深知「太上皇帝」名義好聽，而做「太上皇帝」的滋味並不好受。尤其和珅更為自危，非助高宗繼續掌握政權不可。據「朝鮮正宗實錄」載：

（正宗）二十年，即清嘉慶元年，三月十二日戊午，召見回還進賀使李秉模等。上曰：「太上皇筋力康寧乎？」秉模曰：「然矣。」上曰：「新皇帝仁孝誠勤，譽聞遠播云，然否？」秉模曰：「狀貌和平灑落，終日宴戲，初不遊目。侍坐太上皇，上皇喜則亦喜，笑則亦笑。央此亦有可知者矣。」

李秉模於二月十九日乙未，先有馳啟言：「正月十九日平明，因禮部知會，詣圓明園。午

後，與冬至正副使至御榻前跪叩，太上皇帝使閣老和珅宣旨曰：『朕雖然歸政，大事還是我辦。你們回國問國王平安。道路遙遠，不必差人來謝恩……』黃昏時，太上皇帝從山高水長閣後御小舫，嗣皇帝亦御小舟隨後。道路遙遠，不必差人來謝恩……』黃昏時，太上皇帝從山高水長閣後御小舫，嗣皇帝亦御小舟隨後……

坐，設雜戲賜茶，使內侍引臣乘雪馬行，一里許下岸，仍為引出退歸。

……臣等使任譯問：『從今以後，小邦凡有進奏進表之事，太上皇帝前及嗣皇帝前各進一度耶？』答云：『現今軍機姑未定例，當自有文書出去』云。申後，禮部又送上馬宴桌於館所。

二十六日，禮部知會有傳諭事件，年貢憲賀各該正副使明日赴部。故二十七日巳時，臣等及冬至正副使、與任驛詣禮部，則員外郎富森阿騰示傳諭事件，以為賀使帶來三起方物，業經欽奉敕旨，移準於下次正貢。再現奉敕旨。『此後外藩各國，惟須查照年例，具表齎貢，毋庸添備貢物。於太上皇帝、皇帝前作兩分呈進』云云。」

又「清人筆記」中記董誥軼事云：

嘉慶初元，珅勢益張，外而封疆大吏領兵大員，內而掌銓選理財賦決獄訟主諫議持文柄之大

小臣工，順其意則立榮顯，稍露風采，折挫隨之。太傅朱文正公以德行文學受兩朝知遇，歟歷中外，垂五十年，時以內禪禮成，例得進冊，珅多方過之，既上，珅又指摘之。純皇帝諭曰：「師傅之職，陳善納誨，體制宜爾，非波所知也。」

旋召公以吏部尚書協辦大學士，仁宗作詩寄賀，屬稿未竟，珅取以向上皇曰：「嗣皇帝欲市恩於師傅耶！」上皇色動，顧董文恭公曰：「汝在軍機刑部之日，是於律意云何？」公叩頭曰：「聖主無過言。」上皇默然良久曰：「卿大臣也，善為朕以禮輔導嗣皇帝。」乃降旨朱珪仍留兩廣總督之任，旋又改巡撫安徽。是時直內廷者無不色變震恐，文恭獨從容謝過，書旨而退，右見劉祀部集。

讀此見文恭之忠亮格天，深心調護，真有功宗社之大臣，亦由兩朝聖人善作善述，止孝止慈。訓政者一時罔極之心，傳祚者萬世無疆之業，卒非佞壬所能熒聽也。

按：朱文正指朱珪，與弟朱筠，並為乾嘉名臣，四庫全書之議，即起自朱筠，而「清史稿」不為立傳，深知心史先生所譏責。

朱氏兄弟京師土著，籍隸大興，而原籍浙江蕭山，先世殆為明朝六部的書辦。朱珪字石君，乾隆十三年翰林，開坊後外放福建糧道，循升轉，三十六年以山西按察使護理巡撫，四十年內

調，監司轉內，以「對品」之例，應授爲「大九卿」，不知爲何竟授補從四品的翰林院侍講學士；但次年命在上書房行走，專爲仁宗授課。

其時仁宗年十七，天心默許，大位所歸；爲儲君擇師，選定朱珪，足見器重。但不久和珅已漸用事，或者在擁立一事上，別有深心，因而於四十四年外放福建主考，次年京察一等，照例應即升官，而竟以原銜補放福建學政，任滿回京須在四十八年，此爲有意隔離其師生。

朱珪已知所輔者爲儲君；亦知和珅有移易高宗之意，因進五箴於仁宗；五箴者「養心、敬身、勤業、虛己、致誠」，皆有深意，所謂「養心」就是孟子的「養吾浩然之氣」勿以得失縈懷，這是設想到高宗可能會受和的蠱惑而易儲；倘遇此拂逆，切須順受；「敬身」者勿荒於聲色，「勤業」則力學；「虛己」謂以謙和爲貴；「致誠」者但盡其孝悌之心，勿矯揉造作。

凡此皆深知高宗的性格，教以固愛之道。仁宗於此五箴，所下工夫甚深；以致歿後得諡爲「文正」。

四十七年九月，朱珪升少詹爲東宮官屬，而仍不容於和珅，五十一年以禮部侍郎充江南鄉試正考官；凡遇鄉試正科之年，即爲學政任滿之時，朱珪在闈後即授爲浙江學政，任滿回京，未幾即外放爲安徽巡撫。至此，朱珪出一高著，保護仁宗。

此一著之高，乃在能擺脫和珅之影響，非和珅所能論其是非。和珅在乾隆五十年後，無所不

管，與高宗關係之密，密到一起修持「密宗」，惟獨文字一道，除了奏摺上吹毛求疵之外，其他

即無置喙的餘地。

高宗自負學問，尤自負於義理；在這方面對和珅毫不假以詞色，常有「此非汝所知」之詞。

因此朱珪乃以文字結主知；而以疆臣司文學侍從之職，如乾隆五十八年十二月諭：

繹推闡，能見其大，跋語尤得體要，殊屬可嘉。著賞給筆墨等件，以示獎勵。

端，見諸設施者，與平日闡發經義，實有符合，語皆紀實，並非泛為諛詞。朱珪於御製古文，紬

經未傳之蘊；斷千秋未定之案；開諸儒未解之惑，頌皆過當，但歷舉朕敬天法祖，勤政愛民各大

昨日安徽巡撫朱珪，進「御製說經文」，閱其後跋，以朕說經之文，刊千古相承之誤；宣群

朱跋「刊、宣、斷、開」四語，在高宗實在過癮之至；作「頌皆過當」的謙詞，可見其內心

對朱珪的欣賞。

五十九年四月又諭：

朱珪進御製論史古文後跋，以朕論史之紬繹推闡，有「用史成經，紹六為七」之語，朱跋

語，固非鋪張揚勵，泛為諛詞，究屬稱頌過當，觀其文義，尚為典覆，著賞給紗扇筆墨等件，以示獎勵，此冊並著皇子皇孫，各繕一部，預備觀覽。

同年九月又諭：

按：詩、書、易、禮、書秋、樂為六經；樂經失傳，故稱五經。朱珪頌以「用史成經」使六經變為七經，真是挖空心思的恭維，高宗又大過了一次癮，看他「著皇子皇孫，各繕一部，預備觀覽」，可想見其得意。

朱珪理「御製紀實詩」十二函，內編排門類，列敘案語，具見用心審密，所撰進書表文，摛詞比事，亦屬典覆，惟過於頌揚，於朕兢業自持，維日孜孜之意尚覺歉然，觀其屬辭命義，尚為雅則。茲賞給御筆扇一柄、紗匹筆墨等件，以獎其勵學。

諭：

此則儼然師長訓門生之語，關係較之君臣又進一步。而朱珪則再接再厲，以致又有十二月之

朱珪進呈「御製幾餘詩」一部，朕略加披覽，係繕錄御製詩章，分門別類，編輯成帙，可謂用心細而措詞當。該撫應辦地方要務甚多，若專用於筆墨之事，恐致政務轉為重，豈朕簡畀封圻之意，除頒賞荷包筆墨錁錠外，著傳諭朱珪務須盡心政務，以察吏安民為重，不可緩其所重，用心於無用之地。嗣後亦無庸再行纂辦進呈，惟當悉心民事，以期無負委任。

按：其時朱珪由安徽巡撫調廣東，此為肥缺，亦為要缺，所以高宗有此一諭。話雖如此，兩個月後的六十年二月，又以釋奠文廟禮成，臨幸辟雍，御製詩四章，特命朱珪恭和進呈。至此，朱珪已立於不敗之地；朱珪不敗，仁宗的地位可保不致發生變化，因愛屋及烏，自然之理。而既有名師，必出高弟，亦邏輯推演所必至。和珅讒而不逞，因由董誥為社稷之臣，而基本上還是看在朱珪的份上。

及至授受禮成，朱珪撰進詩冊，用「二十五有」的仄韻，成排律一百韻，又蒙獎賞；嘉慶元年六月擢粵督仍兼粵撫，其時文淵閣大學士孫士毅出缺，高宗決定以朱珪補授，先下上諭「來京另候簡用」；接下來又頒另一道上諭：

昨據和琳奏：孫士毅在四川酉陽州病逝，將來大學士缺，意欲即以朱珪補授，但此缺須一月

後方始題請，特先降旨，諭知朱珪，不必因有來京之旨，心存疑慮，見在京中並無應辦之事，朱珪不必急於來京，兩廣總督仍應朱珪署理。

朱珪在廣東巡撫任內，辦理一切，本為熟悉，今復奉有恩旨，尤應感激奮勉，倍加認真，不可存五日京兆之見，有負委任，一切洋盜更應嚴辦，大學士員缺，除俟居期明降諭旨外，將此先行傳諭知之。

這是和珅阻撓朱珪到京的一種手法，這道上諭是個伏筆；八月間根據閩浙總督魁倫所奏，「粵東艇匪，駛至閩浙洋面肆劫」，課朱珪以「署總督任內，不能認真緝捕」的罪名，調補安徽巡撫。

和珅敢於如此弄權，是因為高宗耄年善忘之固；嘉慶二年，朝鮮「李朝實錄」載：

三月二十二日丙戌，冬至書狀官洪樂游進聞見別單，中有兩款關太上皇帝及皇帝狀：

（一）太上皇帝容貌力氣，不甚衰耄，而但善忘比劇。昨日之事，今日輒忘。早間所行，晚或不省。故侍御左右眩於舉行，而和珅之專擅甚於前日，人皆側目，莫敢誰何云。

（二）皇帝平居與臨朝，沉默持重，喜怒不形。及開經筵，引接不倦，虛己聽受。故筵臣之

數奏文義者，俱得盡意。閣老劉鏞之言，最多採納。皇上眷注，異於諸臣，蓋鏞夙負朝野之望，為人正直，獨不阿附於和珅云。

按：劉鏞爲劉墉之誤。嘉慶元年政府領袖爲阿桂，以武英殿大學士爲軍機領班，其次爲和珅；劉墉不入軍機，以滑稽目容，故仁宗雖加信任，得免猜忌。和珅最忌者爲朱珪；因爲朱珪久任疆吏，內用必入軍機，且必爲高宗經常召見，談文論藝，和珅即無法一手遮天。其次則爲王杰，此人所得的狀元，即原爲趙雲崧應得的狀元。一生清愼守正，不負特達之知，亦爲高宗所極信任，和珅無可如何。但在軍機，僅常止於予和珅難堪；或者遇事保全善類，畢竟無法事事匡正。

「清朝野史大觀」記：

公高不踰中人，白髮數莖，和藹近情，而時露剛毅之氣，其入軍機時，和相勢力薰赫……公絕不與之交，除議政外，默然獨坐，距和相位甚遠，和相就與之言，亦漫應之。高宗極信任公，和亦不能奪其位。

王杰籍隸韓城，與司馬遷同鄉，司馬遷的墓及廟便在韓城；自幼仰慕鄉賢，嫉惡如仇，「清朝野史大觀」記：

海鹽陳太守渼，精歧黃家言，官禮曹時，樞相和珅召令視疾，太守咨於座主韓城王文端公；曰「此奸臣，爾必以藥殺之，否則毋見我。」太守謝不往，和疾之時，已保御史，乃出為鞏昌知府，復以事貶知州。

按：陳渼族係陳其元「庸閒齋筆記」，亦曾述其事，當非無稽。王杰在軍機，對和珅不假詞色；而和珅低聲下氣，刻意交歡，則爲事實。

「清人筆記」中又一條云：

大學士和珅在軍機日，手持水墨畫軸，韓城師見之，曰：「貪墨之風一至於此」。又嘗捉韓城手諦視曰：「狀元宰相手果然好。」韓城曰：「者手但會做狀元宰相，不會要錢，有甚好處？」

聞者凜然。

按：世皆以王杰清廉著稱，告老時仁宗製詩送行，有「清風兩袖返韓城」句；事實上，所謂清廉，亦是比較而言；太平宰相，國家自有俸祿，亦不致如湯斌、于成龍等任督撫時的刻意清苦，以期將身作則，矯正吏治。

王杰自通籍至參政，掌文衡九次，三任浙江學政，一任福建學政；光是門生例有的贄敬，就很可觀了。

昔人詠窮京官緊縮開支云：「先裁車馬後裁人，裁到師門二兩銀」。此猶言三節兩壽（老師、師母生日）例有的孝敬；亦非萬不得已不可裁，至於進學、中舉、中進士的獻贄，豈惟絕不算貪墨，且受者為榮，王杰何等例外；倘或例外，便是矯情，亦不能得高宗的信任了。

王杰之能疊掌文衡，實際上是和珅的慣技，一以示惠，兼以隔離。和珅用事在乾隆四十多年以後，其時王杰由浙江學政任滿回京任吏侍，四十三年出為浙江鄉試正考官；四十五年又任浙江學政，四十七年回京，旋丁母憂，至五十年八月服滿進京，任兵部尚書。此時和珅羽翼已豐，勢不可撼。

王杰於五十一年十二月入軍機；五十二年一月入閣，是年丁未正科會試，五十四年己酉，高宗八旬萬壽，頒行正科會試；五十五年庚戌恩科會試，王杰三充總裁，為和珅弄權，更為顯然。

因為一入閣便是一個多月；榜發以後門生拜老師，接著殿試、朝考，擾攘之間，總有半年不

得寧帖；即半年不能過問政事。和珅以此手法對付王杰、劉墉、朱珪、竇光鼐等人，可說萬試萬靈。

仁宗在位二十五年，實際上應該算作二十二年，因為前三年完全是傀儡，直到嘉慶四年正月初三，太上皇崩，方始親政，才能算是真正在做皇帝。

仁宗一旦大權在握，第一件事便是殺和珅。猶恐和珅勢力太大，不願就範，特以親貴分掌朝政，當時的處置是：

一、皇八子，仁宗胞兄儀郡王永璇，晉封親王，總理吏部。

二、皇十一子，仁宗胞兄成親王永瑆，命在軍機處行走，並總理戶部三庫。

三、仁宗同母弟，皇十七子永璘封惠郡王，後改號慶郡王，為御前行走，負內外聯絡之任。

至於參和珅者，不一其人，「東華錄」只記：

「科道列款糾劾，奪大學士和珅、戶部尚書福長安職，下於獄。」

「清朝野史大觀」記如下：

和珅用事二十餘年，至嘉慶三年以前，未嘗一被彈劾。乾隆間御史曹錫寶雖嘗一劾其家奴劉

全籍勢招搖，家資豐厚；然廷聞查勘，竟以風聞無據覆奏，錫寶坐妄言被詰責。及嘉慶四年正月

三日高宗崩，而和珅始為御史廣興、給事中廣泰、王念孫等所劾，即日奪職下獄，尋賜自殺。

其家財先後抄出，值八百兆兩有奇。甲午庚子兩次償金總額，僅和珅一人之家產足以當之。

政府歲入七千萬，而和珅以二十年之宰相，其所蓄當一國二十年歲入之半額而強，雖以法國路易

第十四，其私產亦不過二千餘萬，四十倍之，猶不足以當一大清國之宰相云。

因此，當時有「和珅跌倒、嘉慶吃飽」之謠。而和珅當日曾向仁宗遞如意，以為可以邀擁戴

之恩，不道竟成大罪的第一款。

和珅的罪名據上諭宣佈，共二十大罪：

一、朕於乾隆六十年九月初三日，蒙皇考冊封皇太子，尚未宣布諭旨，而和珅於初二日在朕

前先遞如意，洩漏機密，居然以擁戴為功。

二、上年正月，皇考於圓明園召見和珅，伊竟騎馬直進左門，過正大光明殿至壽山口，無父

無君，莫此為甚。

三、又因腿疾乘坐椅轎，抬入大內，肩輿出入神武門，眾目共睹，毫無忌憚。

四、將出宮女子，娶爲次妻，罔顧廉恥。

五、自剿辦川楚教匪以來，皇考盼望軍書，刻縈宵旰，乃和珅於各路軍營遞到奏報，任意延擱，有心欺蔽，以致軍務日久未竣。

六、皇考聖躬不豫時，和珅毫無憂戚，每進見後，出向外廷人員談笑如常。

七、昨皇考力疾披章批諭，字畫間有未眞，和珅膽敢口稱，不如撕去，另行擬旨。

八、前奉皇考敕旨，令伊管吏部、刑部事務，一人把持，變更成例，不許部臣參議一字。

九、上年十二月，奎舒奏循化、貴德二廳賊番，聚衆在青海肆劫。和珅竟將原摺駁回，隱匿不辦，全不以邊務爲事。

十、皇考升遐後，朕諭蒙古王公，未出痘不必來京，和珅不遵諭旨，已未出痘者俱不必來，全不顧撫綏外藩之意，其居心實不可問。

十一、大學士蘇凌阿，兩耳重聽，衰邁難堪，因係伊弟和琳姻親，竟隱匿不奏。侍郎吳省蘭、李潢、太僕卿李光雲，曾在伊家教讀，保列卿階，兼任學政。

十二、軍機處記名人員，和珅任意撤去，種種專擅，不可枚舉。

十三、昨將和珅家產查抄，所蓋楠木房屋，僭侈踰制，其多寶閣楠柵段，皆仿照寧壽宮制度，其園寓點綴，與圓明園蓬島瑤台無異，不知是何肺腸。

十四、薊州墳塋設立亭殿，開置隧道，致附近居民有和陵之稱。

十五、家內所藏珍珠手串二百餘，較大內多至數倍，並有大珠，較御用冠頂尤大。

十六、寶石頂非伊應戴之物，伊所藏數十，而整塊大寶石，不計其數，且有內府所無者。

十七、銀兩衣服等件，數逾千萬。

十八、夾牆藏金二萬六千餘兩，私庫藏金六千餘兩，地窖內藏銀兩三百餘萬。

十九、附近通州、蘇州有當鋪、錢店，資本又不下十餘萬，以首輔大臣，下與小民爭利。

二十、家人劉全不過下賤家奴，而查抄家產，竟至二十餘萬，並有大珠及珍珠手串，若非縱令需索，何得如此豐饒。

以上二十款大罪，強調「大不敬」，始能處和珅以死刑；因為位至大學士，貪黜不算可以致死的大罪。原來清朝自康熙年間起，造成一個很不良的傳統，凡是到了與國同休的地位，諸如宰相、負實際責任的王公，乃至督撫，貪污是可以容忍的。聖祖甚至以清官著稱的張伯行，都有假公濟私的行為，說他如果不取之於民間，何來刻書之貲；事實上是冤枉了張伯行，張家素封，張伯行刻書，出於私財。不過聖祖既未認員，臣下亦不必深辯而已。

究其實際，和珅的大罪只是「紊亂綱紀、敗壞吏治」八個字；但此八字，高宗至少要負一半

的責任；所以不能不「毛舉細故」以成大罪。

明朝末年有部書，名為「天水冰山錄」，專記籍沒嚴嵩父子的財產；和珅抄家所得，清朝檔

中，亦有記載，稍錄若干，以廣見聞：

私設檔子房一所，共七百三十間。

花園一所，亭台六十四座。

田地八千頃。

銀號十處，本銀六十萬兩。

當鋪十處，本銀八十萬兩。

（金庫）赤金五千八千兩。

（銀庫）元寶五萬五千六百個。

京鑅五百八十三萬個。

蘇鑅三百一十五萬個。

（人葠庫）人葠大小支數未計，共重六百斤整。

（玉器庫）玉鼎十三座，高二尺五寸。玉磬二十塊。玉如意一百三十柄。玉碗十三桌。玉

壽佛一尊，高三尺六寸。玉觀音一尊，高三尺八寸（均刻雲貴總督獻）。玉馬一匹，長四尺三寸，高二尺八寸。（以上三件均未作價）

珊瑚樹七支，高三尺六寸，又四支，高三尺四寸。

白狐皮五十二張，元狐皮五百張，白貂皮五十張，紫貂皮八百張，各種粗細皮共五萬六千張。

鍍金八寶狀四架，鍍金八寶炕二十座，大自鳴鐘十座，小自鳴鐘二百五十六座，桌鐘三百座，時辰表八十個。

皮衣服共一千三百件，綿夾單紗衣服共五千六百二十四件，帽盒三十五個，帽五十四頂，靴箱六十口，靴一百二十四雙。

大珠八粒，每粒重一兩。

金寶塔一座，重二十六斤。

大金元寶一百個，每個重一千兩。

大銀元寶五百個，每個重一千兩。

按：和珅所得財物，亦非盡由督撫中勒索而來，最主要的一種手法是侵冒，他在軍機處時曾

有一不成文規定，奏摺具副本送軍機處，呈進方物，丞先關白；倘或不如所欲，擅自駁斥，而名義上是駁了，實際上卻納入私邸，督撫反正已進貢了，當然不會再討回，而和珅一收下，則駁斥是表面文章，實際上已有保障。有時收一半，退還一半，此退還的一半，當然亦是和珅笑納。

以此二十款大罪，罪名自是「決不待時」，即刑名上的專門術語：「斬立決」。結果是「賜帛」，伏法於正月十八日，距被捕為七日；跟太上皇之崩，未足半月。有清一代，王公大臣被禍之速，未有如此者。

和珅當政二十年，天下督撫，半出提攜，倘如雍正之善株連，將無寧日，仁宗在這一點上做得很聰明；但也可能很不聰明，如當時能藉此切實整頓吏治，尤其是對八旗貴族，痛切裁抑，講求實學，應該不致於有後來鴉片戰爭一敗塗地的悽慘局面。只是仁宗之仁，不忍株求，只辦了少數人，列舉如下：

一、左都御史吳省欽，一向為和珅門下走狗，革職回籍。

二、福長安抄家，斬監候，押往和珅監所，跪視其自盡。但福長安以後未勾決，仍在八旗當差。

三、和珅之弟和琳，本封公爵，配享太廟；革爵，撤出太廟，拆毀伊家所立專祠。和家子弟有爵位者，或降或革，並均不准在乾清門行走，發往八旗當閒差。

四、大學士蘇凌阿，年老龍鍾，因係和琳姻親，得居高位，原品休致。蘇凌阿家所藏百二十回本紅樓夢，可能在重付裝裱時，爲程小泉錄得副本，託名「購目鼓擔」。

五、太僕寺卿李光雲，降爲編修。

六、山東巡撫伊江阿革職。

最難處置者爲仁宗的妹夫，和珅之子豐紳殷德，「清史稿」和珅傳云：

子豐紳殷德，尚固倫和孝公主，累擢都統，兼護軍統領，內務府大臣。和珅伏法，廷臣議奪爵職，詔以公主故，留襲伯爵。尋以籍沒家產，正珠朝珠，非臣下所應有，鞠家人，言和珅時，於燈下懸掛，臨鏡自語，仁宗怒，褫豐紳殷德伯爵，仍襲舊職三等輕車都尉。

嘉慶七年，川楚陝教匪平，推恩給民公品級，授散秩大臣。未幾，公主府長史奎福訐豐紳殷德演習武藝，謀爲不軌，欲害公主。廷臣會鞠，得誣告狀，詔以豐紳殷德與公主素和睦，所作「青蠅賦」，憂讒畏譏，無怨望違悖，惟坐國服內，侍妾生女罪，褫公銜，罷職在家圈禁。十一年，授頭等侍衛，擢副都統，賜伯爵銜。十五年病，乞解任，賜公爵銜，尋卒。無子，以和琳子豐紳伊綿，襲輕車都尉。

和珅伏法後越十五年，國史館以列傳上仁宗，以事跡疏略，高宗數加譴責，闕而未載，無以

信今傳後，褫編修席煜職，特詔申戒焉。

附帶要一談和珅的住宅。「嘯亭續錄」卷二云：

慶僖親王諱永璘，純廟第十七子，貌豐頤，天性直厚，敦於友誼，御下甚寬……純廟末年，或有私議儲位者，王曰：「至下至重，何敢妄覬，惟冀他日將和和珅邸第賜居，則願足矣。」故睿廟籍沒和相，即將其宅賜王居之。

「嘯亭雜錄」雖爲禮親王昭槤門下所撰，但出於昭槤口授，且生當同時，見聞必眞。永璘爲仁宗同母弟，觀其所言，知和珅生前，已注定將籍沒的命運。

又「清史稿」諸王列傳卷二百二十二，謂「和珅以罪誅，沒其園亭，賜永瑆。」永瑆爲高宗第十一子，仁宗之兄，封成親王，以善書法聞名。同卷慶僖親王永璘，卻又證實了「嘯亭續錄」的記載：「和珅誅，沒其宅，賜永璘。」是則一宅兩賜，事出歧異。眞相究竟如何？

按：兩記實皆不誤，但誤爲一宅而已。據「清朝野史大觀」查抄和珅家產清單載：

欽賜花園一所，亭台二十座，新添十六座。

花園一所、亭台六十四座。

和珅原有兩座花園，彰彰明甚。後者在三座橋，亦稱三轉橋，當定府大橋東頭，什剎後海之西。這兩座府第，關乎有清一代興廢，略考其淵源如下。

慶僖親王永璘受賜者，為和珅原來的住宅，其前身不可考，疑為明朝惠安伯張元善的別墅。

又「燕都叢考」記：

今成邸在西直門內半壁街，乃光緒初改賜者。和珅宅曾割其半以居豐紳殷德，及和孝公主。豐早卒，於道光初，門戶式微已甚。咸豐時並慶邸改賜恭王。和珅花園名十笏者，賜成邸，在海淀，未久即廢。山陽潘德與四農為賦水調歌頭，所謂「一徑田山合，上相舊園亭」。及「綠野一彈指，賓客久飄零，壞牆下，是綺閣，是雲屏」者是也。

此記與前述兩園實無關，所謂「和珅花園名十笏」既「在海淀」，則為高宗御園時，和珅所

住之處。慶僖親王被賜者，即三轉橋之宅，割半以居豐紳殷德；德既歿，房屋照例由宗人府收回。

慶僖親王之後，至道光末年式微，因其一孫一子爭爵行賄，並皆得罪之故；爭爵之子爲永璘第六子綿性，得罪充軍盛京；綿性之子即奕劻，初襲奉國將軍，貧而好學，舉聞常爲慈禧大后家司筆札，以此因緣，又爲仁宗一系近支，故得由貝子逐步至親王。

至於慶僖親王歿後，子綿慜襲郡王；道光十六年歿，無子，以高宗第八子儀親王永璇之孫奕綵爲後，再襲郡王一次；奕綵服中納妾奪爵，王府收歸宗人府，時在道光二十二年。咸豐二年，宣宗第六子恭親王分府，即以慶王府相賜。

明珠的府第，在明朝就很有名。「明史」卷三百零四「宦官」載：

李廣，孝宗時太監也。以符籙禱祀蠱帝，因爲奸弊……四方爭納賄賂，又擅奪畿內民田，專鹽利鉅萬；起大第，引玉泉山水前後繞之，給事葉紳、御史張縉等文章論劾。帝不問。

李廣的大第，入清爲明珠所有，地在什刹前海之北；南岸有一座橋名爲「李廣橋」，奸黨遺穢，橋亦蒙羞。京城中有許多不雅或有忌諱的地名，改易的原則爲音同字不同；李廣橋改爲「藜

光橋」，過於文飾，不易為人接受。此橋在當時即為引水入園之處。

至於此園之入和珅之手，出於豪奪。「燕都叢考」記：

明珠孫成安，家世富厚，以近和珅籍沒其產，珍物重器有大內所無者。成邸之封，恰在此時，或即因以賜之。然淨業北畔實無餘地，可供卜築，邊袖石十剎海詩：「平泉花木翠迴環，相國樓台占此間」。又云：「雞頭池涸誰能記，淥水亭荒不可尋。」

按：淥水亭為納蘭性德別署，所作筆記，即名「淥水亭雜識」。成親王永瑆自獲此園，建有「恩波亭」，以恩賜分玉泉水入園之故，或即為淥水亭所改築。

成王府的易手則在光緒十四年。當道光三十年皇六子奕訢封恭親王時，皇七子奕譞封醇郡王，賜第在宣武門內太平湖；醇王易名曰「適園」，而俗稱則為「七爺府」。此處本為高宗第五子榮親王永琪的賜第，永琪之孫名奕繪，襲貝勒，他的側福晉即是清朝有名的女詞人西林太清春。

相傳與龔定庵有一段戀情，龔定庵曾任宗人府府丞，任此職者常與王公貴族打交道；龔定庵己亥雜詩三百十五首中有一首云：

空山徙倚倦遊身，夢見城西閬苑春，一騎傳箋朱邸晚，臨風遞與縞衣人。（自注：憶宣武門

內太平湖之丁香花一首。）

這首「丁香花」與李義山的那首「欲書花片寄朝望」的「牡丹」，同為詩壇疑案。孟心史先

生曾作「丁香花」一文，考定龔定庵與西林有瓜李之嫌之說為妄。題外之話，不必多談；只說奕

繪歿後，此宅改賜醇王。

及至德宗入承大統，「七爺府」即成潛邸；照例醇王應該遷出，但直至光緒十四年，慈禧太

后為酬醇王將海軍經費移建頤和園之功，特旨以成親王賜醇王；成哲親王永瑆之後，皆是長子

襲封，五傳為毓橚，同治十一年襲貝子，至此另行賜第半壁街。而醇王親居，以潛邸保留之故，

則稱為「北府」。

以上為仁宗處置和珅的經過；此外還有一人為仁宗所深惡，那就是他的「同父異母」之兄福

康安。他在嘉慶元年五月，以征苗染瘴患洩而歿於軍中；生前已封貝子，至此晉封郡王，並有御

製輓詩五律一首：

到處稱名將，功成勇有謀，近期黃閣返，驚報大星流；自嘆賢臣失，難禁悲淚收，深恩縱加

贈，忠篤那能酬。

此詩「忠篤」二字如改爲「負屈」，更能道出高宗的心情。高宗一生福澤之厚，爲上下五千年中第一人，但平生隱痛，在富有四海，而不能予生母愛子以應得的名分，所以想出種種藉口，予以補償；奉太后南巡，猶可在「孝」字上做文章；至於對福康安這個坐轎子打仗的「名將」，恩寵格外，自己亦得有此說不出口。

和珅即是窺破了高宗這一層隱衷，先意承旨爲福康安鋪敍戰功，奏請重獎，一方面討高宗的好；一方面亦是討福康安的好，如此內外相結，故終高宗之世，不論他如何任意妄爲，皆能不敗。

至於仁宗之對福康安，雖早就討厭，但公開斥責，則在嘉慶九年八月，川楚教匪平定之後，報銷軍需，泛濫異常；痛定思痛，風氣皆由福康安所壞，因而上諭中提及往事：：

從前節次用兵時，領兵官員原無格外犒賞之需。自福康安屢次出師，始開濫賞之端，任性花費，毫無節制；於是地方承辦之員，迎合備送，累萬盈千，以及銀牌綢緞，絲繹供支，不過以賞兵爲名，亦未必實惠盡逮戎行也。即爲德麟，迎其父柩，地方官致送奠儀，並備賞等銀四萬餘

兩。

外省只知逢迎紈袴乳臭，卑鄙惡習，實出情理之外，竟非人類，所有德麟收受銀四萬一千五百五十二兩，著罰令賠繳八萬兩，以示悖入悖出之天理，為治世所不容。

嘉慶四年二月又諭：

賞罰為軍紀之要，隨征官兵等，果有奮勉出力者，一經奏聞無不立沛恩施，帶兵大員等，何得擅立賞號，用示施恩。是以從前屢次用兵，本無此項。我皇考高宗純皇帝，曾經屢頒聖訓，著之令典。

自福康安出師台灣等處，始有自行賞給官兵銀兩綢緞之事。爾時藉其聲勢，向各省任意需索，供其支用，假公濟私，養家肥己，其後各軍營習以為常，帶兵大員等，不得不踵行犒賞，而力有所不能，輒於軍需項下動用支銷，以公項作為私用。嗣後設遇辦理軍需時，不得再立賞需名目。

敗壞軍紀吏治，皆由和珅、福康安而起。和珅之罪早彰；福康安廢弛紀律，為害之劇，在川

楚教匪案，長達九年的勞師動眾，大傷元氣始得平定的過程中，方始逐漸發覺，故事平以後，仁宗整飭吏治，每舉福康安的過失而言。

川楚教匪，始起於白蓮教鬧事。「聖武記」云：

白蓮教者，奸民假治病持齋為名，偽造經咒，惑眾斂財，而安徽劉松為之首。乾隆四十年，劉松以河南鹿邑邪教事發被捕，遣戍甘肅，復分遣其餘黨劉之協、宋之清授徒傳教，偏川陝湖北。

日久黨益眾，遂謀不靖。倡言劫運將至。以同教鹿邑王氏子曰發生者，詭明裔朱姓，以煽動流偽。乾隆五十八年，事覺，復捕獲，各伏辜。王發生以童幼免死，戍新疆。惟劉之協遠颺。是年，復跡于河南之扶溝，不獲。於是有旨大索。州縣吏逐戶搜緝，胥役乘虐，武昌府同知常丹葵奉檄荊宜昌，株連羅織數千人。富破家，貧陷死，無算。時川、湖、粵、貴，民方以苗事困軍興，而無賴之徒亦以嚴禁私鹽私鑄失業。至是益讎官思亂。奸民乘機煽惑，於是發難于荊襄達州，駸淫于陝西而亂作。

白蓮教作亂，歷代皆有，大致都起於河北南部，蔓延及於山東、河南，以迄於魯、蘇交界各

處，此次獨起於四川者，別有緣故。孟心史「清代史」記嘉慶元年事云：

十月，四川達州奸民徐天德等激於胥役，與太平東鄉賊王三槐、冷天祿等並起。四川故有國匪，蓋金川之役，永保之父溫福以大學士督師，於乾隆三十八年敗歿於木果木，逃卒無歸，與悍民以剽掠為生計，散處於川東北者，官捕之急，遂合於教匪。

此為散兵游勇，不能善為安置，貽害民間之一例；而獨發生於號稱全盛的乾隆朝，則全由人謀之不臧所致。

嘉慶二年，平苗亂告一段落，移兵剿治教匪，由四川蔓延及於陝西、湖北、河南；和珅在日，多方隱匿真相，至仁宗親政後，一發不可收拾。「清代史」又記云：

仁宗親政後，在鄂境之姚之富、齊王民亦入河南南陽，虜脅日眾，不整隊，不迎戰，不走平原，惟數百為群，忽分忽合，忽南忽北，而豫西之賊則被追又入陝，齊姚各股又與合。官軍尾追，每後數日程，所奔突無迎阻者。去則謂之撲滅，來則謂之滋擾，謂之蹂躪。

四月，詔言：「明季流寇，緣其時紀綱不整，朋黨為奸，文恬武嬉，置民瘼不問。方今吏治

肅清，勤求民隱，每遇水旱災，多費帑金，蠲賑兼施。百姓具有天良，均應知感。邪匪不過烏合亂民，民家威名遠播，荒徼無不賓服，若內地亂民，糾眾滋擾，不能立時殄滅，其何以奠九寓而服四夷耶」云云。勤求民隱，實有此意。蠲賑兼施，實有此事。其不至為明之流寇者在此。至云吏治肅清，試本即為欺謾。

教匪蠢動數十年不已，豈得與吏治並存。時太上訓政，和珅當事，錮蔽聰明，矛盾不自覺也。同日即免應山等匪區五縣額賦。後七日，又予達縣等三州縣被賊難民三月口糧，及修屋銀。此皆恤民之可證者。後復常有其事，然未知實惠及民否也。

「忽分忽合、忽南忽北」，即中共起家的游擊戰術，起於明末流寇，中間經川楚之亂、洪楊之亂，至捻匪時，此項戰術的發展，已進入可由理論來指導行動的階段。而當時軍事教育中，一部「步兵操典」，依日本教材照本宣科，根本不重視游擊隊；戰史中所強課的是陣地戰、殲滅戰，對堅壁清野無赫赫戰功，而實能保境安民，使流寇不敢侵擾者，類皆忽略。此為中共得以坐大的一大關鍵因素。

溫福之子名勒保，與額勒登保皆因平三省教匪之亂，封侯拜相。「二保」為所謂「八旗勁旅」的後勁，而皆得力於重用漢人。

「清朝野史大觀」記其人其事云：

勒相國保，溫相國福子，溫以木果木償事，公統師盡反父政。待綠營士卒優厚，與文人論交誼，如石殿撰韞玉，石太守作瑞，皆收羅門下……人樂為用，惟滿兵切恨入骨。己未之役，幾受其譖，賴繼起者償事，公復擁旌旄，與額經略等先後殺賊，川楚教匪為之盡殲，公力也。

公短小精悍，善詼諧飲酒，賞賚頗豐。在軍中不喜談兵，嬉笑如常日，而寄心膂於將帥，使各盡所長，力持堅壁清野之策，故賊無所掠，以底敗亡。

又記額勒登保云：

額經略（勒登保）吉林人，少以侍衛從福文襄王征台灣、廓爾喀、苗疆諸部落有功，洊至護軍統領。楚苗之役，公受瘴病，時福文襄、和宣勇相繼卒，有傳公已故者，其家為設位祭，久始知其訛。

嘉慶己未冬特授經略，督辦三省教匪。公為富尚書（德）甥，素知兵法，待下嚴，然遇有功者必親為撫視。延胡學士（必顯）為幕客，出師皆其參酌，故每戰必勝。慶德憲（溥）言，公行

師如數日不遇賊，則抑鬱不樂。聞鼓聲即踴躍據鞍，指揮三軍，欣然從事。凱歸必烹肥羊呼眾同食，親為之割。視諸將如骨肉，言語質樸，如違制則當筵謾罵不少貸。

一日游總兵雲棟違節制敗，公罵曰：「汝何畜產，乃敢違令致敗辱？如楊遇春小兒斷不至此。」時楊方在座，而公初不顧也。

甲子春歸朝，任御前大臣，乙丑秋病篤，仁宗遣莊親王往視，王面獎其勳績，公瞠目曰：「吾有何功？可愧死。」惟性好殺，擒賊無論老稚盡殲之，曰：「毋留此，致他日生變。」卒後無嗣，人皆惜之。

按：「和宣勇」指和珅之弟和琳，初封一等宣勇伯；嘉慶元年福康安卒，由和琳督辦平苗軍務，未幾亦卒。劉必顯應為劉時顯，其傳附見「清史稿」額勒登保傳：

時顯，字行楷。江蘇武進人。少困科舉。乾隆中，侍郎劉秉恬治金川糧餉，從司文牘，獨勤，薦授兵部主事，充軍機章京，累遷郎中。和珅用事，數與抗，出為廣東雷州知府，為親老乞留。

尋從福康安征苗有功，賜花翎，洎額勒登保剿教匪，從贊軍務，剛直無所徇，額勒登保能容

之，每日跨馬與諸將偕，或有逗留，輒叱之。遇賊務其衝，諸將無敢卻者。回營後，凡戰地曲折夷險，糧運續斷，器仗敝壞，兵卒勞餓，諸將功過，一一言之。軍中敬畏時顯。貓兒埡之戰，及擒王登廷，章奏不欺，特賜三品卿銜。在軍中凡五年，累擢內閣侍讀學士，鴻臚寺卿。以勞卒於典安軍次，贈光祿寺卿，賜祭葬。

除劉時顯外，另一劉更奇。此人名劉清；孟心史「清代史」曾詳記此人。

四川南充縣知縣劉清，以貴州廣順拔貢官蜀，適當匪擾。清數以鄉兵破賊，所撫兵民皆以兒子畜之，人樂為死。賊自為民時知清名，戰莫為用，故遇清輒逃。賊分青黃藍為號。白號賊王三槐橫於蜀，總督宜綿命清親入三槐營，三槐跪接清，隨至謁督，約率所部出降。清知降非誠意，設備以待。三槐於所約納降之日，詭來投，伏匪沿途接應，將為掩襲計，清大敗之。此（嘉慶）二年四月事也。

「戰莫爲用」言戰亦不能勝，不如遁之爲妙。川楚教匪先分青、黃、藍、白等號，殆仿八旗之制，又參以其教所用的旗號，以爲區分，以後復「線號」，就不知何所取義了。

三年，總督勒保受命專責辦三槐，委清署廣元縣事，再議撫三槐。令清迭赴三槐營宣諭，三槐詣軍門，勒保擒以奏捷，符詔書「生致首逆」之旨。勒保由侯晉公，晉和珅由伯為公，封珅黨福長安侯爵，時距平賊尚遠，祇得群匪首中之一耳，賞亦不及劉清。

官吏原有三種，一種是做事；一種是做事又做官；再一種專門做官，品斯下矣。若劉清者，是天生做事之人；賞雖不及，清亦不怨，品格之高，無與倫比。

清既為總督所賞，然有所招徠輒遺清。清乃累至賊營，賊懲三槐事不敢出，以清廉吏，不忍加害。其非著目信清者仍夥，前後招降川東賊二萬，皆遣散歸農。清撫賊有恩，戰賊亦最勇，所練鄉勇尤敢死，嘗破羅其清、冉文儔於方山坪，破三槐於巴州江口。轉戰川東數載，大小百十戰，斬馘萬計，見奏牘者十僅二三。入賊營撫賊，出賊營殺賊，往返虎狼之穴，如慈母訓撻嬰兒，論者以為史冊所希有。

按：川楚教匪，起初以四川最猖獗，王三槐為白號巨擘，羅其清亦白號；冉文儔則為藍號。

「兩額」的軍功，主要的是建於四川。王三槐伏法後，白號由徐天德爲首領。

三槐被俘至京，廷訊時供官逼民反。帝問：「四川一省官皆不善耶？」對曰：「惟有劉青天一人。」於是劉青天之名聞天下。以軍功累進官至建昌道。

嘉慶十年，匪已平，清入覲，仁宗賜詩，首有「循吏清名遠邇傳，蜀民何幸見青天」之句。丁艱復起，授按察使，升布政使，自陳才力不勝藩司任，懇開缺，斥其冒昧陳奏，降補員外郎。十八年，清已補山東鹽運使，教匪李文成起河南，煽及山東，請再從戎，破扈家集功最。諭以布政使缺與伊不甚相宜，以二品頂戴留運使任。二十一年，因病請開缺，令來京醫治，旋授山東登州總兵，調曹州兵。年老休致回籍，卒於家。奉旨入祠貴州良祠，山東名宦祠，給子孫蔭。

制服流寇，惟在以靜制動，是故築堡禦賊之議，收功雖慢，確爲良策；嘉慶二年格而不行，至高宗崩後，重申前議。

「清代史」記：

及仁宗親政，有蘭州知府留川督宜綿軍中充左翼長之龔景瀚，復上堅壁清野之議，備陳調兵

募勇三害，剿賊四難，謂先安民然後能殺賊。民志固，賊勢衰，使之無所裹脅。多一民即少一

賊，民居莫則賊食絕。使之無法擄掠，民有一日之糧，即賊少一日之食。用堅壁清野之法，令百

姓自相保聚，賊未至則力農貿易，各安其生；賊即至則閉柵登陴，相與為守。民有恃無恐，自不

至於逃亡。

其要先慎簡良吏，次相度形勢，次選擇頭人，次清查保甲，次訓練壯丁，次積貯糧穀，次籌

畫經費，如是行之有十利。反復數千言，切中事理。嗣是被兵各省，舉仿其法，民獲自保，賊無

所逞，成效大著。論其謂三省教匪之平，以此為要領。

「清史稿」龔景瀚傳：

龔景瀚，字海峰，福建閩縣人。先世累葉為名宦，曾祖其裕。康熙初以諸生從軍，授江西瑞

州府通判。滇閩變起，率鄉勇為大軍嚮導，擢吉安知府。時府城為逆將所據，大軍駐驛子山，其

裕供餉餽無乏。城復，撫瘡痍，多惠政。後官河南懷慶知府，濬順利渠，引濟水入城便民。終於兩

淮鹽運使，歿祀瑞州、吉安、懷慶名宦祠。

祖嶸，初仕浙江餘杭知縣，治縣民毆僕疑獄，為時所稱。擢直隸趙州知州，浚河興水利。再

擢江蘇松江知府，渡海賑崇明災黎，全活甚眾。官至江西廣饒九南道，單騎定萬年縣匪亂。歿祀饒州名宦祠。

父一發，乾隆十五年舉人，官河南知縣，歷宜陽、密縣、林縣、虞城四縣。治獄明敏，能以德化。

在虞城值水災，勤於賑恤。朝使疏治積水釃，為惠民、永便諸渠。一發與災民共勞苦，治稱最，以病去。復起補甘隸高陽，擢雲南鎮南知州，歿祀虞城名宦祠。

景瀚承家學，幼即補名。大學士朱珪督閩學，激賞之。乾隆三十六年進士，歸班銓選。四十九年授甘肅靖遠知縣，未到官。總督福康安知其能，檄署中衛縣，判牘如流，見者不知為初仕也。

像這種四世為地方官，而皆為循吏的家世很少見；由龔家四代的經歷，恰好反映出康、雍、乾三朝，確為治世；有才能的人，一般而言，都不會埋沒。

「龔景瀚傳」又言：

五十九年遷陝西邠州知州。嘉慶元年總督宜綿巡邊，調景瀚入軍幕，遂從剿教匪，以功擢慶

陽知府。宜綿總轄三省，從入蜀幕府，文書皆屬景瀚。尋調蘭州，仍在軍充翼長。

景瀚從軍久，見勞師糜餉，流賊仍熾，因上議陳調兵、增兵、募勇三害，謂先安

民，然後能殺賊；民志固則賊勢衰，使之無所裹脅……

如是行之有十利，反復數千言，切中事理。嗣是被兵各省，舉仿其法，民獲自保，賊無所

逞，成效大著。論者謂三省教匪之平，以此為要領。五年始到蘭州任，七年送部引見，卒於京

師。其後續編皇清文穎，仁宗特出其「堅壁清野議」付館臣載入，祀蘭州名宦祠。自其裕至景

瀚四世，皆祀名宦，海內稱之。景瀚子豐穀，官湖北天門知縣，亦有治績，不隳家聲焉。

按：堅壁清野即為以靜制動。但知之易，行之難，關鍵在於得人，嘉慶初年督撫，如陝甘總

督長麟，直隸總督陳大文；湖廣總督書麟，以及接書麟遺缺的吳熊光；兩廣總督覺羅吉慶；閩浙

總督汪志伊等，除汪志伊有些假道學的味道外，其餘大都清慎和簡，能善人之善，是故「堅壁清

野」之策，在四、五年內，即收全功。

川楚教匪之平，實得力於漢人；而以勒保、額勒登保、德楞泰為首功，而「功非其比」；孟

心史「清代史」於此有論：

清自國初用兵，皆以八旗為主軍，始命將皆親貴；至乾隆時，已酣豢不足臨敵，而猶用旗籍庶姓勳爵之裔，最疏遠亦必為滿州世僕。時尚能得人，若額勒登保、德楞泰為將，為有力略及忠實可任使。史稿言仁宗親政，以三省久未定，卜宮中，曰：「三人同心，乃奏膚功」。遂常以勒保參兩師，功非其比也。

而敘勞以清野策由勒保首行之，膺上賞，封伯爵，加宮保，正揆席，領軍機，卒贈一等侯，諡文襄。殆亦自應其兆歟。

「清史稿」列傳一百三十六論曰：

此三人雖獲殊勳，但旗人之不及漢人，不但文治，論武功亦然；如楊遇春、羅思舉固為大將之材，即偏裨之將，亦能效命於一時。

額勒登保以楊遇春、穆克登布為翼長；德楞泰以賽沖阿、馬瑜為翼長；勒保以薛大烈、羅聲皋為翼長，觀偏裨之人材，其成功可知矣。是誰人者，其後多膺軍寄，二楊而外，亦無赫赫功，豈非材器有所限哉！

按：二楊一為楊遇春，一則楊芳，為道光朝名將。所謂「翼長」，惟旗營有此名目，其身分不一，視主帥之位號而高下；但最低亦應為總兵。翼長例為兩員，說穿了是為主帥；大致為大學士督帥的欽差大臣，分統左右兩翼士兵作戰，主帥安居後方中路受其成而已。

由嘉慶初年人材的消長，不能不歸功於高宗的重視教育與科舉；以及嚴於賞罰，即武員起自微弁，亦知只要立功，不患埋沒，然後有志者，始有奮力上進之心。

至於二楊以外，其他綠營大將無赫赫之功，則以提督總兵，本無可作為；督撫闇弱不知兵，視鎮將如馬弁，又安得而有赫赫之功？

川楚教匪之亂以後，又有閩粵海盜之患。乾隆末年，安南內亂；沿海亡命之徒，號為「艇匪」，與閩粵海盜相勾結，侵擾浙東。浙江巡撫阮元，重將福建同安人，武進士李長庚、大勝。以後安南亂平，阮朝內附受封守約束；「艇匪」為廣東朱濆，福建蔡牽所收容，頗為猖獗。

「清史稿」李長庚傳：

阮元與長庚議，夷艇高大，水師戰艦不能制，乃集捐十餘萬金，付長庚赴閩造大艦三十，名曰霆船，鑄大炮四百餘配之，連敗牽等於海上，軍威大振。八年，牽竄定海，進香普陀山，長庚掩至，牽僅以身免。

窺追至閩洋，賊船糧盡帆壞，僞乞降於總督玉德，遣泉永道慶徠赴三沙招撫。玉德遽檄浙師收港，牽得以其間修船揚帆去，浙師追擊於三沙及溫州，毀其船六，牽畏霆船，賄閩商造大艇高於霆船，出洋以被劫報。牽得之，渡橫洋，劫台灣米以饟朱濆，遂與之合。

九年夏，連綜八十餘入閩，戕總兵胡振聲，詔治閩將不援罪，長庚總統兩省水師。秋，牽、濆共犯浙，長庚合諸鎮兵擊之於定海北洋，衝賊為二，自當牽，急擊，逐至盡山，牽以大艇得遁，委敗朱濆，濆怒，於是復分。

蔡牽之願就撫，完全是為了解消來自浙江的壓力，其時李長庚為浙江水師提督；阮元為浙江巡撫，應受玉德節制。蔡牽即降，「請浙師勿以上風逼我」；於是玉德將李長庚所部，調居下風，失地利之便，使蔡牽得以苟安。

在福建造高於霆船的大舟，而以出海被劫報聞，玩弄福建官吏於股掌之上；當時閩督如為接阮元之任的清安泰，蔡牽之患，應已早平。

「清史稿」李長庚傳又言：

十年夏，調福建提督，牽閩長庚至，遂竄浙，追敗之青龍港，又敗之於台州斗米洋，復調浙

江提督。十一年正月，牽合百餘艘，犯台灣，結土匪萬餘，攻府城，自號鎮海王，沉舟鹿耳門，阻援兵。

長庚至，不得入，謀知南汕、北汕、大港門，可通小舟，遣總兵許松年、副將王得祿，繞道入，攻洲仔尾，連敗之。二月，松年登洲仔尾，焚其寮，牽反救。長庚遣兵出南汕，至松年夾擊，大敗之，牽無去路，固守北汕，會風潮驟漲，沉舟漂起，乃奪鹿耳門逸去，詔奪花翎頂戴。

此役蔡牽之能遁去，由於船不得力；李長庚奏言：「臣坐船尚較蔡牽船低五、六尺，諸鎮船更下於此；曾與諸鎮議，願預支廉造大船三十號，督臣以為需時費財，不肯具奏。」

玉德因此被革職查辦，調湖南巡撫阿林保繼任閩督。其時滿洲人對漢人的態度，有截然不同的兩種，賢者則有自知之明，對漢人之有才者，頗能傾心合作；愚者則剛愎傾軋愈甚，阿林保屬於後者；到任後連疏密劾李長庚，請革職治罪。仁宗頗為懷疑，密詔浙江巡撫查詢，其時阮元以丁憂開缺，繼任者為清安泰，此人字秋浦，漢軍正藍旗人，而居然是拔貢，為人持正不阿，覆奏頗為李長庚說公道話：

長庚熟海島形勢，風雲沙線，每戰自持柁，老于操舟者不能及。且忘身殉國，兩載在外，過

門不入。以捐造船械，傾其家貲。所俘獲盡以賞功，故士爭效死。且身先士卒，屢冒危險。八月中剿賊漁山，圍攻蔡逆，火器瓦石兩下，身受多創，將士亦傷有四十人，鏖戰不退，故賊中有「不畏千萬兵，只畏李長庚」之語，實水師諸將剋。

最後且極力支持李長庚的主張，他說：

今浙省兵船皆長庚督造，頗能如式。惟兵船有定制，而閩省商船無定制。一報被劫，則商船即為賊船。船愈高大多砲多糧，則愈足資寇。近日長庚剿賊，使諸鎮之兵隔斷賊黨之船，但以隔斷為功，不以擒獲為功，而長庚自以己兵專注蔡逆坐船圍攻，賊行與行，賊止與止。無如賊船愈大，砲愈多，是以兵士明知盜船貨財充積，而不能為擒賊擒王之計。且水陸兵餉例止發三月，海洋路遠，往返積時，而事機之來，間不容髮，遲之一日，雖勞費經年，不足追其前效。此皆已往之積弊也。非盡矯從前之失，不能收將來之效。非使賊盡失所長，亦無由攻其所短。則岸奸濟賊之禁，尤宜兩省合力，乃可期效。

阿林保之所以與李長庚為仇，據「清史稿」本傳，記其原因如此：

及阿林保之至閩也，置酒款長庚，謂曰：「大海捕魚，何時入網，海外事無佐證，公但斬一

酋，以牽首報；我飛章告捷，以餘賊歸善後辦理，公受上賞，我亦邀大功，孰與窮年冒風濤，僥

倖萬一哉。」

長庚謝曰：「吾何能為此？久視海船如廬舍，誓與賊同死不與同生。」阿林保不懌，既屢勸

不得遣，則飛檄趣戰，長緘所落齒寄其妻，志以身殉國。既歿，詔部將王得祿、邱良功、嗣任，

勉以同心敵愾，為長庚雪譽，二人遵其部勒，卒滅蔡牽，竟全功焉。

至於李長庚之死，實出偶然，據「嘯亭雜錄」記：

按：此為朝綱不振，奸臣當道，勾結督撫鎮藩發展出來的一套冒功侵餉的方式。這套方式至

明末大備，清初收斂，至和珅用事時又復盛行，阿林保所言，則至少猶須打一勝仗，至後來道光

朝，則竟諱敗為勝。洪楊以後，淮軍代湘軍而興，亦復如此，事遂不可為。

丁卯（嘉慶十二年）十二月，賊以三舟艤某島，去官軍半里，長庚以舟師圍港口，計日就

擒。閩督飛檄促戰，動以逗橈為詞。長庚砍舷怒，下令誓一旦擒賊，賊決死戰，有辛跳上賊船，

幾擒牽者再。牽奴林阿小素識長庚。暗中由蓬窗出火槍，中長庚胸而薨。

長庚死事上聞，仁宗上諭有「覽奏心搖手戰，震悼之至」。更錄其後事；「本傳」：

長庚無子，養同姓子廷鈺為嗣，襲伯爵，授二等侍衛。道光中出為南昌副將，累擢浙江提督，因病不能巡洋，奪職家居。咸豐初治本籍團練，迭克廈門、金島、仙游，授福建提督，尋以誤報軍情解任，仍會辦團練，十一年卒。孫經寶，襲爵。

海盜甫平，教罪復起，竟直接進攻宮廷，稱為「林清之變」，以主事者名林清；又名「癸酉之變」，以發生之時在嘉慶十八年癸酉。禮親王昭槤曾身歷其事，所著「嘯亭雜錄」卷四記「癸酉之變」特詳，茲分段分錄，並詮注如下：

有林清者，本籍浙江人，久居京邸，住京南宋家莊，幼為王提督柄家僮，隨王於苗疆久，頗解武技，彼教推尊為法祖。頎身鬖面，髯張如蝟，自以智謀過人。掌教久，積銀米，家頗富，遂蓄不軌之志。大內太監多河間諸縣人，有劉金、劉得才等，其家素習邪教，選入禁中，遂與茶房

楊進忠等傳教，羽翼頗眾，因與林清交結。

按：「彼教」者白蓮教，亦名天理教，又名八卦教，以卦名八字分股。太監多河間府人，自明朝即然，據唐魯孫先生云：主要原因爲其他多家藏秘傳的「去勢」好藥之故。

會辛未秋，彗星出西北方，欽天監奏改癸酉閏八月，於次年二月，諸賊以爲豫兆，又其經有「二八中秋，黃花落地」語，遂附會其說，謂本朝不宜閏八月，故欽天監改之，不知康熙戊戌已有之也。

按：嘉慶十六年辛未春，有星孛見紫微垣，教匪謂應在二年後的九月十五日。據「嘯亭雜錄」則知應在十八年閏八月十五日；以改閏於十九年二月，故成爲九月十五日。民間向有「閏八月動刀兵」之說，康熙戊戌爲十五年，尚之信起兵廣東；圖海敗王輔臣於平涼；康親王平耿精忠；鄭經又兵逼福州，固爲刀兵最烈的一年。以後則庚子年義和團之亂，亦爲閏八月，此亦不可思議之事。

楊進忠頎而長，面目凶險，以鑄軍器為己任，暗於宣武門外鐵市中鑄刀數百柄，林清結黨數千人，其中祝現、屈五、劉第五、劉呈祥、宋進財、陳爽、李五等為巨魁，暗約於九月十五日午時入禁城起事，漢軍獨石口都司曹倫，侍郎曹寅後也；家素貧，嘗得林清助，遂入賊黨，命其子曹福昌連不軌之徒，許為城中內應，福昌欲於十七日起事。

以是日上駐蹕白澗，諸王大臣皆往迎駕，乘其間也。而林清狃於經言，未改期，欲聚數百人入。諸逆監以為大內地不廣闊，難容多人，妄恃林清果有邪術，可致勝；清又倚諸內監諳熟禁中路為導引，遂以二百人為額，皆市井無賴。初無智略，謀又不秘，頗為人知。

林清常步行街衢，風開其袂，露懸坎卦腰牌，為市人所見；又於街肆沽飲，醉後露天大逆語，有司皆以株連太監，不敢究。

祝現者，本豫王府包衣人，居桑岱邨，充豫府莊頭，家頗富；弟祝富慶頗不善兄所為，知返期已決，奔告豫王，豫王裕豐初欲舉發，旋因於壬申年上閱南海子日，王亦曾寓林清家，畏罪不敢奏。

盧溝司巡檢陳某，因居民逃竄，訪知其謀，於數日前申報宛平縣縣令某，已有僉派弓兵會同前方擒剿之札，既而不果。步軍統領吉倫，貪吏也，營員久已申報，吉倫以事干禁禦，不肯究。數日前方攜酒遊西山香界寺，吟詠竟日，託言迎駕白澗，是日騶從出都門，有左營參將某，攀輿以告

曰：「都中情形，大有叵測，尚書請留。」吉倫屬色曰：「近日太平如此，爾乃作此瘋語乎！」揮與竟去。

按：曹倫非曹寅之後，前人已有考證。教匪事先煽惑，仁宗或已有所聞，故於是年九月初一，命皇次子綿寧、皇三子綿愷，先還京師。皇次子即以後的宣宗。

如「嘯亭雜錄」所敘，上下顢頇，吏治衰敝，敗象業已大顯。宮中太監竟能勾結匪徒謀反，宿衛王公，所司何事？於此可下一斷語，八旗親貴以嘉道之間為最無用；但嘉慶、道光兩帝，均未覺悟；而文宗之賢以其父祖者在此，恭王賢於醇王者亦在此；肅順被誅而令人同情者更在此！

十四日林清賊分二隊，其東自董邨至者，以祝現、屈五為首，約由東華門入；其西自黃邨至者，以李五、宋進財為首，約於菜市口齊集，由西華門入。正陽門外開慶隆戲園劉姓者亦其黨，曾授逆職為「巡城御史」，是日延李五等人入園觀劇，酣飲竟日，營坊諸官無過問者。

十五日上午，太監劉得才引祝現等入東華門，有賣煤者與爭道，脫衣露刃，為看門官兵覺察，驟掩門，賊喧然出；又陳爽十數人闖入，屈五等皆遁。

如上所述，當時文恬武嬉的情況如見，上博寬仁之名，下無誅戮之懼；幸而猶有學術自由，培養了智識分子自我覺醒的意識，倘並此而無，清朝決無所謂「同光中興」。

禮部侍郎覺羅寶興公（寶興）侍直上書房，甫退直出，遇賊，寶跟蹌奔入。時署護軍統領為楊述曾，漢軍，由參領起家，率數護軍禦之，殺數賊於協和門下，而官兵受傷者無算。

寶侍郎遂命掩景運門，入告皇次子，皇次子從容佈置，命侍者攜鳥槍入，並嚴命禁城四門，促官兵入捕賊。劉得才引二賊入蒼震門，欲手刃太監督領侍常永貴，洩夙忿，為太監劉某擊擒之。

按：覺羅寶興字獻山，隸鑲黃旗，嘉慶十五年進士，選庶吉士，散館留館，以編修在上書房行走。上書房在乾清宮之東，故出內左門，得遇東華門入內之賊。協和門在金水橋之東，而景運門已過三大殿，楊述曾殺數賊於協和門下；寶興命掩景運門，則如外廷賊眾，已盡佔其地。

又「劉得才引二賊入蒼震門」，則將入東六宮。寶興之功不在命掩景運門，而在入上書房門告警。宮中發生如此大事，竟由一偶然相遇之詞臣入告，宮禁廢弛如此，可發浩嘆！

按：東六宮北千嬰門外，南向殿宇五所，名為「乾東五所」，中為「敬事房」，即太監督頷侍常永貴所居，此為劉得才入蒼震門之由。

其由西華門入者，倉促門不及闔，遂全隊入。楊進忠與其徒高廣福引之，尚衣監為製上服處，楊嘗乞其補綴而不與值，司衣者拒之，楊遂引賊入，全行屠害，有老婦數人藏荊棘中獲免。遂入文穎館，殺供事數人。

按：清宮西路重於東路，幸而景運門得及時關閉，否則闖入乾清宮及東六宮，縱不成不了之禍，而有傷國體，動搖國本，其外滑縣之變，恐不能輕易了結。

「其由西華門入者」云云，考諸「清宮述聞」，其路線應為入西華門後，轉而向北，入武安門西的咸安門，首即尚衣監，地為咸安宮的配殿，東西各三楹，地處偏僻，故荊棘叢生，「老婦數人者」，自為縫紉女工。

咸安宮後殿為實錄館；而尚衣監後殿有二層樓宇，即為文穎館，嘉慶十一年設。「皇清文穎」開館纂修不常，第一次在康熙四十八年，設於翰林院清秘堂西齋房，此為第四次；翰林多，故校

文之士無處容身，不得已與補綴之婦為伍。

陶編修（梁）方校書，聞門外履纍然；突問曰：「金鑾殿在何所？」陶僕某方提茶碗至，以身障陶，賊傷數刃；陶得以免。賊遂叢集隆宗門，門已闔。有護軍某知事急，懷合符於身，亦被數刀；蹷然臥階下，合符得以保全。

按：隆宗門與景運門相對，為乾清門西東兩翼門；為大內第一緊要所在，因一入隆宗門，即為軍機處。乾隆四十七年大學士、尚書等會奏：

自王以下，文職三品、武職二品以上大員，並內廷行走各官所帶之人，准其至景運門、隆宗門外，在台階下二十步外停立。

又「嘯亭雜錄」記：

景運、隆宗二禁門，非奏事待旨及宣召，雖王公大臣，不許私入。

上兩記，雖以景運、隆宗並稱，似無軒輊，但觀乾隆十一年上諭：

嗣後凡官物出門，俱向敬事房、景運門給票照驗。

由此可知，太監及內務府人員不准由隆宗門出入；則兩者之地位可知。皇次子（宣宗）本在乾清宮東的上書房，得覺羅寶興報警，並閉景運門，無後顧之憂，始得退至西面閉隆宗門。後世論此役，寶興之功不可沒。

「合符」當為宮鑰；非符節。賊至閉門，雖有符節，安所得用？

賊由門外諸廊房踰牆闌入大內，皇次子立養心殿階下，以鳥槍擊斃二賊；貝勒綿志亦趨入，隨皇次子捕賊。有二賊潛入內膳房，屋中眾內監擊殺之。

按：仁宗次子爲中宮所出，早於嘉慶四年四月，即已密建儲位，因有此功，恩旨封智親王，增俸一萬二千兩，並賜所御散子鳥槍曰「威烈」，直可謂之中外古今「獵槍之王」。貝勒綿志爲高

宗第八子儀親王永璇長子，亦因此加郡王銜。

諸王大臣聞變，皆由神武門入。余在邸方奕，聞變驟馬入，至神武門，莊親王（綿課）、貝子（奕紹）先後至，聞賊聚攻隆宗門；納蘭侍郎（玉麟）方迎駕歸，短衣跣跗入，集城隍廟門前；時官兵至者未逾百人，餘皆僕隸；眾錯愕無策。

按：「余者禮親王昭槤自稱。貝子奕紹爲高宗長子永璜之孫，後襲定親王者。「納蘭侍郎玉麟」自是明珠之後，以戶部左侍郎兼步軍左翼總兵；九月十六日與步軍統領吉綸同被革職；此在雍乾兩朝，非畢命西市不可，在康熙朝亦不能僅得革職處分。仁宗之仁，婦人之仁而已。

鎮國公（奕灝）勇士也，掌火器營事。因曰：「今日火器營官兵，皆聚集箭亭備揀出征，（時有滑縣之變），可招而至也。」余應曰：「君言大是。」乃騎馬去。鎮國公（永玉）：護軍統領右瑞齡曰：「禁內隘窘，變恐不測，可速備車乘，以備后妃之行。」宗室原任大學士祿康曰：「此何等語！乃敢出口耶？」眾默然。

成親王（永瑆）後至，已被酒；大呼曰：「何等草寇？敢猖獗乃爾！吾手擊之！」因脫帽露

頂，勢甚雄偉。有內監言賊甚凶猛，已攻中正殿門，入者約計二百餘人。蓋即其黨也。須臾奕灝率火器營官兵千餘人，莊王率百餘人並予手數十，從西城跟進；余在後督官兵後至者。副都統公安成，超勇公海蘭察子，少年勇銳，余撫其背曰：「君乃勳臣世蔭，不可有墜家聲。」安乃奮勇向前，遙聞槍聲訇然，知已對敵。

以上一段，分別注釋如下：：

一、鎮國公奕灝爲康熙廢太子胤礽之後，其曾祖名弘瑪，胤礽第十子，乾隆四年襲理郡王，四十五年薨；子永曖降襲貝勒；至奕灝於嘉慶六年降襲鎮國公。火器營在康熙朝爲旗營精萃，至乾隆朝爲健銳營所取代，但仍不失爲八旗可用之兵。其長官設掌印總統大臣一人，總統大臣無員限，於王公、領侍衛內大臣等人中特簡。奕灝爲掌印總統大臣。

二、箭亭在景運門外文淵閣之後，初名射殿。向例武進士殿試武藝，即在箭亭之前，所以亭內設有御座。

三、滑縣在河南，「滑縣之變」即爲「癸酉之變」的一部分，發生於九月初九、警報至京，正謀派兵征剿，因在箭亭挑選官兵。

四、祿康爲宗室，正藍旗人，原任東閣大學士兼任步軍統領，嘉慶十六年六月，以包庇輟

伏，家人設局開賭降調為正黃旗漢軍副都統，上諭中有：「祿康前在步將統領任內，因其賦性軟弱，特換文寧管理，嗣因文寧降調，一時簡任乏人，仍令祿康兼管，於地方應辦事件，一味廢弛，毫無振作，罷（疲）軟無能……時常患病」等語，這樣的人，早就應該投閒置散，而當時保有的差缺，計有：「內大臣，東閣大學士，管理吏部事務，步軍統領，稽察欽奉上諭事件處，經筵講官，閱兵大臣，管理戶部三庫事務，崇文門正監督，國史館總裁，管理右翼宗學，管理西洋堂」之多。

內大臣備顧問之職，可參密勿；東閣大學士在內閣非首輔，而既管吏部，又兼步軍統領，為文武兩大要差；管理戶部三庫（銀、緞匹、顏料）及崇文門監督，則為肥差；即「稽察欽奉上諭事件處」這個差使，亦似閒而實有權可弄，如此頭銜，嘉慶一朝的吏治，以及國事必將壞於八旗親貴之手，早露明兆。

五、中正殿在大內西北角。慈寧宮後春華門以北，以次為雨華閣、寶華殿、中正殿，皆為佛教密宗的道場，惟雨華閣、寶華殿之間，別於西偏設梵宗樓，供奉文殊菩薩；此自與聖祖奉孝莊太后朝五台，以及世祖擬在五台山出家有關。中正殿則喇嘛「跳布札」之所，即所謂「打鬼」。打出之「鬼」為一草偶，送至神武門外，故別有一通路，此所謂「已攻中正殿門」，殆指此通路。

六、海蘭察封一等超勇公，歿後由長子安祿承襲，嘉慶四年卒；安成為安祿之弟。嘉慶六年承襲，其時任火器營副都統。

有數十賊入慈寧宮伙房，莊王同安成、奕灝先後追至隆宗門，賊首李五方欲縱火，莊王率眾擒之，獲數賊。餘向南遁。時副都統蘇公（爾慎）、鈕祜祿公（格布舍）方奉命南征，入京整行裝，聞警趨入，亦首先殺賊。侍衛那倫者，太傅明珠後也，少時家巨富，滌面銀器，日易其一，晚年貧窶；一冠數十年，人爭笑之。

是日應值太和門，聞警趨入，有勸其緩行者，那故迂直，曰：「國家世臣，當此等事，敢不急赴所守耶？」急趨，至熙和門，門已閉；徬徨間，適賊蠭至，遂被害。

按：所謂「慈寧宮伙房」，意指御膳房；地當慈寧宮之東，隔一長街。其北即養心門，門內養心殿。御膳房南牆東隅，在隆宗門內者，即軍機處。養心殿之名，沿明之舊未改；明宮史載：「養心殿之南有祥寧宮，宮前向北有無梁殿，為嘉靖中煉丹藥之所。」

侍衛那倫為明珠之後，疑出納蘭性德一支；若揆敘，則其子孫食先人餘蔭，至道光中始盡，見鄧之誠「清詩紀事初編」。

高廣福雜賊賊中，引賊由馬道上城，腰出白旗招展，或書大明天順；或書順天保，民皆以白布裹首，呼號於雉堞間。奕灝、蘇爾慎上城驅逐，高廣福持旗呼眾，奕灝射之，自城樓墜殞。

按：此「城」即紫禁城。

御書處蘇拉某，導李匱御刻石搨間。余督後兵自武英殿複道進，理藩院員外郎岳祥，海蘭察婿也，甚勇健，與余遇，願從殺賊；時賊有迎拒者，鑲藍旗護軍校常山以槍擊之，墜於御河，山即下河擒之。眾愈踴躍，擒斃賊數十。賊有自投御河斃者；有匿於城堞草中者，有匿於五鳳樓者。

按：此為禮親王自敘其在紫禁城西華門至午門之間的「戰功」，午門門樓名「五鳳樓」。

天將黑，與禮部尚書穆公（克登阿）遇，穆曰：「天已昏黑，奈何？」余曰：「今十五，夜有月。」蓋安眾心也。穆不解余意，曰：「月光終不及日光。」余急指心以示；穆乃曰：「月光

固皎如畫也。」莊王等皆入隆宗門內。余念西華門為賊突入之所,恐其乘夜奪門出,因率火器營兵數百屯於門側。

按:此時宮內指揮平亂者,似是成親王永瑆。詳下:

會成王命護軍統領石瑞齡;義烈公慶祥;散秩大臣綿懷;副都統策凌,分守四禁門。

四禁門即午門、神武門、東華門、西華門,此時以西華門為緊要所在,由義烈公慶祥守護。詳下。

慶公(祥)乃率其所管正藍旗護軍營弁兵至西華門,會英誠公(福克津),原任禮部侍郎哈凝阿皆至;慶固多智,其營參領趕輿,為緬中降賊德森保之子,勇健思幹蠱,與余露宿馳道上。

慶祥之祖名那木札爾,蒙古正白旗籍;乾隆二十一年以平定準噶爾軍功,封三等義烈公。慶祥於嘉慶十六年襲爵,為正藍旗護軍營都統。福克津在「清史稿」作富克錦,超等英誠公揚古利

八世孫。

至五更月色皎潔如畫，余與慶公命岳祥率數十兵上城巡眺。慶公又命長槍手數十，拒守西華門洞中。夜間寒風凜然，內務府衙中，尚有侠賊砍某郎中肩逃去。大城大柝聲叢雜，竟夜不絕。

蓋玉念農侍郎（麟）率步兵巡邏甚嚴密。

天將明，忽暴雷雨，軍士火繩俱滅，閒五鳳樓中有人聲；余命火槍齊發，然雨勢甚大，因退屯咸安宮門下，兵弁無不怨雨非時者。後始知是夜逸賊匿五鳳樓，欲於是時縱火突出，會雨滅其火種，固國家無疆之福也。

按：前云奕灝、蘇爾愼上城逐賊，奕灝箭中高廣福，墜城而殞。觀此，則知僅此一箭之功而已；判斷此爲李五攻隆宗門不得手，南遁至午門，盤踞五鳳樓中。此爲禁中最高之處，得此可以控制內外；匪徒內奸如稍知謀畫，以宿衛之鬆弛，王公之顚頇，大可預藏一批火器於五鳳樓中，則後果不堪設想。

天明有南薰殿人報其中有賊者，余率兵立土墩上，指揮數十人入群房，有正紅旗火器營護軍

檢福祿，冒險入擒數賊出；賊攀樹踰垣，亦為兵弁所獲。有史進忠者，人甚黠，余命岳祥以善語誘之，始言姓劉；蓋以劉得才為可恃也。

久之始得林清名姓，及李五、祝現率眾入西華門諸故，王曰：「適奕公（灝）亦於錫慶門前訊問陳爽，供與之合。」余因與之籌畫兵食。王�011頷曰：「內務府倉中，現不發糧。奈何！」乃命余護衛向街巷中市餅餌，聊充竟日餐。

按：南薰殿在紫禁城西南隅，為收藏歷代帝后聖賢功臣圖像之處。所謂「群房」指「御書處」；入西華門，北為咸安門，南有平房四十三楹，康熙二十九年立為「文書館」，後改今名。

凡御製詩文法帖，須摹勒上石者，均歸御書處承辦；其臣工所書，奉旨石刻者，亦交該處。

房後空地，宛如碑林，前記「御書處蘇拉某，導李五匿御刻石揚間」，即指此。

「籌畫兵食」一段，足見內務府之腐敗不識大體，已至不可救藥的地步。宣宗即位後，痛加裁抑，即由於飽受此種刺激之故。

戶部侍郎宗室果齊斯歡至，衣襟盡血，云「適巡至五鳳樓，見一賊匿於扉側，往擒之；賊挺刃至，余手刃之。」氣甚壯，果為壬戌宗室進士，不負干城裔也。因耳語余曰：「聞有內監通賊

者，王勿淺。」

天霽，余親同岳祥上城巡視，見正紅旗兵列營西華門，軍營甚肅，余憑堞問之，乃康副軍

（修）隊也。午間莊王親散餅餌，數人共一枚，不足充饑。余與慶公議，修書寄家，命運米數十

石入，供軍食。從門隙投出，自晚米始至，軍士飽餐。

按：既能「市餅餌」，何不能修書召糧？此似難解。於此可知，四禁門實已緊閉，所謂「向

街巷中市餅餌者」，為窮苦太監蘇拉，在禁城中作小買賣，向來為供給朝官僕從充饑之用，而此

時竟成軍糧所資，亦大奇事。

又，西華門、午門，固宜緊閉；東華門、神武門則重兵把守，嚴司出入即可，何致於欲從宮

門出片紙，彷彿紫禁城已為大軍所重重圍困，即突圍求援亦甚難者。真不可解之事。

日落時有火器營參領札某入御書處。

巡視「闈石隙中有人語，出呼兵入；慶公命趕與持刀首入，眾兵弁隨之。余與慶、福二公拒

其門，賊出門，官兵踴躍擒捕，凡擒二十四人，首謀之蘇拉亦與焉，余訊之，戰慄無人色。李五

甚狡捷，與官兵格毆，被傷甚重，是夜斃。

黃昏時詭言有賊犯西長安門，慶公與余列隊以行，兵士有驚詫者；余欲正法，乃帖服。久之始知為古北口提督馬瑜，率兵由密雲至京；城北塵土蔽天，致有此詭。晚間莊王入，督領侍常永貴擒劉得財數人出，皆俯首服罪，此十六日也。

以上寫十五、十六兩日，宮內的情形；以下補寫仁宗在行宮聞警的處置。

此日昧爽，上遣和碩額駙超勇親王拉旺多爾濟；和碩額駙科爾沁郡王索特那木多布齊；固倫額駙固山貝子瑪尼巴達爾；大學士託公津；吏部尚書英公和，先後入京，蓋於路聞警報也。命八旗都統各於界域中擒捕逆匪，各都統聞命皆趨出，惟成、莊二王及奕灝、安成等數人未動，殊有識。

莊王已將林清名姓居址，密札告玉侍郎麟；曾英公和至，已授步軍統領，命番役張鵬、高得明二人往宋家莊擒捕林清。有宋某舉發其事，因命為引導。

按：仁宗是時駐蹕白石澗行宮，距京師甚近，十五日聞警後，於十六日昧爽，派出上述五人，皆仁宗所視作與國同休的國戚重臣；而皆為滿蒙旗人，此非以為漢大臣中無安邦定國之材，

只以造反之教匪、太監皆爲漢人，故派滿蒙重臣處理，此狹隘的種族觀念，惟嘉道兩朝有之，終於激起洪楊之亂。

清朝諸帝，嘉道兩帝宅心之厚，遠過父祖，而才具亦遠遜，此眞無可奈何之事。

此五重臣於嘉慶後期頗具影響力，介紹其簡歷如下：

一、和碩額駙超勇親王拉旺多爾濟，即雍正朝建立大功的策楞之孫，乾隆三十五年尚高宗第七女固倫和靜公主，公主爲嫡出，策楞尚聖祖第十女，爲世宗妹婿，故拉旺與和靜公主爲表兄妹，乃仁宗的姊夫。

二、和碩額駙科爾沁郡王索特納木多布齊，尚仁宗第三女莊敬和碩公主。此人爲孝莊太后之兄科爾沁達爾汗巴圖魯親王滿珠習禮之後，清朝國戚第一家。他的承繼之子，即是僧格林沁。

三、固倫額駙固山貝子瑪尼巴達爾，亦爲蒙古博爾濟吉特氏，禹土默特部。

按：上述三人所尚公主，皆早薨，年齡一爲二十、一爲三十一、一爲二十八。明清公主類皆妙年辭世，得享中壽，已屬罕見，惟世宗幼女建寧長公主薨於康熙四十三年，得年六十三爲最高。主所尚者爲吳三桂之子應熊，夫婦感情甚篤，康熙十四年爲聖祖所誅，公主寡居至是，幾三十年。此眞所謂「不幸生在帝王家」，與明思宗長平公主的遭遇，皆可令天下有心人同聲一哭。

又：公主薨後，公主府由宗人府收回，府在石虎胡同；前明宰相周延儒賜第，而賜自盡於

此；吳應熊又死於非命，此府第乃成有名凶宅。

雍正初撥爲右翼宗學；其旁爲正黃旗義學，曹雪芹執教於此，因得與英親王阿濟格之後敦

敏、敦誠兄弟締交。附識於此。

四、托津，姓富察氏，滿洲鑲黃旗人，筆帖式出身，官至東閣大學士，道光十一年卒，諡文

定，托津事理明白，在旗籍大員中便爲長才，故得入祀賢良祠。

五、英和，字煦齋，索綽絡氏，滿洲正白旗人，少有雋才，乾隆五十八年翰林。其父觀保爲

尚書，曾拒婚和珅，因而仁宗重用英和，嘉慶九年，成進士不過十年，即爲翰林院掌院，前所未

見；值書房，值軍機，寵信備至。後以與大學士劉懽之爭權，降調；十三年復入軍機，寵信旋

復，此時接任步軍統領。

由東華門潰散者，已歸告林清；清猶冀曹福昌之黨應承於十七日起事者，或可僥倖，因未

遁。

黎明，張高至其家，扉尚闔；張高扣扃久之，林清燕服出，張鵬僞告曰：「城中事業有成，

奉相公命，延請入朝。」清大喜過望，欲登車；其姐闖然出曰：「事吉凶未可知，不可獨往。」

張高等推婦仆地，遂驅車返，婦跟蹌歸，命數十人追之，車已入南苑門；門隨掩。追者無及。

按：漕幫文獻載：「山東金丹八卦教教主林清，與河南八卦教教主李文成，締結共同反清，約期舉義。林清乖覺，恐在山東舉事，愈爲清廷檄調南北各省防營會攻，徒黨必不能勝，反將數十年經營心血，盡付流水；由此與高雲生計商，費用珍奇寶貴物品，賄通高廣福、劉金兩太監，誘之入教，旋令就宮中殺死嘉慶及皇太子等，俾利號召。劉、高至此，俯首聽命。」

但如「嘯亭雜錄」所記，則林清爲一懵懂無知之人；反不如其姐有宋太祖之姐之風。顧頑官兒糊塗賊，如此宮廷喋血的嚴重事件，形同兒戲，此爲乾隆以前絕不可能有的事。

是日傍午，忽傳上自燕郊迴鑾，逾時遍禁城皆知；貝勒（綿志）持鑰立東華門樓上佇望，景運門皆洞開。久之杳然。蓋即福昌之黨所爲也。余方假寐，聞之不及著靴趨出；慶公曰：「事關巨大，我等有守城責，不可擅離，恐有他故。」

余是其言，諸王大臣於各偏僻處收捕，先後又得十數人。有劉姓者縛臥隆宗門側，自怨自艾曰：「吾早言是物凶狠，終不能成事。若輩不聽好語至此！」可見賊眾皆烏合。然始終不獲祝現、劉呈祥二人，或曰死於東華門，著青衣者類呈祥；然無左驗。至祝現蹤跡詭密，不可深詰。

按：曹福昌散布回鑾的消息，意在促使王公大臣出城接駕；禁城一空，復有機可乘。故慶祥以有守城責，不可擅離為言，不受其欺。

是日諭旨至……擇十九日回鑾，命諸王大臣毋庸遠接，以靖人心。是日莊王率兵出巡九門歸，人心稍定。

晚間驟聞禁城外喧嘩聲，俄滿街訛言，太平湖業經接戰；又言西長安門已破，人聲沸騰……俄有冠五品頂戴花翎人驟馬至云：「欲調官兵出禁城禦賊。」詢之，即趨去。又有騎白馬人沿街傳呼有賊，蓋即福昌黨羽，期於是夜舉事者。……至夜半人聲漸息，實無一賊。

以上為九月十七日事，謠言滿天飛，皆為曹福昌之輩的疑兵之計。手段甚拙；奈官兵更為顢頇。

以下敘十八日事：

次早北風淒緊，日色無光，士皆披裘立，尚寒慄無人色。所擒賊有凍斃者。至晚，刑部始命司員錄諸賊生供，啟神武門遞送於獄。

按：已無一賊，猶閉禁門。禁城之外如何，不聞不問；如真有大規模匪徒作亂，內城、外城百姓遭殃，亦無人保護。此真要下「罪己詔」了。

明日余同諸王公迎駕朝陽門內，常服掛珠，用兵禮也。辰刻，上乘馬入都，夾路士卒欲拜，上撫御士卒，緩轡入宮，即下罪己詔，眾王公大臣集乾清門跪聽，皆不禁嗚咽失聲。上立開內外城諸門以安人心，特賜將士食，命侍衛等視食半，然後覆命。又命莊王及貝子奕紹等，入太廟社稷諸宮殿，搜捕餘賊。

按：自九月十五日至此，凡五五日，惟捕獲林清及仁宗回宮後所作處置等兩事，差強人意。觀乎「夾路士卒欲拜」之語，民心並未渙散，國運雖已由盛而衰；但由衰而亡，尚有一段時期，此即所謂「深仁厚澤」。如民心積怨已深，則一遇此種情況，危亡立見。

次日，召王公大臣於乾清宮，面諭：「近日諸大臣因循怠玩，有為朕宣勞者，眾必陰擠毀之，以致有此大變。」余首奏曰：「皇上此言真切中今日之病，臣等世受國恩，使今日有此事，

真愧死矣！」上首肯者再。

按：仁宗所諭，「有爲朕宣勞者，眾必陰擠殺之」，即指前引文中所謂「己巳春，同鄂羅哩共傾廣賡虞侍郎」一事。

廣賡虞名廣興，乾隆中葉首輔文華殿大學士高晉第十二子。此人的出身（以貲補官，即捐班）、才具、性格與遭遇，絕似光緒朝的張蔭桓。「嘯亭雜錄」卷七記其人其事云：

少聰敏，熟於案牘，對客背卷宗如瀉水。官祠部時，王文瑞公識爲偉器，洊升給諫。嘉慶己未，首劾和相貪酷，上嘉其直，遷副都御史，今掌川中軍需。時用兵數載，司事者任意揮霍，不復稽核；侍郎力爲裁核，月節糜費數十萬，當事者恨之，以騷擾驛站入奏，上優容之。又與魁制府倫互詰劾，乃降補通政卿。

逾年復任刑部侍郎，同僚多輕之；侍郎閱數稿畢，即大聲曰：「誤矣！」眾詢故，侍郎曰：「某條實有某例，今反稱比照某條；其實無正例者，反云照例云云。未審諸公業經寓目否？」上頗加倚信，侍郎亦慷慨直言，召對每逾數刻。猶憶甲子冬，余與侍郎先後入對，親聆玉音曰：「汝與初彭齡，皆朕信任之人，何以外庭怨恨乃爾！」侍郎俯首稱謝。

按：初彭齡，山東萊陽人，乾隆南巡召試賜舉人出身，於四十五年成進士，入翰林，性偏急，爲當時有名的直臣；所至多忤，屢躓屢起，但情操素著，故得善終。

「嘯亭雜錄」又記：

有內監鄂羅哩者，少爲純廟近侍，年七十餘，嘗至朝廊，與侍郎坐語，頗以長輩自居。侍郎怫然曰：「汝輦閣人，當敬謹侍立，安可與大臣論世誼乎？」鄂恨入骨。會內庫綢緞霉敗，鄂即奏侍郎私行抽換。上命鄂出告侍郎；鄂出，漫言之，侍郎不知爲上旨，坐而辯之。鄂入奏其坐聽諭旨，上怒，削職家居。

按：廣興此時尚兼內務府大臣，所以綢緞出了問題有責任。「嘯亭雜錄」續記：

於是，素與侍郎不協者，蠭起媒孽其短，河南、山東二撫復交劾之。上親訊日，尚欲緩其獄，侍郎未省上意，辯論不休，初無引罪語；又贓款有實據，上怒，遂置之法。仁宗謂「陰擠殺之」，則知廣興之死，鄂羅哩發難，而朝官落井下石，大有人在。

又諭曰：「前日朕聞報時，即命回鑾；皇父陵寢，在咫尺間亦不能謁。前訛言有賊三千直犯御營之語，朕諭御前王大臣不必驚懼，俟賊果至，汝等效死禦之，朕立馬觀之可也。」因又諭曰：「我大清，以前何等強盛？今乃致有此事！皆朕涼德之咎。」眾皆嗚咽痛哭，叩首請罪。

成王因言皇上若此聖明，百姓不能愛戴如父母，何至反為寇仇？此必有致禍之根，容臣密奏可也。上曰：「兄可急繕奏聞，王大臣中如有能攄忠悃者，可繕摺以對，待朕裁定。」眾叩頭謝。上又曰：「此中亦真有為朕出力者，朕實知之，不必因此生怠也。」眾又叩首出，時有欲合辟邪丸藥使諸內監服之，以卻其邪謀者，上笑而不答。

成親王永理所奏，語意曖昧，其後亦不聞密奏中作何語？參詳當時宮中情況，成王之所謂「此必有致禍之根」，指內務府而言。高宗既為包衣女子之子，所以妃嬪亦以出自內務府者居多，孝儀純皇后魏佳氏；慧賢皇貴妃高佳氏外，又有純惠皇貴妃蘇佳氏，生皇六子永瑢；慶恭皇貴妃陸氏；淑嘉皇貴妃，即生儀親王永璇及成親王永理。可知內務府包衣中，皇親國戚不少，成尾大不掉之勢。

而如前文所記，宮中方在拒敵，內務府竟不發糧，以後亦不聞追究其事；其城狐社鼠，盤踞禁中的情況可知，故成親王竟致殿廷之中不敢明言，必須繕摺密奏。

是時額駙拉旺多爾濟等，奉旨率健銳營往剿東董邸及宋家莊諸處賊，已棄巢逃竄。超勇王遂焚其室。巡城御史曹恩綬、陸泌，奉旨遣偵者巡邏於右安門，獲太監楊進忠家書，始知其通逆。蓋伊引賊入，見莊王率勁旅至，伊即逃入直房，閉門晏寢；至是事定，始遣僕通信與其家，乃被獲，實天意也。上命承恩公和公（世泰）至其家搜刀布出，乃伏法。

二十三日上御豐澤園親訊逆黨，諸御前侍衛佩刀環立，威儀甚肅，上命莊王、超勇王坐御座側，引劉進才、劉金至，上問曰：「汝等皆朕內侍，朕有何薄待汝？乃萌此逆謀！」二賊俯首稱主子饒命者再。上笑曰：「汝既順林清，何知君上？」二賊無詞。上命夾打畢，牽去。

復引林清至，上問其何故蓄逆謀？林清曰：「我輩經上有之；我欲使同輩突入禁門，殺害官兵，以應劫數。」上又訊問其黨，清曰：「有包衣人祝現，為黨中巨魁；上回顧刑部諸臣，問祝現何在？尚書（崇祿）奏曰：「業經正法。」侍郎宋公（鎔）奏曰：「尚未緝獲。」上首肯之。

顧莊王曰：「外聞言太監皆叛，今日審明，除此數逆外，非盡叛也。」玉音申諭者再，蓋安反側心耳。因命將林清等即正法。余是日亦佩刀隨往，後有妄言林清有諸邪術，悖逆不服之言，皆齊東語。

按：崇祿爲刑部尚書，宋鎔爲刑部侍郎，一謂「業已正法」；一謂「尙未緝獲」，則崇祿欲將大事化小，小事化無的心態如見。

復觀仁宗一再申諭以安反側之心的態度，可知內務府內問題之嚴重。祝現始終未曾緝獲，後亦不聞再追；其匿居之處，疑在崇文門外板井胡同「米祝」家。

「天咫偶聞」記：

崇文門外板井胡同，祝姓人稱「米祝」，自明代巨商，至今家猶殷實；京師素封之久者，無出其右。祝氏園向有名，後改茶肆，今亦毀盡。

「祝家園」在清初每見諸詩人筆下，據說遊三十日不盡，其深密可想。園毀在道光以後；當時容同姓的祝現藏匿，並以其雄厚的財力予以庇護，固有可能。

步軍統領、五城御史等陸續捕獲從逆賊黨，上優賚升擢有差。革吉倫、玉麟職。其日未及入禁城之大臣，大學士劉權之、刑部尚書祖之望、禮部尚書王懿修等，皆命致仕。

按：劉權之、王懿修、祖之望三人，年齡皆在八十左右；禁城有變，要求此輩老臣赴難，斯亦太過。劉權之與英和不睦，英和既見用，自必趁機排擠。王、祖不過「陪襯」而已。祖之望諳於刑名，如治此獄，必嚴加推究；旗下大老既然顢頇不欲多事，則祖之望之去位，亦為勢所必然之事。

在京大臣，亦有視如無事，而有人以鎮靜目之者。「清朝野史大觀」有一條云：

董文恭相國諱誥、曹文正相國振鏞，嘉道兩朝名臣也。文恭盛德偉望，朝野欽仰，嘉慶十八年天理教匪林清遣賊入禁城為亂，上幸熱河，聞變，近臣有以暫行駐蹕之說進者，文恭力請回鑾，繼以涕泣；而文正在京師，於亂定後，鎮之以靜，幾旬遂安。

時有無名子撰一聯，嘲之曰：「庸庸碌碌曹丞相；哭哭啼啼董太師。」二公聞之，笑相謂曰：「此時之庸碌啼哭，頗不容易。」文恭初加太子太師銜，人有尊以太師之稱者，公輒笑辭曰：「賤姓不佳。」後二公皆加太傅銜。

按：此記微有未諦，曹振鏞本為吏部尚書，劉權之休致後，始得升任協辦大學士。董誥則在嘉慶元年即已入閣，正色立朝，能持大體，不愧為社稷之臣；曹振鏞豈足以相比？

其時內賊雖平，外賊則勢正猖狂。滑縣之變，傳聞甚多，擇其可信者引錄如下：

河南滑縣地鄰三省，易於藏奸，有李文成者，素習白蓮教，為愚民所推服，與林清勾通，相約於九月中起事。有縣吏牛亮臣、主計馮克善皆與謀。又恃有曹福昌、劉得財黨羽內應，有司知者皆不敢舉發。

滑縣知縣強克捷，陝西韓城人，中戊辰進士，性忠戇，乃收捕文成於獄，根究結黨逆謀，上司有阻之者，強不為撼。牛亮臣、宋元成遂結黨賊眾於九月初九日劫獄入署，強聞變，朝服立於堂以大義責之曰：「汝輩皆朝廷赤子，奈何崇信邪教，甘謀不軌？自古幾見有紅巾為帝王者，乃為此滅族之計，吾為汝父母，代汝悲也！」眾感其惠不忍戕。

宋元成首犯強公，因屠害家屬數十人，其媳徐氏，賊欲犯之，徐瞋目大罵，怒嚙賊背，賊怒醢之，劫文成出獄，遂據城叛。欲結隊北上，有教諭呂某佯降賊，因詒之曰：「昔川楚教匪蔓延九年，所以終為官兵撲滅者，因不據城池無所守故也，今可閉關自守，以待他郡救援，然後會師北上，始保萬全。」賊信其說，遂屯兵道口諸村堡為聲援計。

按：強克捷事先得一書辦告密，曾請河南巡撫高杞、衛輝知府郎錦騏發兵掩捕；高、郎都怕

事，置之不理。強克捷迫不得已，先發制人，於九月初六日逮捕李文成，及同黨二十四人繫獄。

李文成的腳筋已被挑斷，雖被救而行動不便，亦爲不能北上響應林清的原因之一。

滑縣之賊所據的道口，爲運河上的一個重要碼頭，有積糧可據以號召鄰近各州縣。而直隸總督溫承惠督師大名；河南巡撫高杞勒兵滑縣，皆存觀望；山東巡撫同興，奉旨剿捕，竟不肯發兵。

平川楚教匪曾建大功的劉清，此時任山東運使，向同興力爭，方得領一支兵進剿曹州之賊，總兵陳某爲而居後作策應。奏報中山東戰績特佳，同興曾蒙獎勵，其實坐享其成。

直督溫承惠本膺「欽差大臣」的名義，以觀望無功，詔以陝甘總督那彥成代溫爲欽差，節制直隸、山東、河南三省兵剿賊。

那彥成爲阿桂之孫，頗蒙倚任；奉詔後，先請調禁軍及西安、徐州守軍助剿；及至衛輝，聽說匪徒聲勢浩大，又請調駐山西、甘肅、吉林的索倫馬兵五千人，等援軍到達，再行進剿。奉旨：遠道徵兵，非數月不能到達，任賊蹂躪，束手坐視，嚴加申斥。幸而楊遇春得力，又有劉清爲助，至十一月各縣皆收復，只有滑縣未下。

此一地區，自古以來就是黃河肆虐之處，所以城池堅固高大，以防水浸；滑縣城周九里，在

衛輝府所屬各縣中最大亦最堅厚，教匪運道口積糧入城，脅迫居民堅守，一直未下。城外紅頂花翎如雲，欽差大臣那彥成親自督師；他的副手是固原提督楊遇春；而楊芳則以西安鎮總兵丁憂服滿進京，道出河南，適逢其會，爲那彥成奏留，調補河南河北鎮總兵。平川楚教匪的名將，一時皆集，只爲對付一個李文成；殺雞大用牛刀，李文成便想開溜了。此役楊芳功特大。

「清史列傳」本傳云：

十一月進圍滑縣，賊目劉國明挾李文成以出，將西走太行，芳與副都統特依順保，以精騎邀擊之，賊遁輝縣，據司寨。芳等伏騎白土岡，羸師當賊；賊空壁來犯，伏兵突起，斬二千五百級，得旨嘉賚。

是戰也，賊遇伏走山上，殊死鬥，官兵畏賊鋒有退者，芳拔佩刀立砍數人，眾效死，遂大捷。乘勝壓賊壘，以火攻；劉國明挾李文成上碉樓，舉火自焚。翌日致文成之屍於滑縣，傳首山東、河南，軍威大振。

滑縣之役致捷分兩部分，第二部分攻城，亦由楊芳定計挖地道。楊芳傳又云：

官兵急攻滑縣，為地道以入，賊覺而先備至。芳至，佯掘新道而仍穴其西南，實深入城際，

火藥，賊不之覺。十二月十日地雷發，城陷，滑縣平。

據「清史列傳」楊遇春傳，克復滑縣，殲賊萬餘，生擒二千；救出難民二萬餘，首逆牛亮

臣、徐安幗等解赴京師正法。所謂「殲賊萬餘」，其實為地雷爆發時，被裹脅的良民，玉石俱焚

而已。

捷報到京，大加賞賫，那彥成得子爵；楊遇春得男爵；楊芳賞加提督銜及雲騎尉世職，另外

還有上方珍物頒賜。而軍機大臣則連出差在外，未聞其事者，亦俱加官進爵。

仁宗御下寬厚，最可稱道的是，對於奉公殉職的官員，撫恤極厚；天理教匪起事，能在三個

月內敉平，未成大患，推原論始，強克捷先發制人，並斷李文成之脛，行動不便，指揮遂亦不

靈，曲突徙薪之功甚偉，所以此時復頒上諭：

　（上略）林清、李文成二首逆，因未遂其會合奸謀，是以先後授首，易於拉朽，今全師告

捷，追思強克捷首破逆謀，厥功甚大，而全家慘遭荼毒，尤堪矜憫。前曾降旨，將該員照例賜

卹，尚不足以旌其死事之忠，強克捷著加恩照知府例賜卹，並著入祀京師昭忠祠，交該撫查明伊

尚有無遺嗣，著於服滿承襲世職，送部引見，以示酬獎忠勳，恩施優渥之意。

與強克捷之死相似，雖情節全不相類，而因公遇害，特蒙睿注，為之雪冤恩恤者，尚有一事。此為嘉慶朝有名的一樁刑案，「清人筆記」中記此案者甚多，惟傳說紛紜，茲據「清稗類抄」所載，為之勾稽真相如下：

初淮水陽水災，賑務既已，例委員赴各屬查勘。時即墨李公榮軒，適以榜下知縣分江寧候補，即奉委查山陽縣，攜僕三人首途。既抵山陽，就邑中之善緣庵暫駐；旋遍赴各鄉查得浮開賑戶無數，一一筆錄存之，將為稟揭地也。

公三僕：曰李祥；曰顧祥；曰馬連陞，李最狡黠，得公筆記狀，潛告其友包祥。包祥者山陽令王伸漢之僕也；包得李言，即以告王令。王令懼，謀所以止之，出巨賄令包因李以進公；公怒拒絕之。

王令益懼，因包召李至與商；李曰：「小人能為力而不能為謀；苟謀定有所指揮，小人當效奔走也。」王令喜，授以謀，賄之遣之。他日公勾當事竣將行，王令置酒祖餞，醉歸，渴而索茗不得，良久李始以一甌至。公嗅之有異味，置之。時公已醉極無力，李執耳強灌之；頹然遂倒。

李之受王令謀也，歸而商於顧、馬；顧、馬皆首肯，於是群小起而謀公矣。適所進鴆也。李見公倒，呼顧、馬至燭之；血溢七竅；復懸繩樑間，舉公起縊之。及明，偽為倉惶狀，奔縣署請驗；王令至，驗為縊死，贈棺殮之。此嘉慶十三年十一月初七日之事也。

按：李榮軒名毓昌，山東即墨人，嘉慶十三年戊辰科三甲四十八名進士，榜下即用，分發江寧。凡此「老虎班」照例有州縣缺出，先掛牌派署，然後徐圖調整；若無缺可委署，則有適當差使，亦應派委。

查賑委員向例為候補縣的差使；而冒賑則為公開的秘密，只看州縣官的良心，冒多冒少而已。在這種情況之下，查賑委員，自然亦可分潤。李毓昌既有書生積習，又不知宦態世情，更不識人心險惡，以致惹下殺身之禍。

越十有二日，公叔父泰清自籍至，知公已死；謁王令問死狀？令以縊對。問遺僕？曰：「主死僕散，事理之常，吾已薦之他往矣。」謀歸其喪，令慨然餽百金，曰：「歸宜即營葬事，死以入土為安也。」泰清持喪歸，置棺中堂。

公夫人林氏，賢而慧，無子，公出任後即依泰清居；至是一慟幾絕，思以身殉。夜夢公曰：

「世乏細心人，卿果殉，我冤終不白矣！」醒而異之，詢泰清山陽情形，茫乎不知所謂冤也；妖

夢置之，悲至則叩棺長慟而已。

一日偶檢公所遺行篋，甫啟視即見藍表羊裘一襲，摺皺狼藉，一若倉卒所置也者。提出抖

之，覺襟袖有痕而色異，非油非酒；試濯以水，水色赤，吮而嗅之，其臭腥，審為血也！大駭，

持奔泰清曰：「吾夫其冤也，此物奚而至哉？」泰清審之確，曰：「冤則似矣，然猶未足以為

證。」問若何？曰：「必啟棺驗之，始可信也。」夫人曰：「苟得明其冤，雖啟棺何傷？」

於是剖棺，棺剖而屍見，猶未腐也；而塗石灰，胸際置小銅鏡並符籙等。啟視心腹指尖，皆

作青黑色；濯去石灰，面色亦然，雙拳緊握。夫人大慟曰：「天乎！誰殺吾夫者？吾誓雪此冤。」

泰清曰：「毋然！家尚有男子，此非婦女之事。伸冤吾任之可也。」乃入都控於都察院。

按：清朝刑名制度，凡人民有冤抑，得赴都察院、步軍統領衙門呈訴，名爲「京控」。但必

冤屈之甚者。此案當然合於京控的資格。嘉慶十四年五月十二日上諭軍機大臣，在接閱都察院奏

報案情後云：

朕詳加披閱，其中疑竇甚多，必有冤抑，亟須昭雪，以慰孤魂。李毓昌在縣署赴席，何以於

回寓後，遽爾輕生，當夜自縊？其事已不近情。彼時山陽縣知縣，隨同署知府驗明，換衣棺殮，是否於申報後，由上司派委，抑或另派有同驗之員？總未見該督具奏，實屬不以人命為重，草率因循之至。

按：清朝諸帝中，重視刑名，且能細心推求，衡平判斷，以仁宗為第一。以下所提出的案情疑問及研判，後來悉符事實：

且山陽縣知縣於李清泰領樞時，送給路費銀一百五十兩，未必不因情節支離，欲借此交結見好，希冀不生疑應。又將李毓昌長隨李祥，薦與淮安通判；馬連升薦與寶應縣二處，李祥等不過同僚廝役，何以俱代為安置周妥？其中難保無知情同謀，賄屬滅口情弊。

此案或係李毓昌奉差查賑，認真稽覈，查有弊端，該山陽縣畏其揭報，致死滅口，亦未可定；或其中另有別情，案關職官生死不明，總應徹底根究，以期水落石出。

以上所推測的情節，由出乎常情的疑竇中所得，看來欲蓋彌彰，如論王伸漢薦李祥、馬連升一節，足見仁宗細心，以下是處置：

著吉綸一面將李毓昌屍棺提至省城，派委明幹大員詳加檢驗具奏；並著鐵保查明山陽縣，並

署知府係屬何人？及李毓昌長隨李祥、馬連升、顧祥、山陽縣聽差胡姓家人，迅速傳集，秉公研

審。如得有確情，即將該府縣嚴參，並一干人證，解赴山東歸案辦理。若不細心研究，致凶手漏

網，朕斷不容汝輩無能之督撫，惟執法重懲，決不輕恕。

吉綸為山東巡撫，鐵保則兩江總督。

按：似此刑案，照常例應派欽差至兩江就地審理，仁宗的處理，則以山東巡撫主辦，用意固

在讓山東百姓感激他的聖明；但從另一方面看，並非最好的辦法，因為案在山東審理，民情洶

洶，官方所受的壓力必重，容易失入。

以下為原文所載在濟南驗屍的情形：

檢驗之日為六月十二，暑氣逼人，而屍猶不腐。巡撫以次，眾官咸集，以水銀洗刷，遍體青

黑，毒傷顯然；然官猶未以為信，必令蒸驗。蓋將以難屍親也。

按：驗屍多奉「洗冤錄」為金科玉律；凡中毒死者，以毒物不同而屍首有不同的現象。習用的毒物為砒，生者黃赤色，毒性緩，名為紅砒；演夫冬日赤身入水作業，多有服少量紅砒以禦寒者。

紅砒火煉，煙凝為霜，其色白，此方為劇毒的砒霜。凡中砒霜死者，指甲口唇俱青黑色。此為多少年的經驗法則。

至於「蒸驗」，大致多用於歷年已久的枯骨；倘屍身未腐，而拆骨蒸驗，無異死後更受毒刑，非發生極嚴重的疑難，不用此法；而屍親亦往往寧願含屈，不忍同意。貪官墨吏，因而得以賄縱凶手。據說其時王仲漢「已馳賄濟南，遍賂上下」，故問官「猶以為未信，必令蒸驗」。

屍親有大冤所在，茹痛從之。乃蒸之，剔括而驗其骨，則兩肋兩鎮子（骨）黑如墨；眾官相視愕然。仵作猶為喝報。方伯某頗嚴正，睹此狀知為錢神作用，乃叱仵作欲杖之，始報：「委係被毒身死。」

當吉綸覆命時，兩江已將王仲漢及李毓昌的兩名家人解到京師，時在六月底。以後兩個月中，有關此案的上諭極多；真相亦逐漸明瞭。

原來山陽一縣賑款共九萬九千餘兩，王伸漢侵冒了兩萬三千兩；其中一萬兩分潤上司、同官及各查賑委員，以淮安府知府王轂得銀二千兩最多。出事以後，王伸漢面報王轂，同惡相濟，代為隱飾。

全案大白，獎懲分明，但暴露吏治之壞，已非大加振飭，不足以換頹風的地步。茲錄嚴譴江南大吏上諭如下：

李毓昌身死不明一案，見經訊明⋯⋯案情明確，歷歷如繪，昨已將各該犯按律定罪，分別辦理。乃今據鐵保奏此事，尚稱毫無端倪，欲再加體訪具奏；是其始終憒憒，經朕降旨飭查之後，仍為人所蒙蔽，而摺內尚鋪敘鬼神之詞，以為破案來歷，豈足昭示天下？

不知此案交軍機大臣會同刑部審訊，俱就各犯吐供，先後質對，並未刑求，是以水落石出，毫無疑義，奏書具在，又何庸證以渺茫恍惚之談？

且李毓昌是日歸寓後，被毒身死，而鐵保忽疑其在王伸漢席間中毒，因而遍詢同席之人，致無影響，轉將廚役拿究，昏憒糊塗已極！是其於案情關鍵，亦全然不知，摺內空陳焦急之語，猶欲再為體訪實情，豈不可笑？

鐵保從前在司員及侍郎任內，曾經屢獲愆尤，棄瑕錄用，自補放兩江總督以後，不能敬慎辦

公，一味偏聽人言，固執己見，辦河工則河工日見敝壞；講吏治則吏治日見廢弛，甚至有不肖劣員，貌視法紀，逞其貪庚殘忍，全無忌憚，致釀成如此奇案！而彼猶夢夢不知，可謂無用廢物，不但不勝封疆重任，亦何堪忝列朝紳？鐵保著革職發往烏魯木齊效力贖罪。

按：鐵保姓棟鄂氏，爲趙宋後裔；本是武將世家，鐵保棄武習文，乾隆三十七年成進士時，年方二十一歲；頗爲阿桂所賞識；因此亦受高宗重視。

「清史稿」本傳論其人云：

鐵保慷慨論事。高宗謂其有大臣風，及居外任，自欲有所表見，倨傲意爲愛憎，屢以措施失當被黜，然優於文學，詞翰並美。兩典禮闈，及山東順天鄉試，皆得人。留心文獻，爲八旗通志總裁，多得開國以來滿洲、蒙古、漢軍之遺集。先成「白山詩介」五十卷；復增輯改編，得一百三十四卷進御，仁宗製序，賜名「熙朝雅頌集」。自著曰「懷清齋集」。

此外大員受處分者，尚有江蘇巡撫汪日章革職回籍；江寧布政使楊護按察使胡克家革職，留河工效力。山陽縣分潤賑款的官員分別杖責充軍。至於主犯的罪名，王伸漢斬立決；王轂絞立

決。李祥等人以下犯上為「十惡」的罪名，而亦有等差；仁宗好親自司法，且看他在上諭中判決：

李祥、顧祥、馬連升俱著凌遲處死；包祥著即處斬。李祥等三犯，均謀害伊主，而李祥於伊主李毓昌查出王伸漢冒賑，欲稟藩司之處，先行密告包祥，轉告王伸漢；迨包祥與王伸漢謀害伊主，亦先與李祥密商，該犯首先應允，商同顧祥、馬連升一同下毒手。是李祥一犯，尤為此案緊要渠魁，著派刑部司官一員，將該犯解赴山東，沿途飭令地方官多作兵役防範；到山東後，交該撫轉飭登州府知府，押至李毓昌墳前，先刑夾一次，再行處死。仍著摘心致祭，以洩憤恨。包祥首先設計，狠毒已極，著先刑夾一次，再行處斬。李祥、馬連升二犯，著各重責四十板，再行處死，派刑部堂官秦瀛押赴市曹，監視行刑。

對李祥等人的處分，以現代眼光來看，過於殘苛；而在當時的倫理觀念，則為大快人心之事。

另有一道上諭，加恩李毓昌一家云：

李毓昌於上年中式進士後，朕於引見時，以知縣分發江蘇即用，經該省上司委赴山陽縣查勘水災，不肯捏報戶口，侵骨賑銀，居心實爲清正。乃山陽令王伸漢，因李毓昌不肯扶同捏飾侵賑，膽敢起意與長隨包祥，串謀同李毓昌家人李祥、顧祥、馬連升等，將李毓昌始用信末毒傷，繼復勒斃懸挂；似此慘遭奇冤，實從來所未有，允宜渥沛恩施，以示褒慰。

故員李毓昌前已有旨，令吉綸即委委員將其屍棺加槨送回，交伊家屬安葬，著施恩加賞知府銜，即照知府例賜卹。

朕昨親自檢視忠詩五言排律三十韻，爲李毓昌闡揚幽鬱，著吉綸採取碑碣石料，量定高寬丈尺奏明，再將御製詩發往摹刻，俾循吏清風，勒諸貞珉，永垂不朽。並著吉綸派委登州府，前往李毓昌墳前致祭；仍俟案犯定擬後，將要犯二人，解往山東，於李毓昌墳前正法，以申公憤，而慰忠魂。

至李泰清因檢視伊侄皮衣，帶有血跡，心疑生死不明，即同伊眷屬開棺驗視，辨出毒害情形，來京呈控，俾奇冤得以昭雪，殊甚嘉憫；李泰清著加恩賞給武舉，其應如何立祠之處，應聽伊自行辦理。

除李氏叔侄以外，另有一名章家麟的教諭，亦奉派爲查賑委員，「不特未經得銀，亦且核對

所開戶口，毫無浮冒，於公事尚爲認眞，自應量予施恩，章家麟著送部引見，以知縣即用。」

按：教諭爲學官，正八品，除加捐外，欲升知縣，千難萬難。加捐知縣，未必即補；今以「特旨」、「即用」，引見分發後，立即可以補缺，背景較之「老虎班」更硬，這眞是一步登天了。

如上所述，刑賞或不免過當，是非則大致分明，後來迭經憂患；至洪楊之亂時，朝廷對東南半壁，無從遙制，而仍能持紀綱於不墜者，仁宗所極力講求的是非觀念，確是發生了很大的作用。

仁宗崩於嘉慶二十五年七月廿五，時正木蘭秋獮，前一天剛到熱河避暑山莊，一到即病，據遺詔自述得病經過云：

孟秋中旬，恪遵彝訓，將舉木蘭獮典，先駐蹕避暑山莊。朕體素壯，未嘗疾病，雖年逾六旬，登陟川原，不覺其勞；此次蹕途偶感暍暑，昨仍策馬度廣仁嶺，追抵山莊，覺痰氣上湧，至夕益甚，恐弗克瘳。

於此可知，仁宗爲中暑過勞，引起中風；而且來勢甚猛，一發病即不能言語，甚至昏迷。這

時發生了一個大問題，臨崩既無末命，應該由誰來繼承王位？

按：仁宗五子，元后孝淑睿皇后生智親王綿寧；孝和睿皇后生楙親王綿愷、瑞親王綿忻；恭順皇貴妃生惠親王綿愉；和裕皇貴妃劉氏生穆郡王。當仁宗崩時，侍從在側的是綿寧、綿忻。綿寧既是中宮所出，居長，又有林清之變平亂之功，理當踐祚，自無疑問；而情理如此，按諸制度則不然。

原來高宗鑒於先朝立儲的糾紛，特作「儲貳金鑒」，以為「歷觀史冊，三代而下，由漢迄明，儲貳一建，其弊百端」，因而發明秘密建儲的辦法，御筆寫明繼承皇子之名，親自密封，藏於乾清宮「正大光明」匾額後面；龍馭上賓後由大臣公開閱看，大位歸於何人？但此時是在熱河，又聽說仁宗並未「緘名於乾清宮正大光明匾後」，然則應該如何解決儲位問題？

其時扈從軍機大臣中，官位最高的是文淵閣大學士戴均元及東閣大學士托津；認為政治在日，對此事必有安排，於是大索行宮。

據包世臣所撰戴均元墓誌云：

（仁宗）甫駐蹕，聖躬遽有疾不豫，變出倉卒，從官多皇遽失措。公與文恪（托津）督內臣檢御篋十數；最後近侍於身間出小金盒，鎖固無鑰，文恪擰金鎖發盒，得寶書，公即偕文恪奉今

上即大位，率文武隨瑞邸（瑞親王綿忻）成禮，乃發喪，中外晏然。

於此可見，當時曾爆發了舉國無主的危機。所謂「寶書」即仁宗御筆，早在嘉慶四年四月初十，即已建儲。這個小金盒藏在太監身上，已二十一年；在這二十一年中，如有似其曾祖世宗那樣的皇子，買通此一太監，僭易御筆，則聖祖崩後的骨肉倫常之禍，又將重演。

仁宗是好皇帝，但才具微短，不稱其「睿」字的尊謚，他的仁厚，舉一事可知，清稗類鈔「帝德」門有一條云：

嘉慶丁丑，萬壽恩詔，普免天下積欠錢糧，各省歡騰，爭造冊送戶部。安徽民欠三百萬。而鳳陽一府尤多，巡撫康紹鏞閱冊已定，未及奏，遷去；繼之者為姚祖同。疑民欠不實，令諸道府大為覈減。屬吏震其威，勒令諸州縣減造十分之四，以其欠數虛報存庫。州縣苦之，勢洶洶將上聞，姚先奏，以為官吏欺侵，造冊不實，請展限覈減。硃批云：「損上益下，朕之願也。存心刻薄，有傷政體。」姚大慚，六百里行文，以原冊上。

又御下以禮，不似高宗，每好狎侮大臣；清稗類鈔「帝德」門又一條云：

皖楊懌會，嘉慶時官翰林，受知仁宗，為大理卿最久；開府楚北，風骨錚然。嘗召對，值盛暑，撤簾見上搖扇揮汗；入覲，上以扇置座右，不復用，詢事甚詳，良久熱甚，上汗出如雨，卒不用扇。

但仁厚為臣下視作庸懦，以致吏治日壞，川楚教匪之亂，他有一首詩責臣工云：

內外諸臣盡紫袍，何人肯與朕分勞？玉杯飲盡千家血，銀燭燒殘百姓膏；天淚落時人淚落，歌聲高處哭聲高。平居漫說君恩重，辜負君恩是爾曹！

是則仁宗對於貪官污吏、殘民以逞的情況，皆所深知。但惡惡而不能去，始終拿不出整飭吏治的明快手段。但仁厚總是好的；獎許善類，培養元氣，於是而有道光以後，高級智識分子的自我覺醒。

九、宣宗——道光皇帝

宣宗御名綿寧；；綿爲常用字。避諱不易，高宗顧慮及此，早有上諭，改綿爲旻。生於乾隆四

十七年；；嘉慶元年十五歲成婚；；接位時已三十九歲。

宣宗亦是好皇帝，但在清朝諸帝中，資質最差；性格上有個缺點：小氣。小氣的人目光如

豆，這就注定了他只能用謹小慎微而專壞大局的曹振鏞、穆彰阿、潘世恩、賽尚阿這一班人。

嘉慶廿五年九月十三日，宣宗即位未及兩月，便發生了一次政潮；對清朝中葉的政局，影響

極大，談宣宗應自此始。這一次的政潮，前因後果，頗爲複雜，先列綱要如下：

一、關係人：

（1）劉鳳誥：江西萍鄉人，乾隆五十四年探花；獲罪充軍復起，時爲翰林院編修。

（2）曹振鏞：安徽歙縣人，乾隆四十六年進士，體仁殿大學士，自「董太師」（誥）歿

後，即爲首輔。

（3）戴均元：江西大庾人，乾隆四十年進士，文淵閣大學士，軍機大臣。

（4）托津：姓富察氏，滿洲鑲黃旗，筆帖式出身，東閣大學士，軍機大臣。

二、遠因：

劉鳳誥修怨，想倒托津。

三、近因：

四、事件經過：

曹振鏞傾害戴均元，以邀寵入軍機。

（1）劉鳳誥發現遺詔有問題，密告曹振鏞。

（2）曹振鏞密奏宣宗，指軍機擬遺詔犯了重大錯誤。

五、結果：

（1）戴均元、托津逐出軍機；降級調用。

（2）曹振鏞入軍機為領班。

六、關鍵因素：

宣宗不滿戴均元、托津的「顧命嫌疑」。

七、副作用：

高宗身世之謎，欲蓋彌彰。

嘉慶廿五年九月十三日諭上：：

七月二十五日慟遭皇考大行皇帝大故，彼時軍機大臣敬擬遺詔，朕在諒闇之中，哀慟迫切，未經看出錯誤之處，朕亦不能辭咎；但思軍機大臣多年承旨，所擬自不至有誤，及昨內閣繕寫遺

詔副本，以備宮中時閱，朕恭讀之下，未有皇祖「降生避暑山莊」之語；因請皇祖實錄跪讀。始知皇祖於康熙辛卯八月十三日子時誕生於雍和宮邸，復偏閱皇祖御製詩集，凡言降生於雍和宮者，三見集中。因命大學士曹振鏞，協辦大學士尚書伯麟，尚書英和，黃鉞傳旨，令軍機大臣明白回奏。

按：遺詔末段為：「虞舜陟方，古天子終於狩所，蓋有之矣。況濼陽行宮，為每歲臨幸之地，我祖考神御在焉，予復何憾？」此為改文；原文「況」字下當為「況避暑山莊為皇考降生之地，神御在焉，予復何憾。」以下為戴、托奏覆及宣宗駁斥之詞：

據稱恭查大行皇帝御製詩初集第十四卷，萬萬壽節率王公大臣行慶賀禮恭紀詩注，恭載「高宗純皇帝以辛卯歲誕生於山莊都福之庭」；又第六卷萬萬壽節王公大臣等行慶賀禮恭紀詩注相同。至實錄未經恭閱，不能深悉等語。

朕敬繹皇考詩內，語意係泛言山莊為都福之庭，並無誕降山莊之句，當日擬註臣工，誤會詩意。茲據軍機大臣等稱實錄未經恭閱，尚屬有辭，至皇祖御製詩集，久經頒行天下，不得誣為未讀，實屬巧辯。

按：高宗雖自言降生於雍和宮（雍親王府），但仁宗詩注，說的明明白白，是為宸翰作注，是何等鄭重之事，詞臣豈能「誤會詩意」。

且仁宗「味餘書屋全集」定本四十卷，為道光朝所纂，詩初集四十八卷，二集六十四卷，早已頒行，如注詩錯誤，仁宗必早發覺。既未如此，正表示仁宗認為注釋不誤。宣宗據高宗詩集加以指責，顯然是強詞奪理，並不能令人心服。

此事發難者為劉鳳誥，目的在報復托津。嘉慶十三年浙江恩科鄉試，巡撫阮元以匪警視察海口，「監臨」的職司，不照常例委藩司代辦，而偏勞他的同年學政劉鳳誥；事隔一年，忽有言官參劾劉鳳誥上年代辦監臨舞弊。托津以軍機大臣出差江南，奉旨順道查辦，確有弊端，而情節不重，劉鳳誥亦未得財。

據實奏覆後，仁宗適以李毓昌一案，正在整頓吏治；劉鳳誥加重處分，革職發往黑龍江效力，因而致怨於托津，時思報復，終於找到了機會。

但劉鳳誥雖於嘉慶十七年赦歸；二十三年賞編修入京供職，但非講官，不能專摺言事。同時自顧人微言輕，能上摺亦無用，因而慫恿曹振鏞密奏；曹正想取戴均元而代之，如言而行，果然發生了預期的效果，戴、托二人退出軍機，曹振鏞入掌樞要。

何以得有此預期的效果呢？就因為戴均元、托津有「顧命嫌疑」之故。當仁宗初崩時，宣宗以嫡子而居長，又因林清之變，護宮之功首封親王，則必繼大位，不待啟鐍匣而始知。；戴均元、托津的張皇，不免使得宣宗心生疑問：莫非你們以為除我以外，還有人夠資格繼位嗎？

卻未想到，此是何等大事，明知毫無疑問，亦須根據仁宗御筆行事，在程序上方為光明正大。如果先擁立而後啟鐍盒，便有造成既成事實之嫌，反成疑案。

就因為宣宗小氣，對此事耿耿於懷，劉鳳誥、曹振鏞始得乘虛而入。前引上諭下段云：

托津、戴均元俱已年老，無庸在軍機處行走，並不必恭理喪儀；與盧蔭溥、文孚一併交部，嚴加議處。盧蔭溥、文孚年力尚強，與托津、戴均元行走班次在前者有間，仍留軍機大臣。遺詔佈告天下，為萬世徵信，豈容稍有舛錯，不得不將原委明白宣示中外。著將此旨宣諭中外。

強調遺詔「舛錯」，而逐出軍機者，只「行走班次在前」的托津、戴均元，尤足見為「欲加之罪」。

因為按軍機辦事規制，撰擬上諭每由資淺有才的軍機大臣，或「達拉密」（軍機章京領班）秉筆。此遺詔幾乎可確定出於盧蔭溥之手。此人為盧雅雨的孫子，幼年隨父祖充軍……九歲隨母

而歸，刻苦勵學，乾隆四十六年成進士，點翰林，為掌院阿桂所激賞。

「清史稿」本傳：

（乾隆）五十六年大考，降禮部主事；阿桂言蔭溥能事，改部可惜。帝曰：「使為部曹，正以治事也。」……嘉慶五年大考，降禮部章京，川桂軍事，多所贊畫。八年，孝淑睿皇后奉安山陵，故事，皇后葬禮無成式，禮臣所議未當；蔭溥回直儀曹，考文禮文，草撰大儀，奏上如議行。……十六年命在軍機大臣上行走。……帝崩，因撰擬遺詔不慎，降五級留任。

按：如遺詔出於托、戴之手，則盧蔭溥班次在後，縱受連帶處分，亦必較輕；而托、載為「降四級留任」，盧蔭溥的處分重於托、戴，可知必為秉筆之人，卻何以仍得留於軍機？其故豈不可思！

宣宗初政，一心一意想整飭吏治，但志大而才疏，軍機又不得力；每天面對著一大堆奏摺，看都看不完，更遑論裁決，因而頗以為苦。於是曹振鏞獻上一計，其流毒至今未已，「清人筆記」中述此事並加以評論，極為中肯。

初宣宗倦於大政，苦於章奏不能徧閱，振鏞在樞府，乃獻策曰：「今天下承平，臣工好作危言，指陳闕失，以邀時譽；若遽罪之，則蒙拒諫之名。此後中外章奏，皇上無庸徧閱，但擇其最小節目之錯誤者譴責之，則臣下震於聖明，以為察及秋毫，必無敢恣肆者。」宣宗從之。

其嗣後章奏中有極小錯誤，必嚴斥罰俸降革，中外震悚。皆矜矜小節，無敢稍縱，語多吉祥，凶災不敢入告；及洪楊難作，互相隱諱，莫敢上聞，至於屢陷名城，始為奏達，皆曹振鏞隱蔽之罪釀成之。厥風濡染，以至晚清之將亡，在政府者尚循斯轍。

此為後代官文書流於形式主義的由來；而「報喜不報憂」的原則，至今猶有人奉為保祿位的金科玉律。

又清稗類鈔「殿廷考試專尚楷法之由」一條，所記大致相同。考試不問文之工拙；只問字之正體，尤為士林所深惡痛絕；時人之評論如此：

乾嘉以前，應制書雖工，仍滿紙碑帖字，詩亦有拗體者，其時雖號台閣體，亦尚有雅氣也。自曹振鏞在樞府挑剔破體字，不問文之工拙，但作字整齊無破體者，即置上第，若犯一帖子，即失翰林，海內承風，殿體書直成泥塑，士習闒茸，懨懨無生氣，皆曹振鏞所造成也。

自道光至清末，「寫大卷子」成為一門學問，一生窮通富貴之所繫；畢生志業抱負之所寄，都在寫字上面，殿試字寫得好，可以點翰林，博得最上等的出身；當翰林字寫得好，凡有考試，皆占便宜。此所以龔定庵有「千祿新書」之作。

清稗類鈔記其事云：

龔定庵生平不喜書，以是不能入翰林。既成貢士，改官部曹，則大恨，乃作「千祿新書」，以刺執政，凡其女、其媳、其妾、其寵婢，悉心學館閣書。客有言及其翰林者，定庵必哂曰：「今日之翰林，猶足道耶？我家婦人無一不可入翰林者。」以其工書法也。

曹振鏞是庸才·；庸才而居高位必忌才，以故盧蔭溥在樞府一年，即不安其位而去。曹振鏞排擠同僚的辦法是，逐之使外，或者外放；或者出差，俾得把持軍機。

清稗類鈔有一條云：

仕途傾軋排擠之風，至為可畏，苟一不慎，輒被中傷，殊有令人防不勝防者。清道光初年，

蔣襄平以直督召值軍機處，主眷甚優渥，曹文正嫉之。時兩江總督琦善，以外交失敗，奉旨降調；帝召軍機大臣問曰：「兩江乃重任，當求資深望重久歷封疆者與之。顧誰堪當其選者？」曹對曰：「以臣觀之，似那彥成為最。」帝曰：「正口正多事，何能他移？」又少頃，帝乃指將曰：「汝即久歷封疆，非汝無第二人。」議遂定。

襄平出語人曰：「曹之智巧，含意不申，而出自上意，當面排擠，真可畏也。」阮文達公亦不為曹所喜，帝一日偶問曰：「阮元歷督撫已三十年，甫壯即升二品，何其速也。」曹對曰：「由於學問優長。」帝復詢曰：「何以知其學問？」曹對云：「現在雲貴總督任內，尚日日刻書談文。」帝默然，遂內召。蓋曹素揣成皇帝重吏治，惡大吏政務廢弛，故借此挑之，以觸成皇帝之怒也。

按：蔣襄平指蔣攸銛，字礪堂，漢軍鑲紅旗，先世由浙江遷遼陽，故稱之為「襄平」。道光五年十月，由直督內召為軍機大臣；接任者即那彥成。那於嘉慶十四年即任陝督；蔣則後兩年任粵督，皆督撫中最資深者。

至琦善之內調，事在道光七年，非由於「外交失敗」，而是處理河道及漕運「失機」，降授內閣學士。阮元內召入覲在道光十三年三月，八月仍回任。

宣宗和曹振鏞這一君一相合作主宰天下的結果是，造成了一個「庸才時代」；惟庸乃能致福，東坡詩中謂「但願生兒愚且魯，無災無難到公卿」者，頗不乏人，而潘世恩尤其「傑出」。

潘世恩是蘇州人，繼石琢堂而於乾隆五十八年中狀元，時年廿六歲。嘉慶二年大考一等；狀元而翰詹大考居前列，足見真才實學，又因不附和珅，故益為仁宗所欣賞，親政後一歲之遷，嘉慶四年即為「東宮官屬」之首的詹事府正詹，居於大九卿之列；自釋褐至此只六年，官符如火，在翰林中頗為罕見。

以後十餘年間，兩任學政，兩為考官，循資由正詹而侍郎；十九年因故降補侍郎終養。

所謂「終養」即家居養親；親喪守制，至服滿方能復起。潘世恩家居七載，復起時已是道光七年，先補戶部侍郎，隨即升任左都御史，十三年四月大拜，不經「協辦」這一階段，超授體仁閣大學士管戶部。

十四年正月入軍機，因為官已極品；所以入軍機亦不便再加以「學習」的字樣。至十五年七月，曹振鏞已歿；文字罷直，軍機大臣中，只有他一個大學士，遂居首輔；十六年七月，穆彰阿由協辦升大學士，官位相同，便須論軍機上的年資，穆彰阿比他早得多，因而超前領班，一直到二十九年自請罷直為止。

穆彰阿號稱權相，潘世恩凡事退讓，伴食而已；又為穆彰阿在翰林時的教習老師，他只要不管事，穆彰阿自然事事照應。

這十餘年間，外患迭起，朝野不安，但潘世恩卻一直做他的「太平宰相」。到二十九年四月，一天大雨之後，硃諭：「本日又獲甘霖，地面一片濕滑，潘世恩可毋庸進慎德堂。雖有扶掖之資，難抒眷念之意，諸卿於登下扁舟之際，亦當在意。」慎德堂在圓明園，為日常召見軍機之處。

宣宗此諭，自是眷顧老臣之意；但另一方面亦可看作諷示年邁應該告老了。潘世恩乃於是年十月自請罷直；予告而食全祿，至咸豐四年病歿，年八十六。郎潛紀聞稱之為三百年中第一福氣中人。

舉其生平異數云：

本朝耆臣，生加太傅者五人，重宴瓊林者八人，狀元作宰相者八人，惟潘文恭公兼之。又大拜不階協辦；樞廷不始學習，皆數異也。富貴壽考，子孫繼武，公之福祉，三百年一人而已。

而他本人最得意之事，莫過於至道光二十四年，內閣四大學士，除他以外，穆彰阿、寶興、

桌秉恬等三人，都是他的門生。

「清朝野史大觀」有一條：

道光朝潘文恭公久居揆席，而滿漢四相公，其三人入詞林時，皆文恭教習門生：一鶴舫相國穆彰阿；一獻山相國覺羅寶興；一海帆相國卓文端公也。公有詩紀盛云：「翰苑由來重館師，卅年往事試尋思；即今黃閣三元老，可憶槐廳執卷時。」穆相以為二百年來所未有。

「槐廳」在翰林院。卓秉恬嘉慶七年壬戌翰林；穆彰阿、寶興則遲一科；而潘世恩於嘉慶八年以禮右奉派「教習庶吉士」，即是所謂「館師」；穆彰阿等三人，皆曾受潘之教。有這樣三個門生宰相在，仕途中尚有何風險可言？

現在要談道光朝的權臣穆彰阿。他是滿洲鑲藍旗人，字鶴舫，嘉慶十年的翰林；仁宗末年曾遍歷戶、禮、兵、刑、工五部侍郎，這段經歷加上翰林出身，使得他成為全才，京中沒有他幹不了的官或差使。

「清史稿」本傳：

道光初，充內務府大臣，擢左都御史，理藩院尚書。以漕船滯運、兩次命署漕運總督，召授工部尚書，偕大學士蔣攸銛，查勘南河。洎試行海運，命赴天津監收漕糧，予優敘。

七年，命在軍機大臣上學習行走；逾年，張格爾就擒，加太子少保，授軍機大臣，承修龍泉峪萬年吉地，工竣，晉太子太保，賜紫疆。十六年，充上書房總師傅；拜武英殿大學士、管理工部。大臣，直南書房，尋兼翰林院掌院學士，歷兵部戶部尚書。十四年，協辦大學士，承修龍泉峪萬年吉地，工竣，晉太子太保，賜紫疆。

十八年，晉文華殿大學士；時禁煙議起，宣宗意銳甚，特命林則徐為欽差大臣，赴廣東查辦。督琦善，言由徐起釁，穆彰阿窺帝意移，乃贊和議，罷則徐，以琦善代之。

英吉利領事義律，初不聽約束，繼因停止貿易，始繳煙，盡焚之，責永不販運入境，強令具結；不從，兵釁遂開。則徐防禦嚴，不得逞於廣東，改犯閩浙。沿海騷然。英艦抵天津，投書總浙江皆挫敗，英兵且由海入江，林則徐及閩浙總督鄧廷楨、台灣總兵達洪阿、台灣道姚瑩，以戰守為敵所忌，並被嚴譴。

琦善一徇敵意，不設備，所要求者，亦不盡得請，兵釁復起，先後命奕山、奕經督師，廣東守為敵所忌，並被嚴譴。

命伊里布、耆英、牛鑒議款。二十二年和議成，償幣通商，各國相繼立約，國威既損，更喪國權，外患自此始。穆彰阿當國，主和議，為海內所叢詬，上既厭兵，從其策，終道光朝，恩眷不衰。

鴉片戰爭之失敗，乃由積弱所致；弱在旗人經長時期的養尊處優，腐化無用，旗人又不重視教育，以故與漢人相較，處處落後，但仍自視為領導階層，則其償事，無足為奇。宣宗及旗下大臣乏此自知之明，國事乃不可為；而以後文宗、肅順、恭王等正因以前朝缺失為鑑，重用漢人，遂成大功。中興以人才為本，此真顛撲不破的至理名言。

由於旗人的顢頇無能，道光朝的漢大臣格外顯得傑出；可惜宣宗善善而不能用，王鼎屍諫一事，最足令人氣短。此為當年正氣消沉，小人猖獗的一大明徵，值得一談。「清朝野史大觀」記其事云：

道光中林文忠公（則徐）以欽差大臣馳赴廣東查禁鴉片煙。與英吉利兵團相持海上，宣廟倚任甚至。既而中變。命大學士直隸總督琦善馳往查辦。嚴劾林公，革職遣戍新疆，盡撤守備，與英吉利謀合。

於是與論譁然，皆罵琦善之誤國，及宰相穆彰阿之妨賢，而惜林公之不用也。其後河決祥符。上命大學士蒲城王文恪公（傑）臨塞決口，亦命林公赴工效力，蒲城一見林公，傾誠結納，且言還朝必力薦之。及大式合龍，朝令林公仍往新疆；蒲城還朝，力薦林公之賢，上不聽。

按：王杰字定九，陝西蒲城人，嘉慶元年翰林。王杰最講氣節，與大學士王鼎同族，不屑干謁；兩次大考，受仁宗特達之知，終身感激。平生清操絕俗，不受請託，更不請託於人。性情近於耿介一流，與穆彰阿不相合，可想而知。

是時蒲城與穆相均為軍機大臣，每相見輒屬聲詬罵，穆相笑而避之。或兩人同時召見，復於上前盛氣詰責之，斥為秦檜嚴嵩，穆相默然不與辯。上笑視蒲城曰：「卿醉矣！」命太監扶之出。

明日復廷諍甚苦，上怒，拂衣而起，蒲城牽裾，終不獲申其說，歸而欲仿史魚屍諫之義，其夕自縊斃。是時新城陳孚恩為軍機章京，性機警，最為穆相所寵任；方早朝，軍機大臣惟蒲城不到，孚恩心知其故，乃駕而出，急詣蒲城之宅，其家人搶攘無措，屍猶未解下，蓋凡大臣自縊，例必奏聞驗視。然後敢解也。

按：林則徐「軟塵私札」謂王鼎自縊於軍機直廬「別院」，舁歸救治，則已不及。此說必不然，自縊於宮中，大干忌諱；王鼎不能不知。軍機直廬湫隘，亦無別院；林則徐其時「荷戈」新

疆，道路傳聞，不盡得實。

孚恩至，命其家人急解之，檢衣帶中得其遺疏，其大旨皆劾穆相而薦林公也。孚恩謂公子編修某曰：「上方怒甚，不願再聞此言，若奏之則尊公卹典也不可得，而子亦終身廢棄；子而猶欲仕於朝也，不如屏此疏勿奏，且可為尊公邀優旨，子其圖之。」會張文毅公（芾）亦至，文毅故穆相最親厚之門生也；而亦蒲城同鄉且門生也，相與共勸編修。編修從之，孚恩代為改革遺疏，以暴疾聞。上震悼，命成郡王奠茶酒，晉贈太保，入祀賢良祠；孫三人皆俟及歲時帶領引見，飭終之禮隆焉。

按：王鼎之子名王沆，字小鄜。道光二十年庚子翰林。王鼎屍諫，事在二十二年五月，王沆尚是庶吉士；散館後始授編修。

張芾字小浦，陝西涇陽人，與王鼎為大同鄉。他是道光十五年乙未科的傳臚；與先高祖信臣公同年，這一科會試由穆彰阿主持，張芾為其得意門生，屬於所謂「穆門十子」之一，官至江西巡撫，洪楊時罷職，回籍辦團練，死於回亂，諡文毅。他與王鼎的師生關係不明；當是由王鼎被派充殿試讀卷官而來。

陳普恩江西新城人，拔貢出身；時充軍機章京，爲穆彰阿的心腹。

孚恩袖蒲城原疏以去，返至樞垣呈穆相。穆相大喜，於是推轂孚恩，不十年至兵部尚書、軍機大臣。而張公亦於數年間由翰林躋卿貳。惟編修以不能成父志，爲蒲城諸門生及陝甘同鄉所鄙棄；亦自愧恨，遂終身不復出。蒲城薨未幾而林公召還，復爲陝甘巡撫。

世俗言蒲城薨後，宣廟常聞空中呼林公姓名，故不久賜還。此說雖未盡然，然亦足見人心所歸仰云。

王鼎有子如此，自然死不瞑目。但王鼎的門生及陝甘同鄉又何不翻案？此事發生在道光以前，不論是仁宗或高宗，一定派人密查；發生在道光以後，亦定有言官或翰林揭發其事，惟獨在道光朝才會有這種異聞產生。王鼎欲效史魚之諫，奈宣宗非衛靈公何？

至於鴉片戰爭中所暴露的弱點，在中國科學之落後；在中國之無世界知識，在滿州勳貴無一成材。孟心史以爲此役爲「清運告終之萌芽」；「二百年控制漢族之威風，掃地以盡」，皆爲極客觀、亦極深刻的看法。至於此役之敗，敗得如此之慘，則穆彰阿不得辭其咎；而在宣宗爲自取之咎。

孟心史於其所「清代史」中，有一段評論，非常中肯，引錄下：

鴉片案之賠款割地，戰敗以後事也。所異者，當時歐亞交通之難，兵艦砲械，亦遠非後來堅利之比，中國以毫無設備而敗；若稍講設備，則如林鄧之辦海防，亦頗使英人卻顧。惟海岸線長，不能得復有如林鄧者二三人；又姦壬在內，始以忌刻而欲敗林；繼則務反林之所為，並譴及力能卻敵之鄧，乃至並譴及禦敵獲勝之達洪阿、姚瑩。此皆滿首相穆彰阿所為，而漢大學士王鼎至自經以屍諫，請處分首輔，而為首輔所抑，竟不得達。林則徐褫職，裕謙奏請入浙協辦，則必令遠戍伊犁，惟恐其禦夷有效；王鼎再留則徐助塞河決，又力促其赴戍。

鼎至以死冀一悟君，而卒為穆黨所厄。宣宗之用人如此，至嘆息痛恨之伊里布，卒倚其與英人情熱，使卒成和議；琦善既議斬而復大用；耆英則議和之後專任為通商大臣，蓋帝猶尊祖制，重任必歸滿洲，滿洲無非庸怯，帝亦以庸怯濟之，以乞和為免禍之至計，故口憾之而實深賴之也。

「始以忌刻而欲敗林，繼則務反林之所為」，此一語最能出穆彰阿之奸。當衝突初起，九龍

炮台擊沉英艦時，奉旨嘉獎，有「不患卿等孟浪，但患過於畏葸」，完全爲鼓勵欽差大臣林則徐及粵督鄧廷楨採取最強硬的態度，即爲穆彰阿希望林則徐輕率妄動，吃個敗仗，便好舉以嚴譴。

不意林、鄧海防嚴密，連英國人亦加稱許；於是派琦善代林，撤戰備，主和議，反以「糜餉勞師」、「辦理總無實濟，轉至別生事端」爲林則徐的罪狀，用心之惡毒，無與倫比；而宣宗之庸闇，亦爲清朝入關以來所未有。

鴉片戰爭的始末，我們在中學教科書中，即已備知其事，不必贅述；我特別介紹孟心史的觀點，此案爲「清運告終的萌芽」，想爲讀者指出時代交替、世局轉移的一個關鍵性的因素，即我在前面所說的，政治領導階層中，漢人與旗人優劣對比的強烈，莫過於道光一朝。在此以前，漢人已有此感覺，而不敢透露；旗人則仍舊多然自大，根本不知道他們與漢人的關係，正由支配階級轉變爲被支配階級。

自經鴉片戰爭案，雙方都自然而然地作了自我評估；確認了漢人比旗人來得高明這個事實，而構成了在政治責任上的心理突破，此爲導致以後錯綜複雜的世局演變之一個主宰性的因素。

現在先談體認到漢優旗劣這個事實以後，因人而異的心理上的變化。可分漢人與旗人兩方面來觀察：在此以前，受孔孟思想薰陶的正統智識分子，從政以後，一切行事，受忠君與愛民兩個原則的支配，如果天子聖明，則所施多善政，忠君與愛民兩個原則，皆能善現，是最理想的事。

但大部分的情況，是在調和這兩個原則，即是如何愛民，而又不悖於忠君；或者雖忠君而求不致於使民間太痛苦。不過在基本上，總是信任在上者的領導能力，持無條件服從的態度。

從嘉道年間起，特別是鴉片戰爭以後，在上者的領導能力，深受懷疑；但忠君的態度未變，因而在心理上有一突破：事情還是要我輩來做；對朝廷不必寄以厚望。而做法上又因各人的性情不同而產生極大的彈性。

彈性最大的是胡林翼，只求辦事有效，不惜委屈求全，如刻意交歡官文的事例可證。其次是曾國藩，彈性有一定限度，超出他體制改革能夠接受的限度，常不顧遷就。最缺乏彈性的是左宗棠，他與朝廷爭辯時，幾於攘臂而言。

不過彈性雖有高下，忠君亦無問題，而內心深處對朝廷輕視則一；此在乾隆以前的大臣中，沒有一個人有此想法。

另一方面，朝廷的顢頇無能，對野心分子常是一種鼓動；輕視之念增一分，造反之心強一分，洪楊之能裹脅民眾，長驅直下，釀成大患，此輕視旗人的觀念，發生了極大的作用。

在旗人方面，一種是將所有的旗人，特別是親貴，看成全是廢物，如肅順即多少有此過激的想法；另一種是有自知之明，覺得漢人確比旗人高明，拱手受成，如官文之流，不失爲明哲保身之道。

再一種是恭王、文祥等人，看法平正，承認漢人比旗人高明，應該重用，但也應該和衷共濟。這裡特別提出來的是倭仁；他對尊王攘夷這個觀念的執著，幾乎到了不惜以身相殉道的程度，但對人才的識拔，毫無成見。

方宗誠「柏堂師友言行記」有一條云：

艮峰（倭仁字艮峰）日記曰：「學術當恪守程朱，此外皆旁蹊小徑，不可學也。」

又曰：「天下未嘗無才，待朝廷大氣轉移之。大氣謂何，誠而已矣！」

前記宣宗，筆者謂其「小氣」，有讀者來函，斥為「別字」，應作「小器」，無可與辨，不意倭艮峰又有「大氣」之說，正堪為「宣宗小氣」作注腳。大致小氣者決不肯自承氣度褊狹，而責人別有說法，此即不誠；凡是人才，決不肯為不誠之人所用，這是一定之理。因為不誠者，口中是一套；心中又是一套，無適從，則用亦不能見效。林則徐、鄧廷楨之所以無功，正以此故。

不過宣宗求治之亟，問政之勤，其賢達過於明朝孝宗以後諸帝，而目睹他祖父揮霍無度，痛心疾首，力矯前弊的儉德，過於漢文帝、宋仁宗，尤為可貴。宣宗之儉，有許多傳說，如套褲打補釘之類，無可徵信，其確鑿有據者，如裁梨園子弟，已覺難能可貴，周明泰「清昇平署存檔事

「例漫抄」序云：

自乾隆南巡之後，選江南伶工，召之入京，供奉內庭，名曰：「民籍學生」；此例迄於嘉慶末年，未嘗或改。尚有「旗籍學生」，蓋取八旗子弟，教之樂歌，與民籍者統稱「外邊學生」，或簡稱「外學」；而南府太監則稱「內學」。內學有大小之分，外學有頭二三之別，其規模實遠勝於後日之昇平署也。

道光元年，曾兩次縮減外學名額，至七年改南府為昇平署，將民籍學生，全數退回原籍；旗籍者發交本旗，於是宮庭演戲，盡由內監承差。而所演者無非舊日之崑弋，與夫吉祥之例戲，陳陳相因，毫無精彩，如是者垂三十年。

「垂三十年」終道光之世。所謂「吉祥例戲」係為神仙鬼怪，如「勸善金科」、「昇平寶筏」之類，講究行頭鮮明，砌末逼真，以金碧輝煌的大場面取勝；而道光年間，從未新制行頭，以故吉祥例戲，形容過甚者，謂之「花子打架」。

不幸的是宣宗的儉德，並未發生上行下效、改變風氣的效果，相反地梨園聲色，飲饌奢靡，變本加厲，如「四大徽班」即皆創始於道光年間，而江淮鹽商、河員，生活起居的豪奢，為宮中

所夢想不到。吏治敗壞，達於極點。

如「金壺浪墨」記河工云：

南河歲修銀四百五十萬，而決口漫溢不與焉。浙人王權齋熟於外工，謂採買竹木、薪石、麻鐵之屬，與夫在工人役，一切公用，費帑金十之三二，可以保安瀾；十用四三，足以書上考矣。其餘三百萬，餘各廳浮銷之外，則供給院道，應酬戚友，饋送京員過客，降至丞簿、千把總、胥吏兵丁，凡有職事於河工者，皆取給焉。歲修積弊，如有傳授，……沿為積習，上下欺蔽，癉工肥私，而河工不敗不止矣。故清江上下十數里，街市之繁，食貨之富、五方輻輳，肩摩轂擊甚盛也；曲廊高廈，食客盈門，細穀豐毛，山腴海饌，揚揚然意氣自得也；青樓綺閣之中，鬢雲朝飛，眉月夜朗，悲管清瑟，華燭通宵，一日之內，不知其幾十百家也。

河工既壞，漕弊亦深。乾隆以來，屢次用兵，以開捐為籌措軍費的不二法門，捐官將本求利，到省候補，無缺可派，則以派差使為調劑。鹽院、漕運、河工皆為容納冗員之地。書法名家包世臣有「剔漕弊說」云：

各衛有本幫千總領運，而漕臣每歲另委押運幫官，又分為一人押重，一人押空。每省有糧道督押，又別委同、通（按：同為運同；通為通判，皆官名）為總運。沿途有地方文武催趲；又有漕委、督撫委、河委（按：委為委員之簡稱，「漕委」者漕運總督所派之委員，餘類推）、自瓜洲抵淀津，不下數百員。各上司明知差委無濟公事，然不得不借幫丁之脂膏，酬屬員之奔競，且為保舉私人之地。

此為隨幫運糧的剝削；逢關過卡，運米入倉，尚有花費：

淮安盤糧，漕臣親查米數，而委之弁兵；通州上倉，倉臣親驗米色，而委之花戶，兩處所費不貲。沿途過閘，閘夫需索，一船一閘，不下千文。故幫丁專定運糧，其費取給於官而有餘；合計陋規賄賂，雖力索州縣之兌費而尚不足。

此言漕幫如不受剝削，則領取官方所發的運費，已足敷用；但要送陋規，行賄賂，則雖有向各州縣勒索而得的「兌費」，仍感不足。然則所謂「兌費」為何？當時兩江總督孫玉庭在「恤丁除弊」一疏中有解釋。

旗丁勒索州縣，必藉米色為口制。各州縣開倉旬日，各廠即已滿貯，各丁深知米多廠少，必須先兌，每藉看米色為由逐廠挑剔，不肯受兌，致使糧戶無廠輸納，往往因此滋事。

旗丁即乘機需索，州縣不敢不應其求；或所索未遂，即藉口米色未純，停兌喧擾。及至委員催兌開行，各丁不俟米之兌足，即便開船，冀累州縣以隨幫交兌之苦。

此所謂「兌」，即是裝米上船。錢糧開徵有定時，年分兩次，稱為「上忙」、「下忙」。應納賦者稱為「糧戶」，載糧來繳，須有倉廠可儲，而倉廠有限，必賴漕船及時兌糧，始能騰出倉廠容納後來的糧戶，如漕幫挑剔米的成色，延不肯兌；則納糧者勢必等待，一日半日猶可，至兩天以上，不復可耐，群起責問，一倡百和，群情憤激，謂之「鬧漕」，為州縣官的大忌。

因此，為求漕船加緊承兌，每由「戶書」出面「講斤頭」，所送陋規，即謂之「兌費」。

如督運委員催促開船，遵辦不識，但所在州縣，米未兌足，須由陸路趕運至泊船之處，情商補兌，此即所謂「隨幫交兌」；「兌費」以外，另加一大筆車運轉駁的費用，是件非同小可的事，是故「州縣不敢不應其求」。

然則州縣官的「兌費」，又從何而來？自然出於民脂民膏。但治下之民，身分不同，待遇便

有等差；反映在應納的錢糧上，便有「衿米」、「科米」、「訟米」等等名目。衿者衣冠，衿米即縉紳應納之糧；科者科舉，科米為舉貢生監應納之糧；訟者訴訟，好興訟者應納之糧。

凡是遇到這三種米，不但不能浮收，而且升合不足，米色潮雜，亦只好馬虎虎，結果是「良善鄉愚、零星小戶」最吃虧，浮收有加到五成、六成的。於是有所謂「包戶」應運而生。

「包戶」當然亦非「刁生劣監」、土豪劣紳不能充當，因為他是與官府分享浮收，譬如浮收加到五成；承包時只加三成，而代納時視情況扣去一成或一成半，無異虎口奪食，非良善百姓所能辦到。

錢糧浮收及擅徵苛捐雜稅的情形，各地不一，但統名之曰「陋規」則一。宣宗即位之初，銳意求治，曾納軍機大臣戶部尚書英和的建議，命各省清查陋規，「應存者存；應革者革，勿博寬厚之名，勿為谿刻之舉」。

那知內則戶部侍郎湯金釗、禮郭尚書汪廷彥；外則直隸總督方受疇、四川總督蔣攸銛、兩江總督孫玉庭、廣東巡撫康紹鏞等，均言不可，因而作罷。

湯金釗一疏，最為簡明扼要，他說：

「陋規均出於民，州縣之所以未公然苛索者，恐朝廷知而治罪也。今若明定章程，即為例所

應得，勢必明目張膽，求多於額例之外，雖有嚴旨，不能禁矣。況名目煩碎，所在不同，逐一檢查，反茲紛擾，殆非立法所能限制也。」

康紹鏞則追敘雍正年間往事：

聞之雍正年間，議將地丁、火耗酌給養廉，當時議者，謂「今日正賦之外，又加正賦；將來恐耗羨之外，又加耗羨。」八九十年以來，錢糧火耗，視昔有加，不出前人所慮。前項折價，與從前火耗增收，事實相近，即能明查暗訪堅持於數年之間，亦斷難周防遠慮，遙制於數十年之後。

按：雍正年間將錢糧加徵的「火耗」，化暗為明，按通省官員職位大小，公事繁簡，斟酌分潤，名為「養廉」；與英和所建議的清查陋規，分別存留，其事大致相似，為了循名責實，「與其私以取之，何如明以與之」，想法原本不錯，但雍正年間，可以辦得到；道光年間就辦不到，則以時異勢遷，當時既有言出法隨的英明之主；又有不敢畏難的任事之臣，而道光朝不具備這兩個條件。

不過話又說回來，清朝的家法，敬天法祖；祖宗有善政，總儘可能沿而勿替，康熙朝永不加賦之詔，一直貫徹，所以宣宗於可能增加百姓負擔的此舉，毅然撤銷。如存一雍正朝能，本朝何以不能之心，強制推行，恐怕不必在二十年以後，天下即已大亂了。

除了漕糧浮收及各種苛捐雜稅，仍採隨時查禁的原則，未有澈底解決的辦法以外，鹽法及漕運，則均曾大事改革。這當然要談到道光朝第一名臣陶澍；但在陶澍實行以前，已先有理論上的探討及呼籲，蔚成改革的風氣，此則孟心史所特別讚美的「道光朝士習之轉移」，確能抉出歷史的真相，掌握進化的關鍵。

他在「清代史」中說：

嘉慶朝承雍乾壓制，思想言論俱不自由之後，士大夫已自屏於政治之外，著書立說，多不涉當世之務。達官自刻奏議者，往往得罪，紀清代名臣言行者，亦犯大不韙，士氣消沉已極。仁宗天資長厚，盡去兩朝箝制之意，歷二十餘年之久，後生新進，顧忌漸忘，稍稍有所撰述，雖未必即時刊行，然能動撰述之興，即其生機已露也。

按：雍乾兩朝，禁刻奏議，及紀名臣言行者，因世宗、高宗父子，方在隱沒歷史真相，不獨

其本身的秘密，不欲人知；太祖、太宗、世宗三朝的倫常骨肉之變，亦爲極大忌諱，故上三朝實錄一修再修，至乾隆朝始有定本。

在這種情況之下，在下者如留存眞相，適足以證明在上者作僞，故須嚴禁。及至仁宗，其生也晚；又所見實錄皆爲「定本」，對先世的秘密，並無所知，即高宗的身世曲折，恐亦不曉，故有「皇考誕於山莊都福之庭」的記載。既然不以爲文字上有何須避諱之處，則文網漸疏，亦自然之理。

當時論時務最具影響力的一部書是，賀長齡彙刻的「皇朝經世文編」，論鹽務、論河工、論漕運，事無虛設，言有指歸，確實發生了學術指導政治的作用。

那時的士大夫，旗人則講究飲饌服御，賢者亦不過考較詞章，提倡風雅；而漢人則已自我覺醒，感到有一份經世的責任，每能從服官的經驗中，提出改革的主張。如南漕改用海運，言之最深切者爲蘇州同知齊彥槐；嘉慶末年，即已提出具體主張，終以疆吏憚於更張，不用其言。

至道光五年陶澍巡撫江蘇時，在藩司賀長齡襄助之下，排除萬難，奏准以蘇州、松江、常州、鎮江、太倉各地漕米，全由海運。

孟心史「清代史」記陶澍經理其事云：

親往雇定沙船千艘，三不像船數十，分兩次裝載，運米百五六十萬石，朝令設海運總局於上海，並設局於天津；復命理藩院尚書穆彰阿，會同倉場侍郎駐津，驗收監兌，以杜經紀人留難需索諸弊。海道水師會哨防護，並如十餘年前齊彥槐所議。六年正月，各州縣駁運之米，以次抵上海受兌，分批開行，計水程四千餘里，旬月抵津，一船不損。

穆彰阿赴驗米色，瑩潔遠過河運。海商運漕而北，載豆而南，兩次得價；且由部發帑，收買海船耗米十餘萬石。其出力之商，優給頂帶，皆踴躍過望。先後共用銀百餘萬兩，不請一帑，而漕項銀米，自解津應用及調劑旗丁外，尚節省銀米各十餘萬。其海關免稅不過萬餘，視河運又省費過倍。

此商民具有組織能力，而國家始利用之；書生具有政治通識，而公卿能採取之，皆世運之漸變也。

按：沙船專走海道，向來赴關東載北貨南下；沙船幫巨擘，爲上海郁姓，即心史所說的商民。

「運漕而北」，回空載關東大豆南下，「兩次得價」，復賜頒戴榮身，自然「踴躍過望」。此爲官商通力合作的極好範例。

這一次的海運，原屬試行；試行有效，本可賡續而行，但阻力極大：由河運改海運，漕政整個改制，新造沙船、訓練水手、建立外海巡防兵力等等，確為極艱巨之事；中朝大老，苟且圖安，無此魄力，因而擱置不提。

及至第七年──道光七年，蔣攸銛為曹振鏞當面排擠，代琦善出任兩江總督後，以黃水大漲，倒灌入運，禦黃壩不能開啟，奏請來年新漕，仍由海運。此新漕指蘇松五府州而言；浙江、安徽、江西、湖北、湖南的漕米，本不在試行海運之列，仍由運河北上，但禦黃壩不能開啟，權宜之計，是將本年運漕北上的船隻，留於河北。

浙皖等省漕船到達禦黃壩後，盤壩由本應回空的船隻接運北上。盤壩經費需六十萬兩，請在江蘇藩庫、關庫先行借撥。

蔣攸銛早在嘉慶十六年，於浙江巡撫任內，奉旨與江督勒保籌議海運，上言「必不可行者十二事」，十餘年後重來，以陶澍試行海運有效，能捐棄成見，擇善而從，足見謀國之忠。不想出奏以後，關於盤壩，碰了個大釘子；這年八月底，上諭：

朕思海運，原非良策，以今年河湖情形而論，本不可行，惟該督等既以河漕不能兼辦，意在騰出河身，復以清刷黃之舊，要知清水既能刷黃，焉有不能濟運之理？

朕因蔣攸銛到任後，或別有所見聞，抑河湖另有別情，是以暫從所請；此後並另有所奏，可見伊等所以復籌海運，兼將回空軍船截留河北者，意在一行海運，清水則無庸多蓄，高堰可保無虞，明春清水不能敵黃，又恃截留軍船為盤壩之用，總為自卸干係，巧占地步，止顧目前，於國計並不通盤籌畫，試問為國乎，為身乎？受國厚恩任用之人，其可不秉天良耶？

再此項軍船截留河北，水手聚集，彈壓匪易，油漆修理，諸多不便，伊等恃有此項軍船，轉將清水消洩過多，明年必不能敵黃濟運，成何事體！……所以本年江南回空軍船，俱著全行及早歸次，斷不准截留河北，以為盤壩之用。倘明年河運不能通暢，貽誤漕運，咎有攸歸，朕言出法隨，決不寬貸。

走筆至此，接獲讀者陳先生長函，除論述「小氣」、「大氣」兩詞以外，談到浮收問題，認為浮收之與漕務的關係，筆者言之不夠詳盡透澈；陳君設譬，譬如「稅務人員無弊，何能影響高速公路？」以當年的運河，比擬為現時的高速公路，確為卓識，最能道出運河開通以後，所獲致的經濟發展上的重大利益。

至於浮收影響漕運，與目前稅官舞弊不影響高速公路的功能與營運，殊未可相提並論，等量齊觀。此一問題相當複雜；道光元年江蘇學政姚文田應詔陳言，說得最為詳盡。姚文田嘉慶四年

狀元，浙江湖州人，生長於賦額最重之地；又當運河所經，見聞真切，陳詞透澈，茲分段引敘，並加必要的注釋，以明究竟。

竊惟東南之大務有二：曰河；曰漕。比年海口深通，南河目前光景甚安穩。

按：「海口」指黃河出海之處。在咸豐五年銅瓦廂決口以前，黃河在兩淮以東出海；「海口深通」則海水不致倒灌，黃河以南的運河所謂「南河」，即不致受黃水高漲的威脅。

惟漕務法久弊生，雖經督撫大臣，數年以來，悉心調劑，總未臻實效。小民仰沐我聖祖神宗，生成豢養，屆今百八十年，愚賤具有天良，豈有不樂輸將之理？誠以東南之財賦，甲於天下，而賦額如江蘇之蘇州、松江；浙江之嘉興、湖州，其糧重尤甲於天下，竟有一縣額徵多於他處一省者。

按：據「清會典」所載各省賦額，江蘇分江寧布政司及蘇州布政司兩部分，總計民田賦銀為二百八十八萬五千六百六十一兩；以八府三州一廳共十二個單位計之，平均每單位賦額二十四萬

兩有餘。而貴州一省冊報民田賦銀，僅十萬七千八百六十二兩，不及江蘇一府之半。

乾隆三十年以前，並無所謂浮收之事，是時無物不賤，官民皆裕，其後生齒愈繁，而用度日紬，於是諸弊叢生，然猶不過就斛面浮取而已。未幾有折扣之舉，始於每石不過折耗數升，繼乃至五折、六折不等。

小民終歲勤動，自納賦外，竟至不敷養贍，勢不能不與官吏相抗；官吏所以制民之術，其道有三：一曰「抗糧」；一曰「包完」；一曰「椏交醜米」。賦額既極繁重，民間拖欠，亦勢所必有，大約只係零星小戶，及貧苦之家，其墳墓、住居，皆須照例輸納，又有因災緩徵，新舊並積，因而拖欠者，是誠有之；至如其家或有數十萬畝之產，既自食其田之所入，而竟置官賦於不問，實為事之所絕無。

所謂「就斛面浮取」者，在將應納之米量數時，略微多倒，使其浮出斛面，然後用木棍刮平，則浮出之米，落於斛外，即為「好處」。若此浮收，如俗語之所謂「揩油」：究屬有限。以後公然講斤頭，每石耗捐數升，已非小數，乃至以五折、六折計算，即每石米只算五斗或六斗，則糧戶負擔幾於加倍，誠屬駭人聽聞。

「官吏所以制民之術」一語，謂官吏誣指不甘受欺的百姓，無非三項「罪名」：一、抗糧；二、包完；三、椏交醜米。椏為浙江土語，與「嬲」字同。以下解釋，所謂「抗糧」的真相：

今所謂抗糧者，如業戶應完百石，彼既如數運倉，並外多齎一、二十石不等，以備折收。書吏等先以「淋尖」、「踢腳」洒散，多方虛糜，是其數已不敷，再以折扣計算，如准作七折，便須再加三、四十石。業戶心既不甘，必至爭執，不肯再交；亦有因書吏刁賴，仍將原米運回者。州縣即以前二項指為抗欠，此其由也。

按：「踢腳」或稱「踢斛」。量米時傾囊而淋，至滿斛而中間成尖形方始罷手，此稱「淋尖」。淋時米多漏出斛外，為一層糜耗；然後起腳使勁踢斛，米粒受震壓實，尖端灑散斛外，又是一層糜耗。

百石之米，至此成九十石；再打七折，則百石之米，只算作六十三石，須補三、四十石。如爭執不下，業主原米運回，虛糜斛外，更耗來回運費；而欠糧不能不繳，實為多此一舉，故大多忍氣吞聲，接受勒索。至忍無可忍時，即有「鬧漕」之事發生。

以下言「包完」及「椏交」：

包完之名，謂寡弱之戶，其力不能與官抗，則轉交強有力者，代為輸納，可以不致吃虧。然官吏果甚公平，此等業戶又何庸托人代納？可不煩言而自破者。民間終歲作苦，皆以完糧為一年要事，如運米食進倉，其一家男婦老幼，無不進城守待，一遇陰雨濕露，猶將百計保護，恐致米色受傷；如官吏刻期斛收，即歸家酬神祭先，以為今歲可以安樂過去，故謂其特以醜米樞交，殆非人情。

惟年歲有不齊，則米色不能畫一，亦間有之耳。然官吏非執此三者，不能制人，故生監則詳請暫革；齊民則輒先拘禁，特有補交，然後以悔悟請釋，已竟成一定不移之辦法。

以下論州縣的苦衷：

「生監」指生員及監生。向歸學官管教。如生監有不法情事，可行文學官，暫革其生監資格，俟補完後，方許開復。

臣自去歲去蘇，所聞金壇、吳江等縣，則已釀成事端，其他將就了局者，殆尚不乏：不知踴躍輸將者，實皆良民而非莠民。此小民不能上達之實情也。然在州縣，亦有不能不如此者，近年

諸物昂貴，所得廉俸、公項，即能支領，亦不敷用，州縣自開倉至兌運日止，其修整倉廠，蘆

席、竹木板片、繩索、油燭百需；及幕友、家人、書役出納、巡防，一應餚飯工食，費已不貲；

加以運丁需索津貼，日甚一日。

至其署中公用，自延請幕友而外，無論大小公事，一到即須出錢料理；又如辦一徒罪之犯，

自初詳至結案，約須費至百數十金，案愈大則費愈多；復有遞解人犯，運送餉鞘，事事皆須費

用，若將借用民力，概行禁止，謹厚者奉身而退，其貪戀者，非向詞訟事案生發不可，而吏治更

不可問矣！

伊等熟思，他弊一破，勢必獲咎愈重，不如浮收尚為上下皆知，故甘受民怨而不惜。雖地方

有瘠沃，才具有能否，其借此以肥身家者，亦不能謂其必無，要之不得已而為此，蓋亦不少。

且見近日言事者，動稱不肖州縣，竊恩州縣亦人耳，何至一行作吏，便至行同苟賤，此又州

縣不能上達之實情也。

如上所敍，所謂「風塵俗吏」，亦真有無限苦楚。首言錢糧開徵，有各種必要的支出；次言

州縣官有許多額外開支，所言「大小公事」，即為「辦差」，大至慶典進貢、欽差蒞境；小至京官

持八行書打秋風等，都算公事。

至於「辦一徒罪之犯，自初詳至結案，約須費至百數十金」，此言臬司衙門的需索，其時司法風氣之敗壞可知；若在乾隆以上各朝，倘見此奏，必然澈查各省刑名；即在嘉慶朝亦不致默爾以息，惟有道光年間視此爲當然之事。

州縣負掊克之名，而運丁陰受其益，故每言及運丁無不切齒；然其中亦有不能不然者。運船終歲行走，日用必較家居倍增，從前運道深通，督漕之臣只求重運如期到通，一切並不苛察。各丁於開運時多帶南物，至通售賣，復易北貨，沿途銷售；即水手人等攜帶梨棗蔬菜之類，亦爲歸幫時糊口之需。

乾隆五十年後，黃河屢經倒灌，未免運道受害，因此漕臣等慮其船重難行，不能不嚴禁多帶貨物。

此處明白指出，「乾隆五十年後，黃河屢經倒灌」，此爲河務發生嚴重問題的表徵。又首引文中有「乾隆三十年以前，並無浮收之事」之語，可知乾隆三十年至五十年，而六次南巡、十大武功的大部分，發生在這二十年中；因爲當時所艷稱的「全盛之日」。盛極何以必衰？實由人事，非關天意；高宗中年以後的驕恣及寵用和珅，足以說明一切。

又如從前商力充裕，運船於回空過淮時，往往私帶鹽斤，眾意以每年只不過一次，不甚窮搜；近因商力亦絀，未免算及瑣屑，而各丁之出息盡矣。丁力既已日困，加以運道之淺，反增添夫撥淺各費，且所過緊要閘壩，牽挽動需數百人，使用小有節省，幫船即閱受傷；道路既長，期限復迫，此項鉅費非出之州縣，更無所出。此又運丁不能上達之實情也。

此言運丁的苦衷，殊為透澈。漕船回空所帶的私鹽，名為「漕私」；漕幫與鹽梟有密切的關係，即由「漕私」而來。

數年前因津貼日增，於是定例每船隻准給銀三百兩；然運丁實不濟用，則重船斷不能開；重船遲久不開，則州縣必獲重庚，故乃不免私自增給，是所謂三百兩者，乃虛名耳。項又以浮收過甚，嚴禁收漕不得過八折，然州縣入不敷出，則強者不敢與較，弱者仍肆駿削，是所謂八折者，亦虛名耳。然民間執詞抗官，官必設法鉗制，而事端因此滋生，皆出於民心之所不服。

若將此不靖之民，盡法懲處，則既困浮收，復陷法網，人心恐愈不平；若一味姑容隱忍，則

小民開犯上之風，將致不必收漕而亦目無官長，其於紀綱法度所關。實為匪細。

此言不可明定八折收漕，因為雖有兩個折扣的陋規，仍恐不敷支出，勢必額外浮收；但既奉明文，八折收漕，百姓便能「執詞抗官」。此時就發生州縣官威信遭受嚴重考驗的危機了，如果要維持威信，「設法鉗制」，則民愈不服；倘或自知理虧，「姑容隱忍」，則「小民開犯上之風」。倒不如不明定折扣，保持彈性為妙。

現在回到讀者陳君的問題上來，浮收之與漕務的關係，已如姚文田的詳細分析，而實際上是漕務導致了浮收，其因果關係是官方所付運丁的公價，不敷實際需要，只好勒索州縣另給津貼，否則即以停兌為要挾。

停兌則倉廒積米，業戶有糧不能繳納，勢必「鬧漕」，所以州縣非接受其勒索不可，故浮收亦不可免；州縣官之貪墨與否，不在浮收之多寡，在於是否量出為入；因為途程有遠近，運道有夷險，人心亦不齊，所以運丁要求的津貼，並無定數。

此為漕務與州縣浮收的一重因果；而漕務與河務別有一重因果，如果河道深通，貨既載得多，拉牽的人力又省，沿途又沒有甚麼耽擱，運丁一方面省了開銷，另一方面可以多販南北貨，入息增加，對州縣的勒索，亦就有限。由此可見基本的因果關係是河工出了問題，才造成浮收；

河工的問題愈大，浮收便愈重。

亦由此可知，聖祖之治河，即所以治國；歷史以民生為重心，而民生以交通為重心，此為歷

歷不爽的法則。

高宗蒙父祖之厚蔭，乾隆之初，物阜民豐，但中葉以後，盡情揮霍，不能更進一步防止河

患，保持運河的良好狀態，坐視貪官污吏明侵暗蝕，致使河工大壞，實可視之為愛新覺羅氏的敗

家子。

漕、河兩大事，在道光年間，雖經多方努力，成效始終不彰，最大的癥結是，牽涉的範圍過

廣，非二、三賢能督撫得收全功。另一大事鹽務的改革，則頗有成就；此為陶澍之功，且先言其

人。

「清史稿」本傳：

陶澍，字雲汀，湖南安化人，嘉慶七年進士，選庶吉士，授編修；遷御史、給事中，疏劾吏

部重贓、河工冒濫、及外省吏治積弊。巡中城、決滯獄八百有奇；巡南漕、革陋規。請濬京口運

河。二十四年出為川東道。日坐堂皇，剖決獄訟如流。請減鹽價、私絕、課增，總督蔣攸銛薦其

治行為四川第一。

歷山西按察使、安徽布政使，道光三年，就擢巡撫。安徽庫款，五次清查，未得要領，澍自為藩司時，鈎核檔案，分別應劾應嚳，於是三十年之糾葛，豁然一清。

按：嘉道年間吏治之壞，不獨外省，尤在六部，如「重籤」即為吏部書辦舞文玩法最大的「傑作」。

方法是遇到分發擊籤時，候選者故意不到，事後申請補擊。照常理而言，既然後到，則候補次序，應在先擊者之後，譬如縣官分發，浙江已有二十二人，則補擊者擊到浙江，在次序上爲第二十三；而吏部書辦受賄後，不是如此算法，稱之爲「重一籤」，即在原第一籤後，插入「重籤」，則「重一籤」而變爲第二籤；原第二籤變成第三，易言之，每一籤皆有正有副，形成重疊的情況。

如果第二次再來一回，則產生了「重二疊」，每一簽變成一正兩副。這誰都知道是不合理的現象；身受其害者，亦曾多次呼籲改革，但無效果，直待陶澍抗疏，而又適逢宣宗初政，銳意求治之際，乃得革除。

時淮鹽敗壞，商困課絀，岌岌不可終日，澍疏陳積弊，請大刪浮費，以為補救。議者多主改

法，課歸場灶。命尚書王鼎、侍郎寶興，赴江南查議。

澍謂除弊即以興利，無事輕改舊制，偕鼎等合疏，臚陳利害，條上十五事。鼎等復請裁鹽

政、歸總督管理，報可。

澍受事，繳還鹽政養廉五千兩，裁減衙門陋規十六萬兩有奇。凡淮南之窩價、淮北之壩槓、

兩淮之岸費，分別減除，歲計數百萬兩，分設內外兩庫，正款貯內庫、雜項貯外庫。杜絕挪墊。

革總商以除把持，散輪規以免淹滯。

禁糧船回空帶蘆鹽、及商船借官行私，令行禁止，弊風肅清。淮北猶疲累，先借款督商

運，繼倣山東、浙江票引兼行之法，於海州所屬中正、板浦、臨興三場、擇要隄設局，給票註明

斤數運地；無票越境以私論。

　　淮鹽改制，分為兩部分，如上所述，主要的是論淮北改行「票鹽」。淮北的積弊在「槓

壩」；鹽自濱海鹽場運出後，要經五個壩，每一過壩，即須過秤改包；未改以前秤一次，改後又

秤一次，故稱為「五壩十槓」，槓者竹槓，抬鹽所用，因以「槓」字作為過秤的代名詞。

在「五壩十槓」的過程中，層層勒索，每引鹽須費至十餘兩銀子，始能改捆大包，運往指定

行銷的地點，稱之為「岸」。

陶澍改行票鹽之法，所用之票，即後世納稅通行的憑證三聯單，注明數量、運銷地點、限期，票不離鹽，否則以私鹽論。

「五壩十楨」的陋規不復存在，陶澍指定一條捷徑，即由「兒女英雄傳」中安學海忭官罷職所在地的王家營子渡河，鹽既不須改包，既免雜質摻混，又不須無謂消耗，鹽色瑩白，斤兩準足；每包一百斤，運至行銷地損耗極微。其成效如孟心史在「清代史」中所言：

鹽船銜尾到岸，未及四月，請運已逾三十萬引，無改捆之摻雜，鹽質純淨，而本輕價賤，私販無利，改領票鹽乃有利，販私皆販官（鹽）矣。非特完課有贏無絀，兼疏場河，捐義廠，修考院，本為鹽引附納之項，以暢銷收旺，百廢俱興。蓋以輕課敵私，以暢銷益額，故一綱行兩綱之鹽，即一綱行兩綱之課也。

綱為每年銷鹽多少的一種重量單位的名稱。食鹽的消耗，有一定的數量，所以會發生滯銷的情況，即因私鹽猖獗之故；私鹽絕跡，官鹽暢銷，不特本年的綱數足額，且可補運舊欠之數，此即所謂「一綱行兩綱之鹽」，亦收兩綱的官課。

至於淮南鹽務的改革，則重在裁浮費。孟心史撮敘其概略云：

淮鹽自正課外，場商有費，謂之「公費」；岸商有費，謂之「匣費」。公費舊定七十萬兩外，總商復浮用數十萬兩，（陶澍）存留普濟、育嬰、書院、義學等項，而裁其御書樓、務本堂、孝廉堂等處掛名董事歲支二十餘萬兩。

又各衙門公費，及鹽政、運司書役薪工紙飯，並乏商月摺等項，歲須銀八十餘萬兩，則加刪除。於本身所管鹽政衙門即裁十六萬餘兩。揚州每年正開支三十萬；匣費則湖廣漢岸，每引徵至一兩二錢，已有百餘萬兩。乃奏定公費匣費兩共每引正徵四錢，永不增；；各費共減銀百十餘萬兩。

這段引文中關於鹽商的種類，應作解釋如下：

一、揚商指揚州的鹽商，他們擁有運銷官鹽的特權，但也同樣有運銷官鹽的義務，即每年應行銷多少引，俾使國家正課得有保障；私鹽猖獗、官鹽滯銷，他們的利益一樣受到影響，但可從陋規中獲得彌補。陶澍撲滅私鹽是他們所擁護的，而裁減浮費，但嚴重地損害到他們的利益了。

二、總商者，揚州鹽商中的領袖，共有八家。鹽商的同業公會名爲「鹽公堂」；由八大總商把持。鹽政有所興革，先須取得八大總商的支持；公費中一切支出，亦由八大總商決定，故能假

公濟私，浮開公費。陶澍規定作爲養老院的普濟堂，以及育嬰堂、書院、義學等等，在鹽公堂公費中保留；至如某一因緣，設一機構，安置私人爲掛名董事的御書樓等等，則均裁去。

三、乏商者則因某種特殊原因，如鹽引中指定行銷的口岸，歸併鄰縣，以致徒擁虛名等等，實際上已非鹽商，但仍由公費中支給相當數目的「救濟金」，按月憑摺支取，此即所謂「月摺」。

四、岸商指行銷口岸獲有承銷鹽斤專利權的商人而言。

又所謂「於本身所管鹽政衙門」云云，以當時由王鼎等奏定，裁撤鹽政專職，由兩江總督兼管；即由陶澍兼管，故云「本身」。

此外又有「綱商」，其歷史可追溯至明朝：孟心史又敘：

至綱商並不自運，沿至前明，即得國家特許，謂之「窩家」，亦名「根窩」。其運鹽之商，先自有窩之家買單，然後赴場納課；以一紙虛根，先正課而享厚利，至商本加重，昂價病民。

但既未革綱商之名，定爲每綱每引給一錢二分，亦省費百四十餘兩。領運舊例，名目過多，至運司衙門書吏多至十九房；商人辦運請引，文書輾轉至十一次，鹽務大小衙門，節節稽查，爲需索陋規之具，交通司查明刪併。

陶澍的大力改革，直接受影響的是無數倚附鹽官、鹽商的寄生蟲；平時坐領乾薪，游手好閒，一旦生計斷絕，自然大起恐慌，因而用種種手段，阻撓其事。言官亦紛紛陳奏，甚至捏詞攻擊陶澍；幸而宣宗對陶澍經過多次考驗，信任其專，不為浮言所動，陶澍始得堅持到底，終於收功。估計十年之間，增收鹽課達二千餘萬兩。「金壺浪墨」卷一「鹽商」一條，為當時鹽務改革實錄之一：

網鹽之利，不在官，不在民；商人占其利而不能保其利，則幕賓門客等眾人分之。船戶埠行往往不領腳價，轉賄商宅僕役，圖謀裝載，下至婢嫗，亦有餽贈，挾私鉅而得利宏也。船抵漢口，排列水次，次第銷售；謂之「整輪」，或將待輪之鹽，先期竊賣；俟輪到買私填補；謂之「過籠蒸糕」。及協已賣盡，無力補買，則捏場「淹銷」；暮夜鑿沉其船以滅跡，謂之「放生」。

陶雲汀宮保深知其弊，創立票鹽法，凡富民挾貲赴所司領票，不論何省之人，亦不限數之多寡，皆得由場灶計引授鹽，仍按引地銷行，而群商大困，怨陶公入於肺腑，編為葉子戲，貌其家屬。

又一人以雙斧砍桃樹，妄立名目，以肆詆謨。宮保據實陳奏，不避勞怨，毅然行之；而鹽務

為之一變。吾郡西北五里曰河下，為淮北商人所萃，高堂曲榭，第宅連雲，牆壁壘石為基，煮米屑磁為汁，以為子孫百世業也；城北水木清華，故多寺觀，諸商築石路數百丈，遍鑿蓮花，出則僕從如煙，駿馬飛輿，互相矜尚。其點者頗與名人文士相結納，藉以假借聲譽，居然為風雅中人，一時賓客之豪，管弦之盛，談者目為小揚州。改票後，不及十年，高台傾，曲池平，子孫流落，有不忍言者。舊日繁華，剩有寒菜一畦，垂楊幾樹而已。

「桃樹」為陶澍的諧音，雙斧伐桃，咀咒其速死，怨毒可想。

所謂「子孫流落、有不忍言者」，曾見他書記載，謂昔日錦衣玉食的富家之女，有淪落為暗娼者。揚州的風俗，如鄭橋詩：「千家養女先教曲、十里裁花算種田」，不事生產則一日無所倚附，下場必慘；此為陶澍所始料不及而實亦無可如何者。

陶澍的作為與成就，恢復了漢人高級知識份子平章國事、舍我其誰的信心；也喚起了他們以天下為己任的責任感，這一點是世運轉移的絕大關鍵。同時陶澍的知人之明，亦遠過於廟堂大老，他所識拔的兩個親戚，後來都成為中興名臣；推原論始，不能不說重用陶澍，是宣宗在位三十年中，很少做對了的一件事。

他的兩個親戚，一是兒女親家左宗棠；一是女婿胡林翼。左宗棠以「眷殿語從容，萬里家

山，印心石在；大江流日夜，八州子弟，翹首公歸」一聯，受知於陶澍。結成兒女親家，出於陶澍的主動。「清朝野史大觀」有一則云：

左文下第南旋，至江南謁陶文毅，意稍得川資，即歸里讀書也。文毅一見，即留住署中，日使幕友親故，與相談論。居十餘日，左欲歸，陶仍使客挽留；又數日，陶忽出見曰：「汝言論志趣，我數日來已盡知，將來名位必遠在老夫之上。聞君當行，謹備若干金，聊助君膏火資也。」左唯唯不敢當。

陶公復云：「吾有一子，欲與賢女婚對，當懇見許。」左亟辭，且言年齒、門第、名位皆遠遜，何敢仰附爲蘿？陶公曰：「不然。若論年齒，但須渠夫婦年相若可矣；不須論親家年齒也。君若論門第，此係賢女嫁至吾家，無憂不適。至於名位，君他日必遠勝我，何憂爲？」竟結婚而別。

按：陶澍僅一子，名桄，其時尚幼；陶澍願與左宗棠聯姻，實有託孤之意。左宗棠之女亦幼，且未見過，而稱之爲「賢女」者，因爲左宗棠的周夫人極賢惠。周家甚富，左以寒士爲贅婿，住在妻家，自然飽受白眼，左的脾氣又大，越發格格不入，多虧周夫人委屈綢繆，左得安心

讀書。

有母如此，其女可知，所以陶澍願為子求婚。後來陶澍歿於江督任上，左宗棠住陶澍原籍數年，為之經紀家事，並為婿課讀，不負陶澍所望。

胡林翼是道光十六年的翰林，散館授職編修，請假赴江寧，在岳父幕府中；有一段軼事可記，亦見「清朝野史大觀」：

陶文毅督兩江，嚴禁僚屬冶遊。時胡潤之亦在文毅幕中，僚屬之冶遊者，皆借潤之為名，而文毅則獨責諸僚幕而不責潤之也。曰：「潤之他日為國勤勞，將無暇暇以行樂，令之所為，蓋預償其後之勞也。」

細察陶澍的用心，是希望胡林翼作他的傳人。所謂「為國勤勞」，自然不曾想到是為平洪楊；但以一翰林且好冶遊時，斷定其「為國勤勞，將無暇暇以行樂」，後來果如所言，這種識人的功夫，殊不多見。

陶澍歿於道光十九年六月；三月間即因病開缺，繼任者本為林則徐，以奉旨赴廣東查辦鴉片案，改由陳鑾署理。陳鑾為陶澍的表弟，字芝楣，湖北江夏人；嘉慶二十五年庚辰，兩榜出身。

此科狀元陳繼昌三元及第，榜眼為先伯高祖滇生先生；探花即陳變。

陳變於是年底歿於任上，繼之者為伊里布、裕謙、牛鑒、耆英、璧昌、李星沅、陸建瀛。裕謙蒙古人，英軍陷定海時殉難；牛鑒甘肅人，以循吏而處危疆，兵敗革職；伊里布「有忍辱負重之心，無安危定傾之略」，餘子更不足數，耆英尤為惡劣。以兩江重地，竟乏可當方面之人，人材寥落，而賢者如林則徐、鄧廷楨又先後獲罪；道光末年，境況實在可憐。宣宗終於在內憂外患之中，憔悴以終。

遺詔歷數憂患云：

自御極至今，凡披覽章奏，引對臣工，旰食宵衣，三十年如一日，不敢自暇自逸，並躬行節儉，為天下先；嗣位之初，即頒手諭，首戒聲色貨利，一切遊觀玩好，稍涉侈靡之事，禁絕勿為，此薄海臣民所共見。

溯自西陲小蠢，出師撻伐，旋致敉平，何敢自矜武略？迨後東南瀕海之區，因貿易而啟紛爭，朕維古之君子，愛人為大，何忍無辜赤子，慘懼鋒鏑，是用捐小忿，成大信，綏疆柔遠，於今十載，卒使毒焰自消，民衰各安生理，此朕孳孳愛民之隱衷，至今日而庶堪共諒者也。

至水旱成災，朕竊自愧，致累吾民，昕夕憂勞，不惜特發帑金，拯民疾苦，凡疆臣請蠲請

名作經典 1012

賑，無不立沛恩施，從未屯膏靳澤，己饑己溺之慮，亦中外所共見。侍奉皇太后已及三十年，娛志承歡，敬謹罔懈，慎終盡禮，差免怨尤。

朕體氣素強，自上年春夏之交，偶爾違和，加意調攝，總未復元；去臘還宮後，痛遭大行皇太后大事，擗踊摧傷，漸形羸弱；邇來氣益上逆，病勢日臻，追維在位三十年，壽登六十有九，亦復何憾！

宣宗崩於道光三十年正月十四，得病已數月，但仍每日召見臣工，批答章奏，勞心勞力，終於不起。宋、明、清各有一帝，死於國事，宋則神宗，明則思宗，清則宣宗；論御下之道，宣宗不及宋神宗，而猶勝於明思宗，故不致為亡國之君。

末代皇帝自傳　試閱

代序 命中注定作傀儡的溥儀　高陽

在大陸拍攝的電影「末代皇帝」，創造了自有奧斯卡金像獎以來，最輝煌的業績。這部電影改編自溥儀的自傳「我的前半生」——自出生至爲蘇聯俘虜，移交中共，加以思想改造後「特赦」爲止，前後涵蓋了五十四年的歲月（一九〇六—一九五九）。

溥儀在中國歷史上創造了好幾項紀錄，細算一算，共有如下八項：

一、結束了中國四千餘年帝制之局，即所謂「末代皇帝」。

二、唯一曾做過三次皇帝的皇帝（包括丁巳復辟）。

三、唯一由於非征伐的原因而曾到過外國的皇帝。

四、唯一在亡國後還能居住深宮，保持朝廷體制的皇帝。

五、唯一能通外語的皇帝。

六、唯一能廣泛接觸到現代文明的皇帝。

七、唯一爲自己作傳的皇帝。

最後，由於「末代皇帝」這部電影之得獎，勢將造成極高的票房紀錄，因而他將是中

國歷代皇帝中，最爲全世界所熟悉的一位。

溥儀的一生，充滿了離奇曲折的情節，但都是身不由己，無時無刻不是在做傀儡——太平洋戰爭期間，汪精衛訪問「滿洲國」，兩個傀儡相見，爲人製爲文虎的謎面，打西片名一，謎底是「木偶奇遇記」；因爲汪精衛曾行刺過溥儀的父親，攝政王載灃，殺父之仇，握手言歡，不能不謂之奇遇。

溥儀是命中注定要做傀儡的；這只要看他的命造就可以知道。他生於光緒三十二年正月十四日午時；八字是：

	火火	
偏財	丙午	正財
	金木	
偏財	庚寅	食神
偏印	水火	
日元	壬午	正財
	火火	
偏財	丙午	正財

他是水命，而唯一的一點水源庚金，為丙火所制，日元無根，只能棄命從財，一生受人擺佈。我甚至認為，他即令不是這樣一個八字，只要生下來是個男孩，就必然要當傀儡。

此話怎講？要從慈禧太后談起。光緒二十七年十月，慈禧在回鑾途中，撤銷了「大阿哥」的名號，自此開始，慈禧就必須考慮皇位的繼承問題，因為光緒絕嗣，已可肯定；身體羸弱，將不永年，亦可預見，而慈禧則健康狀況一直很好，在她自己看，將會比光緒活得更長。易言之，她自信還有以太皇太后的身分，再度垂簾聽政之一日。

這樣，她就必須預先選定一個皇位繼承人。這個人應該是醇賢親王的孫子，因為醇王是最忠於她的，而醇王福晉是她的胞妹，「便宜不落外方」，皇位為甚麼不給胞妹的孫子？及至以榮祿之女「拴婚」給襲醇王的載灃後，等於已經預定好了載灃生子，必將入繼大統；因為這也是「便宜不落外方」，榮祿是慈禧言聽計從的寵臣。當然最要緊的是，嗣君必能對她效忠；載灃之子出於這樣一種血統背景，在任何情況下都會對她絕對尊重。

因此可以說，溥儀是慈禧特意製造的一個傀儡。現在已有各種證據，得以證明光緒死於慢性謀殺，而此慢性謀殺，很可能始於溥儀出生以後。

溥儀之第二次做日本軍閥的傀儡，則黃郛應該負大部分責任。民國十三年十月第二次直奉戰爭，馮玉祥倒戈，導致奉軍大勝，曹錕被幽，吳佩孚一蹶不振；此事爲黃郛一手所策畫，稱之爲「首都革命」，自道爲平生得意傑作，但依我看，魯莽割裂，跟翁同龢一樣，都是「書生誤國」。

何以言之？第一、其時國父孫中山先生正在進行與張作霖、段祺瑞結成「三角聯盟」；馮玉祥亦表示信仰三民主義，擁護孫中山先生，既然如此，在發動首都革命以前，至少應該先通知廣州的革命政府，俾中山先生有北上參預大計的準備，而事先竟一無聯絡，結果便宜了段祺瑞，而段祺瑞基本上是願意承認列強所加諸中國的不平等條約，以及維持清室的地位的。

第二、便是不謀善後，只讓鹿鍾麟將溥儀趕出故宮了事。當時或許還看不出溥儀是潛在的禍水，但民國十六年以後，日本謀滿蒙日亟；尤其是在十七年二月黃郛擔任外交部長以後，應該對天津日本軍人及浪人與溥儀的交往，加以注意，而竟疏忽了。溥儀在出宮前夕，曾約晤胡適之先生，事後又致函適之先生，表示贊成「國家主義」，又盛道日本「不惜巨費，派人留學泰西，不數年歸國，改革一切政治，遂一躍而爲大國」，嚮往之情，溢於言表。當時教育界人士，亦有主張送溥儀至歐洲者，如陳寅恪先生；此事在他

人可以疏忽，黃郛不能，因爲僅就他對溥儀個人而言，亦有道義上的責任，應有以善其後。

溥儀的「前半生」，可說是現代中國革命過程的反映；他的「後半生」，只是日暮崦嵫的餘年。有個筆名「秦雲」的前軍統人員，以約四萬字的篇幅，記述溥儀自「特赦」以迄死於「文化大革命」的七年日子，題名「溥儀的後半生」，刊載於日本「中央公論」一九七一年四月號。

這篇文章純以旁觀者的立場來描寫，我覺得其價值並不比溥儀的自傳來得低；甚至有些地方還要超過。因爲人苦於不自知，溥儀性格上的缺點，他自己不知道，或雖知而諱言；尤其是因爲從小做皇帝而養成的特殊的生活習慣，在他認爲理所當然，更必須有個客觀的人指出來，才能活生生地顯出他的全人格。

一九八八年四月十二日

第一章　我的家世

一、醇賢親王的一生

西元一九〇六年，即清朝光緒三十二年的舊曆正月十四，我出生於北京的醇王府。

我的祖父奕譞，是道光皇帝的第七子，初封郡王，後晉親王，死後諡法「賢」，所以後來稱做醇賢親王。

我的父親載灃，是祖父的第五子，因爲第一和第三、四子早殤，第二子載湉被姨母慈禧太后接進宮裏，當了皇帝（即光緒皇帝），所以祖父死後，由父親襲了王爵。

我是第二代醇王的長子。在我三歲那年的舊曆十月二十日，慈禧太后和光緒皇帝病篤，慈禧突然決定立我爲嗣皇帝，承繼同治（載淳，是慈禧生子，載湉的堂兄弟），兼祧光緒。

在我入宮後的兩天內，光緒與慈禧相繼去世。十一月初九日，我便登極爲皇帝——清朝的第十代，也是最末一代的皇帝。年號宣統。不到三年，辛亥革命爆發，我退了位。

我的記憶是從退位時開始的。但是敘述我的前半生，如果先從我的祖父和我的老家

從醇王府說起，事情就會更清楚些。

醇王府，在北京曾佔據過三處地方。咸豐十年，十九歲的醇郡王奕譞奉旨與懿貴妃葉赫那拉氏的妹妹成婚，依例先行分府出宮，他受賜的府邸坐落在宣武門內的太平湖東岸，即現在中央音樂學院所在地。這就是第一座醇王府。

後來，載湉做了皇帝，根據雍正朝的成例，「皇帝發祥地」（又稱為「潛龍邸」）須升為宮殿，或者空閒出來，或者仿雍王府（雍正皇帝即位前住的）升為雍和宮的辦法，改成廟宇，供奉菩薩。為了騰出這座「潛龍邸」，慈禧太后把什刹後海的一座貝子府賞給了祖父，撥出了十六萬兩銀子重加修繕。這是第二座醇王府，也就是被一些人慣稱為「北府」的那個地方。

我做了皇帝之後，我父親做了監國攝政王，這比以前又加了一層搬家的理由，因此隆裕太后（光緒的皇后，慈禧太后和我祖母的侄女）決定給我父親建造一座全新的王府，這第三座府邸地址選定在西苑三海集靈囿紫光閣一帶。

正在大興土木之際，武昌起義掀起了革命風暴，於是醇王府的三修府邸、兩度「潛龍」、一朝攝政的家世，就隨著清朝的歷史一起告終了。

在清朝最後的最黑暗的年代裏，醇王一家給慈禧太后做了半世紀的忠僕。我的祖父

更爲她效忠了一生。

我祖父爲道光皇帝的莊順皇貴妃烏雅氏所出，生於道光二十二年，死於光緒十六年。翻開皇室家譜「玉牒」來看，醇賢親王奕譞在他哥哥咸豐帝在位的十一年間，除了他十歲時因咸豐登極而按例封爲醇郡王之外，沒有得到過什麼「恩典」，可是在咸豐帝死後那半年間，也就是慈禧太后的尊號剛出現的那幾個月間，他忽然接二連三地得到了一大堆頭銜：正黃旗漢軍都統、正黃旗領侍衛內大臣、御前大臣、後扈大臣、管理善撲營事務、署理奉宸苑事務、管理正黃旗新舊營房事務、管理火槍營事務、管理神機營事務……。這一年，他只有二十一歲。

一個二十一歲的青年，能出這樣大的風頭，當然是由於妻子的姐姐當上了皇太后。

但是事情也並非完全如此。我很小的時候曾聽說過這樣一個故事。

有一天王府裏演戲，演到「鍘美案」最後一場，年幼的六叔載洵看見陳士美被包龍圖鍘得鮮血淋漓，嚇得坐地大哭，我祖父立即聲色俱厲地當眾喝道：「太不像話！想我二十一歲時就親手拿過肅順，將來還能擔當起國家大事嗎？」

原來，拿肅順這件事才是他飛黃騰達的真正起點。

完整內容，請參考本社出版之《末代皇帝自傳》上下

【經典新版】清朝的皇帝（三）盛衰之際

作者：高陽
發行人：陳曉林
出版所：風雲時代出版股份有限公司
地址：10576台北市民生東路五段178號7樓之3
電話：(02) 2756-0949
傳真：(02) 2765-3799
執行主編：朱墨菲
美術設計：吳宗潔
行銷企劃：林安莉
業務總監：張瑋鳳

初版日期：2020年1月
ISBN：978-986-352-777-0

風雲書網：http://www.eastbooks.com.tw
官方部落格：http://eastbooks.pixnet.net/blog
Facebook：http://www.facebook.com/h7560949
E-mail：h7560949@ms15.hinet.net
劃撥帳號：12043291
戶名：風雲時代出版股份有限公司

風雲發行所：33373桃園市龜山區公西村2鄰復興街304巷96號
電話：(03) 318-1378
傳真：(03) 318-1378
法律顧問：永然法律事務所 李永然律師
　　　　　北辰著作權事務所 蕭雄淋律師

行政院新聞局局版台業字第3595號 營利事業統一編號22759935
© 2020 by Storm & Stress Publishing Co.Printed in Taiwan
◎ 如有缺頁或裝訂錯誤，請退回本社更換

定價：280元

國家圖書館出版品預行編目資料

清朝的皇帝 / 高陽著. -- 經典新版. -- 臺北市：風雲
時代, 2019.11　冊；　公分

　ISBN 978-986-352-777-0 (第3冊 : 平裝). --

863.57　　　　　　　　　　　　　108017678